ハヤカワ文庫JA

〈JA1496〉

零號琴

〔上〕

飛 浩隆

JN092137

早川書房

8702

Harmonielehre

by

TOBI Hirotaka

目次

無辺の沙漠を想え。

小さな白い砂が細緻な風紋をどこまでも広げ、横臥《おうが》する女のような丘をいくつも並べて果てもない。灼熱でも酷寒でも構わない。あなたが思いつくかぎりの広さを持つ、そのような沙漠を想え。

その沙漠に立って、振り仰ぐ空を想え。

夜の空を。

見上げる夜空には燦爛《さんらん》とかがやく渦状銀河が斜め正面を向け、紡錘形の光の集積となって垂直に屹立《きつりつ》している。地上の砂は銀河に照らされて、沙漠を歩くひとりの少女の顔を浮かび上がらせる。

そう——少女を想え。

沙漠をひとり歩む少女を想え。

背はあなたの二の腕の半ばあたり、首や背中、尻の輪郭はまだ少年のよう。細くするどい眉、切れ長の一重《ひとえ》まぶた、小さな唇。美しく結い上げてあったはずの髪は乱れ、右側に一本残った簪《かんざし》も中ほどで折れている。電子的にほどこされた美粧《びしょう》は顔の上で断続的に点滅し、瞳の色はそのたびに変わる。ずたずたに裂けたキモノ装束を彩る刺繡もやはり明滅を繰り返している。珠玉をつらねた首飾りも同じだ。しかし少女はそれらを誇るように胸を張っている。

可憐な足が霜柱をふむような音を立てて一歩あるくたび、少女の背後に足あとが残る。足あとは三分間ぶん続いておりその先は消えている。風で埋もれたのか、それとも少女がこの沙漠に降りたのが三分まえなのか、それは判らない。

(ここはどこだろう……)

少女は声を出さずにつぶやく。その声の響きを想え。

(こんな沙漠、見たことがない。ここはわたしがいた世界の外にあるんだわ)

むろん少女は自分の銀河を外から見たことはない。しかしそこに自分の故郷があるのだとわかる。銀河の腕のひとつ、その「手首」のあたりに黒く深い影があるからだ。〈轍《わだち》〉

と呼ばれる、差し渡し五百光年、全長八千光年にわたる領域が。

（あそこにわたしのいた場所がある。友も、……敵も、……戦いも）

唇がわななく。少女にはかすり傷ひとつない。しかし内面は深く傷ついている。〈轍〉でくりひろげた敵との戦い、その記憶がふいに浮上する。足が止まる。

数々の戦いの場面が脳裡を駆ける。少女は息を整えようと努力する。

（なぜ、わたしはこんなところにいるの……。なぜわたしは生きているの）

少女は最後の戦いで命を落とした。いや、正確に言えば命を差し出し、多くの人びとを守ったのだ。

　短い文字列が少女の目の裏で真っ赤にフラッシュする。

　まじょの大時計。

　一度動きはじめたが最後、絶対に止まらないとされていたその時計を、少女は停めたのだ。自分の命を小さなくさびに変え歯車と歯車の間に嚙ませることで。

時計は未来永劫その楔を拉《ひし》ごうとする。その力、苦痛にたった一人で耐え続けることをみずからの意志で引き受けたのだ。

　ところが少女はいま忽然と、見も知らぬ沙漠の真ん中に立っている。ここに辿りつくまでの記憶はない。少女は自分が後にしてきた街に思いを馳せる。

（でもふしぎ、そんなに心配にならないわ）

（わたしは解放されたんだろうか……でもなぜ？）

少女は足を止めた。

前方に蜃気楼が見える。

そう、沙漠には蜃気楼がつきものではないか。たとえ夜であっても？

銀河の輝きと沙漠の白の境に引かれた地平線に、大きな都が穏やかに息づいている。

（あ……）

今度こそ少女は理解した。

（ああ、そうか）

少女を必要としている人があの蜃気楼の中にいる。

呼ばれているんだ。

わたしは呼ばれている。わたしが必要なのだ。他のどんな物語でもない、このわたしが。

少女はたしかな足取りで前進した。進むにつれて空の銀河はぐるりと旋回し、渦の正面をこちらに向ける。ぐんぐんクローズアップされ空の端を超え、砂の大地は銀河の中に呑み込まれて、〈轍〉のどこかであることが明らかになる。

少女は、長いあいだ彼女を封じていた「最終回」から解放され、あらたな「第一話」に飛び込んでいく。

零號琴
〔上〕

登場人物

セルジゥ・トロムボノク…………特種楽器技芸士
シェリュバン………………………トロムボノクの相棒。第四類改変態
パウル・フェアフーフェン………大富豪
咩鷺《みさぎ》……………………………美玉鐘再建プロジェクトの総括責任者
菜綵《なづな》……………………………咩鷺の助手
バートフォルド
アドルファス
グスタヴァス
ファウストゥス
……………………技芸士ギルドの三（四）博士
ワンダ・フェアフーフェン………假劇作家。パウルの娘
峨鵬丸《がほうまる》…………………………假面作家。ワンダの夫
フース・フェアフーフェン………パウルの息子
ザカリ………………………………フースの従者
瓢屋《ふくべや》……………………………楽器問屋。班団のひとり
鏑屋《かぶらや》……………………………假面問屋。同上
鳴田堂《なるたどう》…………………………画家・造形師。同上
ヌウラ・ヌウラ……………………世界屈指の特種楽器奏者
鎌倉《かまくら》ユリコ……………………〈時艦新聞〉記者
マヤ…………………………………假劇に参加する少女
クレオパトラ・ウー………………技芸士ギルドの最上格者〈三つ首〉のひとり

第一部

夢

黒と金。

夜の底を、漆黒と黄金が縞《しま》を成して幅広く流れていく――どこへ？

男は、夢をみていた。漆黒と黄金のつややかな流れには、煮詰めた蜜のねばりと岩のような重量感、ただならぬ魅惑と威圧とがある。これがもし川であったらば堤防だろうと崖だろうと容赦なく崩壊させて引きずり込むのだろう。しかし見える範囲に河岸はなく、ただ幅広の流れだけがある。男の視点も流れのなかにある。ともに流れているのだ。

漆黒と黄金。

黒は夜よりも暗く、金は黒よりなお瞑《くら》い。

それにしても身体が重い。とくに右半身——いや顔の右側に尋常でない疲弊を感じる…

…しかし男は、その重さが実は痛みなのだとわかってくる。

俺は寝床にいて、痛みにうなされているのだ。

「——ああ……」

男は呻《うめ》きながら、じぶんがシーツの端をつかんだことを自覚する。

「痛え……」

ずきずきと痛む。河岸の城壁を崩し町を丸ごと引きずり込むような、容赦ない痛みだ。

とうとう男は薄目をひらく。ああ無念……目がさめちまう。

枕もとの薄あかりが、ぜんまい式のめざまし時計を照らしている。

まだ真夜中だ——船内時計では。

この恒星間客船の船内時計では。

超光速で宇宙の裏側を飛翔する、白鳥のように美しいこの船の時間では。

しかし痛くってもう寝ていられない。

「歯が痛い……」声をしぼりだす。「氷、氷くれ……」

隣りのベッドから「煩《うるさ》いなあ、もう」と声がした。銀糸で編んだレースのようなソプラノ。で、それきり静かになった。

――なんてえ不人情な奴だ……枕から頭を引きはがし、それ以上起こせずまた頭を戻した。癪《しゃく》だが、もう懇願するしかない。

「氷を……シェリュバン、氷を頼むよ。顎まで腫れてきそうだ」

「うそ！」

隣りの布団で跳ね起きる気配があった。部屋が明るくなる。

「痛いの？　ねえセルジゥ、歯が痛むの？」

シェリュバンと呼ばれた少年の寝乱れた髪は、あざやかなメタリックブルーとプラチナゴールドがまざり、象牙のように白くなめらかな胸まで垂れかかっていた。地味な色調の船室のそこだけ、大きな花束を置いたように華やかだ。

セルジゥ・トロムボノクは腕をベッド脇に伸ばし、鞄をさぐった。小さなガラス瓶から錠剤を手のひらに振り出し、一口に放り込んでぼりぼり嚙み砕く。黒い前髪が浅黒い額にかぶさっていた。するどい鼻梁、削げた頰。シルクの黒いパジャマが寝汗で身体にまとわりつき、長い四肢の、鞭のように撓《しな》やかな形が浮かびあがっていた。

「そうとも。はが痛ムぞ。ムはは」錠剤をもぐもぐしているせいで間の抜けた声になっていた。「ざまをみろ。げほ、えへん。……どうせ、おまえも巻き添えだ！」

「あー、なんてこと」少年は頭を抱えてまっすぐうしろに倒れ、あしをばたばたさせた。

「なんてことだあ」

ただの偶然だ。――そうふたりの理性は告げている。

そんなのただの偶然なんだ、と。

しかし特種楽器技芸士、セルジュ・トロムボノクが歯痛を起こすとき、ただならぬ災難がふりかかること、これもまた疑いようのない事実なのである。

第一章

1

「まずはどこかで降りようよ、ね？」

二百人あまりを収容する大食堂はガラスとステンレスの清潔な構築だ。船の外はア空間の無明《むみよう》だが、船内は入念な照明ですがすがしい朝が演出されていた。

「〈シュネルバハ〉の手前で一回降りてさ。ぱっと運気を切り替えないと。ぱっと」

シェリュバンの髪は、いまはまとめられてターバンの中にある。大きな瞳に偽りの朝日が差し込んで、ハンミョウの翅《はね》みたいな碧の光沢が躍った。

掻き卵の躍り出しそうな黄、サラダボウルの緑と赤、さっと炙《あぶ》られたハムの濡れた肌、冷えた水差しの銀の膚《はだ》を曇らす露。爽やかでカラフルな食卓。トロムボノクのどす黒い顔をのぞけば。

医務室もあるがトロムボノクは期待していない。どんな医者もかれの歯痛には匙を投げているのだ。

「なんなんだ、その切り替えってのは」

地を這うような、陰気な声だった。

「それをぼくに言わそうっての？　先々月にあんな目にあったばかりじゃないか。〈ズィズィーク〉の白亜の野外音楽堂が二秒で鼻紙みたいに丸められちゃって、犠牲者は――」

途中から少年は声をひそめ、最後には口の動きだけでつたえた。「にせんにん、だよ」

「俺は何もしてない」トロムボノクは呻いた。「楽器を直しただけだ」

野外音楽堂を鼻紙みたいに丸められる、そんな危険至極の楽器も広いこの世にはいくらでもあって、そのためにトロムボノクのような職業が――特種楽器技芸士という人種が必要とされる。

ズィズィークで彼をてこずらせた楽器は〈渦動砲《かどうほう》〉という重量七百トンの自走式ほら貝だった。入念にオーバーホールして不具合は徹底的に潰したのだが、オーナーが記念演奏会の予算をけちったため、不機嫌になった〈渦動砲〉が文字どおり野外音楽堂ごと二千人の人間を巻き込んでしまったのだ。

「でもほら」シェリュバンはつとめて明るく、「歯が痛いと注意散漫になるじゃない？　ちょびっと気分転換したらばさ、本来の力が発揮できるってもんでしょ」

「延期はできない。シュネルバハの〈鳴り海〉を調教しに行くんだぞ。一日で鰯一億匹を製造できるプラントが、もう据え付けられてるんだ。にっさん、いちおくひきの、いわし、だよ。なあシェリュバン、俺が間に合わなかったら、鳴り海が怒鳴るかもしれないんだぞ。広い海域に細い神経系を通わせて、数兆トンの水を思うがままに駆動する、その危険度は渦動砲の比じゃない。本気で吼えられでもしたら……ム。ムムム」

　トロムボノクは痛む方の頰を手で押さえた。しかしかれの歯痛を治せる歯医者はどこにもいない。なにしろトロムボノクに痛む歯はないのだ。ただ純粋に歯痛だけがある。それがトロムボノクの宿痾《しゅくあ》だ。齲歯《むしば》ではない。歯茎の炎症でもない。患部なき痛み。

　シェリュバンは途方に暮れる。ぼくはもう知らない——そう言って別れることもできるのだ。たまたま十年前、ある会話を交わしたのがきっかけで、なんとなくいっしょに旅しているだけなのだ。それでもシェリュバンは説得を試みる。〈シュネルバハ〉でどんな災難が持ち上がるか知れたものではないからだ。

「痛みはさ、我慢できないでしょ。仕事に差し支えるでしょ」

「到着までには治まるさ」

トロムボノクは、ミューズリのボウルに匙を入れた。意地になって固い穀粒をぼりぼり嚙む。分厚いハムをぎしっと嚙み切る。顔はますます土気色になる。

「自棄《やけ》になんないでよ、もう」

そのときだった。

「お客様、お話し中、失礼いたします」

シェリュバンは声の主を見上げた。いつのまに近づいていたのか、給仕が——いや給仕長が立っていた。隙のない身なり、櫛の通った銀髪。

「いま取り込み中だ」

トロムボノクは横目でちらりと睨み、ハムをむしゃむしゃ食べつづけた。

「お行儀が悪いよ」

「それはこのおっちゃんの方だろ」

「お客様は技芸士でいらっしゃいますね。特種楽器の」

トロムボノクの襟にはラペルピンが留めてある。〈三つ首ホルン〉。技芸士ギルドの徽《き》章《しょう》だった。

「だから何？」

「そのピンに目を止められたさるお方が朝食をご一緒したいと。ご案内いたします」

「そっちが来いと言っとけ」

給仕長は身をかがめて耳打ちした。

「折り入ってのお話しだそうで。席はこの上でございます」

「ふうん？」

朝食のホールより上にあるのは「特別室」だけだ。特等室ではない。船賃表に載らない、特別な客にだけ提供される部屋だった。

「誰だい」

「私《わたくし》の口からは申し上げられません。ですが、〈美玉鐘《びぎょくしょう》〉の話がしたい——」給仕長の耳打ちは柔らかく、かすかで、しかし一言一句が明瞭に聞こえた。「そう言えばきっと話を聞いてもらえるだろうと、そのように仰《おつしゃ》って」

トロムボノクはようやく顔を向けた。

「〈美縟《びじょく》〉かい？」

「相済みません。私には分かりかねます」

「ねえ、びじょくって何。あ、セルジゥ、行くの？」

「案内してくれ」

「こちらです」

給仕長は真上を指さす。ステンレスとガラスでできた複層格天井《ごうてんじょう》の一角がカラリと割れ、鏡のような板が何十枚も降下してきて、踏み板だけでできたらせん階段をつくった。トロムボノクとシェリュバンが足を掛けると階段はみずからをくるくると回収していく。見下ろすとカーペットの上で、給仕長が頭を下げていた。


シェリュバンがまず感じたのは静けさだった。天然の石や木材で入念な内装が施された廊下には、床も壁も、分厚い絨毯、手織りのタペストリ、重厚な油彩画で隙間なく覆われ、通路を歩むにつれて深紅、紫紺、黒茶、そして黄金が浮かんでは消える。過剰さも圧迫感もなく、ただ歩いていることが上質な体験となる、そんな豪奢、静謐《せいひつ》な空間の奥にたどりつき、両開きのドアが押し開けられると、そこにはかるく二十人が晩餐をとれる長大なテーブルが横に広がり、正面にひとりの人物が——銀髪の老人が座っていた。

「呼び立てて済まなかったな。お掛けなさい。食事を運ばせよう」

老人は座ったまま、がっしりした手を差し伸べた。皺もシミもなく爪には張りがあった。握力の強そうな、裕福で、頑健で、意志のみなぎる手だった。

「ほう、坊や、きみはジャリー・フォームか」

トロムボノクの身体に怒りが走るのを感じ、シェリュバンはあわてて口をひらいた。

「あ、やっぱり分かりますか――ええっと、お爺さん」

「パウルだ。パウル・フェアフーフェン。分かるとも、そんな宝石みたいな眸《め》をしとるんだからな。さあさ、掛けなさい。熱いミルクをのむかね」

老人のふるまいは、親戚に何人もジャリー・フォームがいるかのように、自然で、こなれていた。シェリュバンはこの老人を気に入った。

「お爺さんは、何をしている人なの？」

「商人だよ。こちらでものを仕入れて、向こうで高く売る。これを交互に続ける」

「儲かるの」

朝食が何品か運ばれてきた。シェリュバンは金の匙で掻き卵をひと口たべ、あまりの美味に声をあげそうになった。添えられた薄いトーストも完璧な芸術だった。

「大儲けなんだね……」

シェリュバンはため息をついた。

「俺に話ってなんですか」

トロムボノクとしてはこれでもていねいな口調である。老人は表情を少し引き締め、向き直った。

「美玉鐘のお守《も》りができる人間をさがしていてね。仲間内でも一目置かれる技芸士はいないかね。紹介して欲しいのだ」

なるほどそう突くかあ、とシェリュバンは思った。この爺さん食えないなあ。

「ギルドのお方なら、美玉鐘が居住化惑星〈美縟〉の埋蔵楽器だとご存じだろう。楽器ではあるがその音色を耳にしたものはいない」

「特種楽器のなかでも、おそらく最大級。おそらく、というのはだれも実物を見たことがないから。かつて美縟のどこかに聳《そび》えていたが、いまはない。部品が大陸のあちこちにバラバラに埋められているらしくたまに出土するが、あまりに大きくてもてあますので、そのまま埋め戻される。だからこれまで再建は試みられたことさえない」

「いまここで、聴いてみるかね」

「そんなことが……、できるわきゃない」

トロムボノクの腰が少し浮いた。お、とシェリュバンは思った。

「おおい――あれを持っておいで」

給仕が出入りしていた戸から、幾人かの影が何かを持ってよちよちとあらわれた。それを見てふたりは言葉を失った。

幼い男児が七人、手に手に長い筒を持って歩いてくる。身につけているのは黒い小さなパンティだけ。背丈は低く手足は太く、素足だった。なめらかな膚には肉感的な柔らかさがあるが、胸に乳首はなかった。

しかし、なにより印象的なのはその顔だ。ぬめりと光沢のある大きな目はふさふさの睫《まつ》毛《げ》でふちどられ、鼻と唇はちまちまと細工物のように小さく、頬は薔薇色で、心から楽しそうににこにこしているがゴムマスクのように不自然だ。そうして、七人が七人そっくり同じ顔をしているのだった。

「おや。きみらは〈亞童《あどう》〉をご存じないか。これは〈美縟〉名物の人造侍童だよ。一見ヒトそっくりだが——美縟土着の生物〈梦卑《むひ》〉を改変したものだ。賢くて、あるじに忠実で、怪力のもちぬしでもある。さ、おまえたち、青写真を広げてさしあげろ」

亞童たちはなまめかしい声で何事かをぺちゃくちゃしゃべりつつ、手にした筒からまるめた図面を引き抜いて卓上に広げた。図面のふちはひとりでにつながって大きな一枚になる。

「レプリカだな」

「といっても全世界に三部しかない。〈美縟〉以外に持ち出されているのはこれだけだ」

「セルジゥ、まっ黒だよ、これ」

「いや、そうじゃないんだ」

いっけん墨で塗りつぶしたような図面は、よくみれば蜘蛛の糸よりも細い描線が何重にもびっしりと重なっているのだった。

「これは、こうするんだ」

トロムボノクは三本の指で、壺から塩をつまみ取る形を作った。指先を紙の近くでぱちりとひねると、密集していた線が勢いよくほぐれて、ぐんぐん拡大する。するとそれが都市の俯瞰図だとわかる。指をはじくたびに倍率が上がり、ひとつの街区に分け入っていく。ひときわ大きな建物に画面が寄っていく。大きなドームのまわりに、五つの尖塔を従えた大建築の精密な線画だ。

手首をひねると視点は建物の側面に回り込み、壁に沿って横移動して、とある窓で止まる。そこを爪で弾《はじ》くと視点は窓をくぐって内部へ進入した。数階分をつらぬく大空間。階段や椅子と比較すると、その壮大さが理解できる。トロムボノクの指はその空間をぐるぐると回して見せた。

「このどこかに、びぎょくしょうがあるの?」

老人はにやりとした。亞童たちもくすくすと笑った。トロムボノクは言った。

「これ全体が美玉鐘だ」

シェリュバンはびっくりした。

「この大きな建物が！」

「いや、さっきの図面全体がだ」

「え、それって街全体が？　まさかそんな」

シェリュバンはけらけら笑い、フェアフーフェンのウィンクで真顔に戻った。

「美玉鐘は、巨大なカリヨン――組み鐘のシステムなのだ。見てろ」トロムボノクは急速に視点を後退させた。「いまの『建物』はパイプオルガンで言えば操作卓《コンソール》にあたる。実際に音を出す発音体――『鐘』は、この建物ではなく街全体に配置されると、この図面にある。最小では杯よりも小さく、最大では建物三階分もある。総数では数十万基に及ぶだろう。何百人もの奏者があの建物に陣取って、都市全体を鳴らすんだ」

それを頭に入れてから図面をみると、いま見た建物を核として大小の道路が伸び、血管のようにすみずみまで巡らされているのがわかった。演奏することを見越して道路計画がなされている。

美玉鐘を載せること、そのために造られた街なのだ。空恐ろしさにシェリュバンはぶるっと身震いした。

トロムボノクがまた指をひねる。視点は、街の一角に急降下した。路地裏の小さな家。

その屋根には、数百個の鐘が整然と配置されていた。コップ大から大鍋くらいまであった。

「これでいいか。ちょっと聴かせてやる」

長い髪を、じゃまにならないよう頭のうしろでまとめ、トロムボノクは図面に描かれた鐘をひとつ敲《たた》いた。深沈《しんちん》としていたフェアフーフェンの食堂空間に、涼やかな風鈴がひとつ鳴って、玄妙な余韻を長くなびかせた。

「この図面は発音シミュレータを内蔵している」

余韻が消えかかるタイミングで、こんどは数十もの鐘をなで切りにかき鳴らす。

音。

大量の硝子の針が斜めに降り注いでくるような音。

透明、至純、細緻な音の斜線が、ぶつかり合い、砕けて死に、銀いろの音の霧となって耳を――あらゆる思考と感情を飽和させた。シェリュバンは、掛け値なし、呼吸《いき》ができなかった。

トロムボノクが残響を止めた。シェリュバンはようやく肺を返してもらえて、大きく喘《あえ》いだ。

「これでもまだ音の青写真にすぎない。実物と比べたら、ほんのままごとだ」

「なに威張ってんの。セルジゥが引いた図面でもないくせに！」

シェリュバンの虹彩は、血塗られたような赤に一変していた。戦闘色。音に生命の危険を感じ、反動で臨戦態勢に入ったのだった。

老人がとりなす。

「坊や、そうではないぞ。この図面を初見で鳴らすなど、常人にできることではない。この図面のシミュレータは、多くを奏者の想像力に依存しているのだ」

「ずいぶん勿体《もったい》ぶった図面なんだね」

「坊やのお連れさんは、並外れた才能がありそうだ」

「訂正を求めます」シェリュバンはまだ機嫌が悪い。「ぼくは坊やじゃないです。あなたの、たぶん二倍は生きているし。でも、セルジゥが特種楽器の達人なのは間違いないです」

シェリュバンはなにかを思いつき、顔をぱっと明るくした。

「ねえねえセルジゥ、凄《す》っごいよねー、だってほ……」

「船は降りない。シュネルバハが先約だ」トロムボノクはにべもない。「フェアフーフェンさん、あんたのいう復元ってのはこの程度のことかい。あいにく俺は、図面の中の楽器には興味ないんだよ」

フェアフーフェンはにこやかだった。

「では現に建造中だとなれば、話が違うわけだな」

「壮大な話だな。完成はいつになるやら」

「あとひと月さ」

トロムボノクは目を剝いた。

「……本気か。国庫が倒れるぞ」

「ははは。美孵の首都〈磐記《ばんき》〉はちょうど開府五百年祭を迎えようとしている。記録にも記憶にも一切残っていないが、伝説では建国に先だって、美玉鐘は、秘曲〈零號琴《れいごうきん》〉を鳴らしたと伝えられる。

その音が、あの国を啓《ひら》いたのだという。

そして〈美孵〉建国時の国是には、美玉鐘の再建と零號琴の演奏が掲げられている。この熱情は一度も絶えたことがない。先ほどの図面はこの国の首都の地図だ。かれらは本気だよ」

「〈行ってしまった人たち〉技術の詰まった図面は、一般の民間船に持ち込んでいいものじゃない」

「くだらないいちゃもんだ」老人は笑った。「まずこの船は私の持ち物だ。次にこの船は法的には二つの宇宙船を接《は》ぎ合わせたもの。そしてこちら側は私が理事長職にある財団法人に貸与されている。美術文化の研究機関で、この図面はその団体に寄託《きたく》されたものだ。ここにあっても何ら問題はない」

当然気がついているべきだった。この老人が美術にどれだけの権力を持っているか。

「私は復元事業のスポンサーをしている。資金面は当然だが、人脈の点でも大いにお役に立っているつもりだ。私は顔が広いのでね。クレオパトラ・ウーは言っていたよ。たぶんトロムボノク君はシュネルバハに行くと言い張るだろうが、ほんとは鰯の世話なんかうんざりなはずだ、とね」

「クレオパトラ……」

技芸士ギルドの最上格者〈三つ首〉のひとりの名だった。

「とある名醸のぶどう畑を共同経営しているんだ。仲がいいんだよ」

トロムボノクはなおも粘った。

「技芸士は修繕や調律、調整が仕事だ。復元なら復元士がもう何十人も乗り込んでいるんだろ。俺の出る幕はないよ」

「それがあるのさ。向こうへ着けばおいおい判る。この仕事はたいそう危険でね。生命にかかわるような」

シェリュバンはまた卒倒しそうになった。

これなの。これが歯痛の予言だったの……。

「トロムボノク君、誤解しないでほしい。きみが望むなら、本来の目的地にお届けすると約束しよう。

ただ、私がきみなら絶対にこんな機会は逃さない。鳴り海は何処へも行かないが、美玉鐘はしばらくすればまた解体される。たぶん再建はない。

もう少し面白い話をしようか。

〈美縟〉唯一の大陸〈綾河《リンカ》〉の背骨をなす山脈で三十年前、大地震があった。山を断ち割ったような垂直の岩壁が崩落し、そこから全長十八メートルの大ハンマーが転がり出てきた。むろん自然物ではない。図面で確認すると、まさしく美玉鐘の部品であるとわかった。最大級の鐘を叩くパーツだよ。しかもまるで出来立ての新品なのだ。

素性をしらべて驚いた。岩壁を構成する岩が自発的に微細なファイバーにほぐれ、これが強靭な構造を編み上げていた。この構造はハンマーを製造するための素材とエネルギーを周りから調達する、豆の莢《さや》みたいな役割を果たしていた。ハンマーをひとふり作るためだけにだ」

「……」

「ハンマーはただ埋まっていたのではない。意図的に製造されたのだ。

だれかがトリガーを引いた。〈行ってしまった人たち〉かも知れない。違うかも知れない。ただ何者かが美縟の大地に命じたのだ。美玉鐘を産み出せと」

老商人はまぶたを閉じ、またひらいた。

「美縟の有力者はただちに本格的な全球探査を行った。美縟の地下では異常事態が起きていた。美縟の地質はさながら一個の楽器工場であり、猛烈な勢いで美玉鐘の部品を製造している。

どうだねトロムボノク君、古今最大級の楽器、五百年ものあいだ姿を消していた想像の楽器が、いよいよひと月後に、秘曲〈零號琴〉を鳴りわたらせる。

誓ってもいいがこんな機会は二度とない。

轍《わだち》世界で――いや、この宇宙で、一度きりしか鳴らない音だ」

「……」

シェリュバンは知っている。トロムボノクはこういう搦《から》め手で支配されるのをなにより嫌う。筋金入りのへそまがり。でも――

今回だけは抵抗できないかも。

案の定、トロムボノクは黙り込んだままだ。ほいほいとOKするのが沽券《こけん》にかかわるとでもいうのか。

フェアフーフェンは椅子の背に身体をあずけ、両手を組んだ。亞童たちに図面をしまわせ、珈琲をカップに注がせた。

「あすこにはな、末の娘が嫁いでいるのだ……」フェアフーフェンは表情を和《なご》ませた。

「娘の連れ合いは假面《かめん》作家でね。シェリュバン君、美縟の假面文化を知っているかね？」

「あ、いいえ」

「あれは素晴らしいものだ。娘はそれに夢中になった揚げ句、遂には、住みついてしまった」

「そんなに綺麗なんですか」

「娘かね？」

「いいえ、假面」

「美しい。しかし、鑑賞用というよりは実用品だ。上演のためのね」

「上演？　演劇用なのか」

「おやおや、トロムボノク君も美縟にはさほどくわしくないのだな。假劇《かげき》だよ。假面は假劇のために造られる。

それは素晴らしい野外劇だ。上演の夜、市民はこぞってお気に入りの假面をつけて街にくり出す。その雑踏の向こう、塔とドームの彼方、残照と星空を背景に、現れる」

「なにがですか」

「怪獣だよ」

「はい？」

「ジャリー・フォームの少年よ、覚えておきたまえ。磐記は怪獣の都なのだ」

豪奢で深沈とした光の奥、亞童に囲まれてパウル・フェアフーフェンは満足そうに微笑んだ。

2

超光速客船は周囲のア空間を治癒して通常空間へと戻し美縟近傍に実体化、慣性制御の秘術を凝らしてわずか二十分で軌道港へ接岸した。

軌道港へわたる連絡通路の窓からは、美縟のただひとつの大陸〈綾河〉が眺めわたせた。大きく弓なりになった陸地は砂浜のように白く、一方の極から他方へとほぼ惑星を縦断していた。青く霞《かす》む海洋に大陸がほの白く横たわるさまは、昼の三日月と青空とを一個の宝玉に封じたかのようだ。

「小規模な島嶼《とうしょ》もたくさんあるのです」

となりを歩く咩鷺《みさぎ》が、それとなく教えてくれる。

「部品が見つかっているのは、大陸だけではありません」

フェアフーフェンは一足先に専用機で降下しており、この女性がトロムボノクとシェリュバンを案内している。優雅な長身、長い首としなやかな手脚。首の回りや両手の甲にはふわふわした純白の羽毛が生えている。

「見えますか、磐記のまわり……」

白茶けた平原に目をこらすと、首都を中心とした同心円と放射状の線条がうっすらと見えたような気がした。

輸送路や中間工場の集積が、あまりにも大規模であるため、この高度からさえ視認できるのだ。大陸から、島々からやってきた部品が、途中まで組み立てられて、首都に運び込まれる。

咩鷺は美玉鐘再建プロジェクトの総括責任者のひとりと聞かされていた。

咩鷺の頭部は卵形で等質な乳白色、ただ、額の上からうなじにかけて白い羽毛が一つらなりに生えている。眼は深紅の球を埋め込んだような形。鼻と口はひとつにつながり、肉質の短い嘴《くちばし》を形成している。

人間の顔ではない。

しかし、血の通うぬくもりのある顔。

これが美縟の假面である。

假面にはいくつもの種類がありますが、これは「侵襲型」でわたしの身体と一体になっています——昨夜、打ち合わせで彼女はそう説明した。

この假面は、着装すると皮膜を侵し、表情筋と神経を取り込み、口腔から声帯までなめらかに連続し、手の甲や胸もとには羽毛を繁らす。まさに「身体と一体」だ。

ふたりのいる連絡橋は人であふれていたが、假面を着けている人間はほとんどいない。しかしこのように常時着装し、第二の顔とすることも、美縟ではひとつの生活様式として認知されている。

「磐記は建都のときから美玉鐘となるべく設計されています。あの大平原さえ、その一部です。楽器製造ヤードとして必要な広さが確保してあるのです」

トロムボノクは昨夜からずっとこうして、美玉鐘再建プロジェクトについて聞かされ続けていた。咩鷺の学識、スタミナ、マネジメントの腕前は並外れていた。専攻は都市計画史、音響景観、假劇、そして梦卑の生態。この筋金入りの「假面っ子」は、天分をフェアフーフェンに買われ、異例の若さでこの巨大事業の責任者のひとりとなっていた。

「地上《した》では、假面を着けてる奴が多いのか」

「とくに週末は」

「『週末』？」

「七日を一単位とした暦の上でのまとまりです。古典地球の流儀で、労働から解放される日を定期的に設定し、それを週の終わりと定義します。よいものですよ。前の夜には、浮き立つような気分になれます」

「そこで假劇、か」

しかし咩鷺はまだ假劇のことは何も教えてくれていない。

「その假面には、なにか謂《いわ》れがあるのか」

「〈孤空《こくう》〉。この面の銘は〈孤空〉。サーガにあらわれる詩人の姿をかたどっています」

「銘」

「すぐれた假面は芸術作品ですから、一点一点名前がつきます」

「それは詩人の名かい？」

「いえ」咩鷺は首を振った。「〈美縟のサーガ〉に登場する詩人には名前がありません。その理由はおいおいわかるでしょう。いま着けているこれは、ある假面作家が、詩人の印象を彼なりに形にしたものです。孤空の名はわたしがつけましたけど。

でも作家の数だけ、いえそれ以上に色々な形があり得るでしょう。假面は豊かな芸術なんですよ。

ところでトロムボノクさん、歯痛の方は大丈夫ですの」

「何のことだ」

咩鷺はいきなりくすくす笑いだした。

「シェリューがやって見せたとおりだわ。あの子は真似が上手ね。『きっとセルジゥはこう言うよ——何のことだ！』。ほんとにそっくり。

あなたは災難を呼び込む天才なんですって？　でも、それ以上に楽器あしらいがうまいんだ、と言ってたわ」

「歯の浮くようなことを。うまい技芸士はいくらでもいる」

「あら、シェリューはあなたを尊敬しているみたいよ」

「なんだその気味悪い呼び方は。待てよ、そういえばあいつは何処だ」

「さっきまでわたしの助手と話し込んでいたけれど。あら、顔色が悪い」

「気をつけたほうがいい。あいつは、なんといえばいいか、まあ、たいへんな女誑《おんなたら》しなんだ……」

二人旅をはじめてどれだけ経つだろう、何処へ行っても、ちょっと目を離したすきに恋人を――男女問わず――作ってはひどい悶着を起こす。トロムボノクに言わせれば、災難の多くはあの第四類改変態《ジャリー・フォーム》の無分別に原因があるのだ。

「あれは天性のものよね」

「だろう……いや待て。知っているのか」

「ゆうべ」

「ううむ……それで、シェリュー」

「この假面がたまらなく素敵なんですって。うっとりする口説《くぜつ》でした」

「で、どうなった」

「なんであなたが赤面するの。どうなったか、知りたい？」

鳥の假面が様相を一変させた。丸い頭に生えた産毛《うぶげ》がふわりと逆立ち、嘴の朱が鮮やかになった。たったそれだけのことなのに、女の全身が匂うような妖艶さを発した。

「う、う……いや」

「教えてあげる。こうしたのよ」長い腕がトロムボノクの首に回される。鳥の假面が眼前に迫る。「ほら、どう見える？」

赤く染めた茹で卵のような目、青白い膚、艶めく肉の嘴。小さな假面はさまざまな質感の巧妙な配置で構成され、異形の魅惑にトロムボノクは呑み込まれそうになった。

「……おい、人が見てるぞ」

間抜けな抗議をふさぐように、咩鷺の腕がしなやかに締めつけ、嘴がトロムボノクの鼻先をかすめたとき――

「!!」

トロムボノクは、視た。

どこかの地獄を。

黒一色の世界。その底を黄金色《きん》の劫火が舐めてゆく。古代の屛風絵《びょうぶ》のごとく様式化された焰《ほのお》が、森の木々のように、あるいは軍勢が突き上げる矛《ほこ》のように、何千何万と立ち並び、波打って闇の底を焼いている。黒煙が――手で摑みとれそうなほど濃厚でねばつく猛煙が、焰から立ちのぼって空に沈殿していく。

さけび。

耳を刺す、調子の外れた、しかし切々とした哀しみに満ちた女の叫び声が空を渡っていく。音の方角を見ると、それは女ではなく巨大な鳥が悠然と翼を広げているのだった。

なぜこの世界はこんなにもくらく、そして燃えさかっているのか、焰の下でどれだけの人々が生きながらに焼かれているのか、なぜ「鳥」はああも哀しげに啼《な》くのか。

トロムボノクは、両目からおびただしい涙を流し、連絡橋の通路に膝と両手を突いていいる自分に気がついた。咩鷺はなにごともないように立っている。

「シェリューにもこうしてあげたの。びっくりしていたわよ」

「いまのは、何だ……」

「孤空は、吟遊詩人の顔を表現している。いまあなたが見たのは、かれの本質をひとつに凝集したイメージ。それがこの假面の中に焼き付けてある。

美縟民族の長大な物語――〈美縟のサーガ〉には、数え切れないほど多くの神々、英雄、知者、怪物が登場する。そして詩人も。かれの背負った運命と痛切な感情のことごとくを強烈な心的情景に造形して、假面に埋め込んである」

咩鷺の口調はまた取り澄ましたものに戻っていく。

「この中に――假面の奥に、いつもあの光景があるのです。多くの人を焚殺《ふんさつ》しつづける焔、重油を湛《たた》えたような闇、そして鳥の啼き声が。

サーガの神々、英雄、怪物はそれぞれに物語を持っている。假面を着けることは、その物語を我とわが身で引き受けるという積極的な意志を意味します。

トロムボノクさん、どうぞ假面のことをよく知ってください。美玉鐘と假劇は、深くむすばれている」

トロムボノクが言葉をさがし、そして口を開こうとしたそのとき、横から誰かが体当たりしてきた。つんのめり、這いつくばう。

「ああっ、ごめんよセルジョー」

背中の上に乗っているのはシェリュバン。さらにその上、咩鷺の助手が馬乗りになっている。

「この改変態のど変態！　わたしを甘く見たら大間違いなんだから」

首をねじって背後を見上げる。助手は小柄だったが、のしかかられているだけなのに、シェリュバンもトロムボノクも彼女をはねのけられない。助手の手が振り上げたのはどこで摑んできたのか小さな花瓶である。トロムボノクは何が起こったのかを素晴らしい聡明さで察知した。

「あきみ、落ちついて落ちついて。俺の連れが失礼なことをしたんだな。素敵な花瓶だね。重そうだ。おわびするよ、何度でも……おわ！」

振りおろされた花瓶は素早くよけたシェリュバンをかすめ、トロムボノクの後頭部で黄金の火花を散らし、つづいて闇がどっと垂れ込める。


黒と金。

漆黒と黄金の流れが合流し、豪奢な縞を描く。縞は渦となり、渦の中に小さな円が三つ、四つと生まれ、目鼻となって、あらためて眺めればそれは大きな假面であるらしかった。

この面はだれを模しているか。

それは、もう知っている。

零號琴。

歯のない歯痛。

劫火。幻歯痛。

声もなく焼かれていく人々。

巨鳥の哀歌。

すべてはひとつの渦となっていく。

渦のふちに手を差し入れ持ち上げる。流動する假面を顔にあて、落ちないよう手で押さえていく。頭の後ろに手を回したとき、でかいたんこぶを探り当てた。

「いてててて！」

痛みに目をさましたトロムボノクに、シェリュバンは不機嫌そうな眼差しを向けた。

「大げさだなあ」

鮮やかな青のターバン。その向こう、客車の窓越しに爽快な朝が広がっている。ふたりが乗った機関車は、宇宙港から首都磐記へと驀進《ばくしん》していた。同じコンパートメントには咩鷺と助手の菜絣《なづな》、そして亞童が一体。

「やだやだ、ちょっとしたあやまちをいつまでもネチネチと」

「つくづくおまえは反省やきまり悪さに縁のない奴だな」

「どういたしまして」

シェリュバンはにこにこして菜絣の肩に手を回している。黒髪をおかっぱにした、真面目そうな学生だった。

「本当、なんてお詫びしたら……」

ばかばかしくてつきあっていられない。あのあと菜絣とシェリュバンはすぐ仲直りし、軌道港での一晩をすごしたあとはすっかり恋人状態だった。

「ああ、もういいよ」トロムボノクは手を振った。「きみは悪くない、とにかく悪いのはぜんぶシェリュバンだから」

トロムボノクはふと、いま、夢で何かをつかんだ気がしたことを思い出した。しかしこの騒々しさで啓示は雲散してしまった。

地上の宇宙港から磐記の中央駅までは鉄道で二時間かかる。列車は巨大な倉庫が建ち並ぶ区域を弾丸のように走っていた。倉庫の中では美玉鐘の部品が組み立てられている。首都から周辺へ放射状に伸びる線路を、毎日何百便という列車が遡上し、一便あたり数十輌の貨車から積み下ろされている。

首都をそっくり楽器に改造する、否、首都を楽器として「完成」させるという、おそらく前代未聞の事業、そのバックヤードを列車は貫いていく。

コンパートメントの引き戸がノックされ、亞童が入ってきた。濃紺に金モールのお仕着せ。車掌の制服だ。

「磐記中央駅まであと十五分です。お荷物が多ければ赤帽を手配いたします」

「だいじょうぶよ。連れてきているから」

「かしこまりました」

車掌の右目がチチッと光り、なにかの処理が行われたと見えた。

「赤帽もやっぱり亞童なのか」

トロムボノクは咩鷺に訊ねた。

「肉体労働の多くは亞童が担っています。埋蔵楽器の発掘も、鐘の据えつけも亞童がいなければとても回りません」

労働と再分配の問題を、美縟は「亞童」で棚上げした。さもなければ美玉鐘に割ける社会資源はなかっただろう。

車掌が去ると、トロムボノクはふうっと肩の力を抜いた。

「どうしたの、セルジゥ」

「暢気《のんき》な奴だな、気がつかなかったのか。今の車掌はこのコンパートメントと俺たちをスキャンしていたんだ。もしこっちの亞童が武装仕様でなかったら何が起こっていたやら。そっちのお姉ちゃんは気づいていたみたいだが」

「え、え、え、えー？　そうなの」

シェリュバンの「え」が四つだったのは、それぞれ「スキャンされた」「襲撃されるおそれがあった」「武装仕様だった」「菜綵は気づいていた」に対応していた。

「この鉄道会社はフェアフーフェンの息が掛かっているんだろう」

「も、もちろんです」

菜綵は屈辱に頬を赤くした。

「だとすると先が思いやられるなあ――」トロムボノクはあたまの後ろに両手を回し（痛くないよう気をつけて）、尻の位置を前にずらして天井を眺めた。「なあ菜綵さんよ、きみも丸腰じゃなかろう。鉄道警察隊にはもう連絡した？」

五つめの「え」には取りあわず、トロムボノクは続けた。

「何の専門もないきみが助手に就いても意味ないものな。お役目はＳＰ？」

意味のわからない質問を振られて困っています、という表情を、菜綵はうまく作ってみせた。いっけん普通の学生にしか見えない。

「シェリュー？　これは随分と剣呑《けんのん》な状況のようだぜ」

「え、え……」

「その頭に盗聴装置がついてないか確かめとけよ。やれやれ、歯痛のお告げは今回も的中らしい」

「もうー、けっきょく災難を面白がるんだから。それが諸悪の根源だよ」

絶世の美少年は、ぶうぶういいながらターバンをほどきはじめた。


磐記中央駅到着までの二分で、鉄道警察は問題の車掌を回収し、点検を終えた。脳に数か所、微細な腫れが確認された。脳神経ハードウェアへの介入が行われたのだった。特定の――礼儀正しい車掌としての行動をとろうとした時、脳でその命令が別のアクションにすりかえられ実行される可能性。車掌が回収に抵抗しなかったので、警察隊はこれを何者かの示威行動と解釈した。車掌の個体は製造段階から鉄道会社が管理している。それでもなお亞童をクラックすることができる。それを示すことが目的という見立てだ。

茶化しはしたものの、トロムボノクは当然憂鬱だった。美玉鐘再建は途方もない金が動く事業であり、美縟びとの民族的アイデンティティに深く鍬《くわ》を入れる行為でもある。火種には事欠くまい。もめ事の渦中にぶち込まれたわけだ。

中央駅に到着したあと、一行はＶＩＰ専用の通路を通り、フェアフーフェンが差し回した漆黒の巨大な高級車――李蒙《りもう》に押し込められ、ルートには地下道路が選ばれた。咩鷺は
いかにも残念そうだった。

「地上を見てほしかった。〈磐記内陣〉がどんな姿形をしているか、じっくり見て歩き回ってほしかった」

「だなあ」

首都磐記は人口七百万を擁しその面積も広大だが、行政、経済、芸術の中枢となるのは磐記内陣と呼ばれる特別の区域だ。五百年前の開府以来の歴史を持つ。石造りの古風な街であり、中心にある円形の区画、それを取り巻く四つの区画のあわせて五つの区画からなる。

中央が〈沈宮《ジンク》〉。その北方に〈昏灰《グラファイ》〉、東が〈芹璃《セリリ》〉、以下時計回りに〈紅祈《アカネ》〉〈華那《カナ》利《リ》〉と並ぶ。

これらの名は〈美縟のサーガ〉に由来する。世界開闢《かいびゃく》の直後に生まれ、この国を定礎した五柱の始祖神、〈五聯《ごれん》〉の名から取られているのだ。

古い文化が美縟びとの精神の深い部分を規定しているのは間違いない。しかしまた、美

縟には七百万の人口を食わすだけの現代的な産業経済が興ってもいる。磐記は五百年のあいだ首都であれと命じられた楽器だ。同時に、ただの大都市でもある。

「もう少し辛抱してくださいね。夜は、しっかりと安全を確保しますから」

「わあい、楽しみ」

シェリュバンはにこにこしている。

この日は假劇の上演日だった。夜はパウルと合流し假劇の一部始終を見せてもらえることになっていた。ただし假劇がどんなものかは何一つ教えられていない。町中の野外劇だということと以外は。

一行はフェアフーフェン商会ビルの地下駐車場で李蒙を降りた。無停止エレベーターに乗り、着いた階はワンフロアをいっぱいに使った円形の会議室だった。部屋の全周が大きな窓であり、この建物は何処よりも高く、磐記をそっくり見わたしていた。

「お待たせしました、先生」

咩鷺の声に、窓辺の人物がこちらへ向き直る。

「なんてこった……」

トロムボノクはうめく。

「あれー、マギちゃんだ！」

シェリュバンは喜びの声を上げる。

ギルドでは知らぬ者のない特別な技芸士、三博士《マギ》がそこに立っていた。

「おおシェリュバン、ひさしぶりだのう」

三博士、といいながらそこにはひとりしかいない。トロムボノクより頭ふたつ高く身幅は倍近くあるだろうか。太い眉とぎょろ目、鷲鼻、うしろになでつけた髪、充実した体躯。トロムボノクに似た黒ずくめの服装、違うのは虹色の鮮やかなスカーフを巻いていること。そしてもうひとつ——バッジだ。

三つ首ホルンの襟章が縦に三つ、並んでいるのだ。

この男の本名はバートフォルド・アドルファス・グスタヴァス。ひとつの身体に技芸士三人が収納されている。

「おおう、セルジュ。よう来たよう来た」

「あんたがいると知ってたら、こなかったよ」

「ははは。あいかわらず不景気な面《つら》だなあ」

そこでトロムボノクは反対側の襟に気がつく。こちらにも三つ首ホルンの徽章。

「おいおい。……増えたのか？」

「この仕事は、さすがに三人ではようでけん。ファウストゥスも呼んだ」

「わあい、四博士でも三博士でお得だね！」

意味が分からない。

「ファウストゥスってのは聞かない名だが、あんたらが揃っているのなら、それだけでじゅうぶんだ。俺は帰らせてもらうよ」

踵《きびす》を返したトロムボノクをとおせんぼしたのは菜綵である。

「ほんとうに気が短いのね。先生たちが仰るとおりだわ」

こう言ったのは咩鷺だ。

「短気にさせてるのはそこの爺ぃたちだよ。何度ひどい目にあったか」

「あなたの腕が買われているということでしょう」

「いきなりパウル直々《じきじき》にスカウトされるなんて変だと思ってたんだ。こいつらが指名したな」

「名誉なことですよ。それに『こいつら』は失礼でしょう。先生たちはあなたの親代わりと伺ったわ」

トロムボノクの顔色がさっと変わった。そのまま無言で押しとおろうとする。

「だめですよったら」

菜綵はため息をひとつつき、左の親指を立てた。

「？」

指先をかるくトロムボノクの胸に当てる。それでもう、一歩も動けなくなった。全身をふん縛《じば》られたのと同じで、つぎにどう動けばいいのか、まったくイメージできない。

「先生とはここでもう五年、いっしょに仕事させていただいているわ」

五年とはまた途方もない贅沢だ。三博士は特級技芸士でも匙を投げるとびきりの難題を引き受ける。顧問として動くので現場に出向くことはまずない。

「よほど物騒な話なんだな」

菜綵が指を離し、右手をトロムボノクの肩に置く。するとトロムボノクはくるっと向きを変え、三歩進んで、元の位置に戻っていた。菜綵はなんら力を入れていない。トロムボノクも自発的に動いたつもりはない。身体の構造を熟知し、わずかな力で思い通りに動かす。空恐ろしいほどの達人らしかった。

「窓の外を見てみい」

フェアフーフェン商会のビルは〈紅祈〉地区の外縁に位置しており、内陣を南端の側から一望に見渡せた。

「見覚えがあるだろう」

パウルの前で広げた図面通りの巨大建築が、十キロメートル先に現実の姿をとっている。

五つの尖塔に囲まれた白亜のドーム。

「〈至須天《しすてん》〉大聖堂だわな」

トロムボノクは頭の中の地図と目の前の光景とを照らし合わせた。

五区画から成る内陣は、磐記の核心である。

内陣の中央を占めるのは〈沈宮〉区域で、至須天はその最中枢にある。ひと月後には、ここに美玉鐘を操作するコンソールが置かれる。

「懐かしくならないか？」

三博士の声音が変化した。三博士のひとり、バートフォルドの冷たい声が前面に出てきたと分かる。

「なるもならないも、俺にふるさとはないよ」

声がとげとげしくなる。

意地でも横を見ないようにした。

「ないといったらない」

「ふむ、気分を害したのなら申しわけない」

声はアドルファスのものに変わり、バートフォルドとトロムボノクを取りなした。

「ねーねー」シェリュバンが割って入る。「マギちゃん久しぶりだもん、もっと構ってよ。

ね、マギちゃんも今夜いっしょに假劇を観るんでしょ」

「あいにく野暮用がある」

「えー」

「見ろ」三博士の声にふたたび厳《いか》めしさが差す。バートフォルドだ。「大聖堂の周りを護るように建っているのが四つの法務庁舎だ。こちら――つまり南面に向いているのが、中央登記所だ」

商会ビルの足もとからまっすぐ大聖堂へ続く道があるが、その道はいったん中央登記所で塞《せ》き止められるかたちとなる。

「今夜の假劇は、中央登記所前の広場で開かれる。假劇はただもう単純に面白い。そして、類を見ないシステムで動かされている。予備知識なしで観ろ。何一つ見逃さぬ心がまえでな」

バートフォルドはどうしてこうも大仰なのか。シェリュバンはおかしくってならない。

「で、あんたらは、俺にここで何をさせたいんだ?」

すると、グスタヴァスののんびりした声が出てきた。

「ソうよのう、演奏シてもらおうかなあ。美玉鐘を」

「俺がか。あんたら冗談も三人前あるのか」

「正式な演奏部隊は千人ほどで編成するんじゃが、おまえさんには別動隊を任せたいと思うとってのう」

「何人くらい」

「おまえさんひとり」

トロムボノクはがくっとうなだれる。こいつの話は取り合わないのが一番だ。

「あーそれ、いっぴきおおかみってやつ？　かっこいい」

「おまえは黙ってろ」

そこへ、またもバートフォルドが冷たい声を浴びせる。

「いまのうちに言っておくぞ。美玉鐘はいくら強く演奏してもいい。どんなにはげしくたっていい。ただし、いいか、音は立てるな」

第二章

3

〈行ってしまった人たち〉の通過痕——通称〈轍〉と、人類の最初の接触は、火星に恒久的な居住施設が設置されてから七十年の後であった。

外宇宙を探査したいという人類の欲求は、突発的に高まっては飽きて忘れるの繰り返しが続いていたが、木星軌道に拠点が確保されたことと、軽量高性能な探査体の開発が重なり、かつてないほど多くの探査体を送り出した時期がある。

その熱がさめ、関係者以外は探査体のことなど思い出しもしなくなったころ、ある日とつぜん一機の探査体が膨大なデータを送って寄越した。これは運用側の手柄ではない。探査体は〈行ってしまった人たち〉の遺した見張りに発見され、一方的に乗っ取られただけだったからだ。

一読し（送信文は、英仏中独印葡併記の平文で、解読の必要もなかった）、研究者たちは腰を抜かさんばかりに驚いた。デスクのコーヒーと灰皿をひっくり返し、サンダル履きのまま全力疾走で表の道路に飛び出した。

読んだばかりのメッセージにあったとおり、葉巻型、全長三千メートルの恒星間宇宙船が、雲を割って、まさに姿を見せるところだった。

だれも乗っていないから安心せよ、とメッセージには書かれていた。この宇宙船は人類への招待状である、ともあった。〈行ってしまった人たち〉にとってこれは封筒と切手、返信はがき程度のコストにすぎなかったらしい。葉巻は地球の全地域に、都合三百機が舞い降りており、各国政府が血眼《ちまなこ》で奪い合う必要もないほどだった。

うかうか近づくな、人類を捕獲する罠だとの声があがった。これには反論が返された——駆除だろうがサンプル回収だろうが、これだけの技術文明がそんな手間をかけるものか、と。根拠薄弱という点ではどっこいどっこいで、結果としては、もちろん世界じゅうで葉巻型宇宙船の探索が行われた。

招待状の中身をひと言であらわすことはできないが、探査初期の特筆すべき発見は、単座、複座の小型宇宙機が数十機、中規模の宇宙船数機が搭載されていたことだった、分析は、まずオートバイのような形をした単座の宇宙機から取り掛かられたが、高度に政治的学術的なかけひきと足踏みが行われているさなか、貧乏青年がこのバイクを盗み出し地上から火星居住地まで三日で安全に往復してしまうという不測の事態が生じて、もうすべてがワヤになった。全世界で一万七千機を超えるバイクは即日実地運用に入ってしまった。ほどなく中規模の宇宙船が就航して太陽系内の開発が劇的に進行したが、これは系外の何処へ行ったら良いのか人類がすぐには思いつかず、とりあえず近場をうろうろするしかなかったためである。

さいしょはおずおずと、そうして（人類が過去つねにそうであったように）すぐにわが物顔で外宇宙へ漕ぎ出した。

快適に整地された領域、〈轍〉宇宙へ。

最初の特種楽器は、くだんの探査体が発見した（というより捕獲された）惑星に降り立った人間によって見いだされた。

第一発見者に〈ビーチパラソルの骨〉と命名されたその楽器は、まさしくその名のとおりの形状をしていた。一本の丈高い支柱と、放射状に伸ばされた細い腕木で、海岸に立っている。第一発見者が二百名もいたことから分かるとおり、航空機からでも容易に確認できる大きさ——傘部の外周が二キロメートル——であったことも付けくわえておこう。

〈ビーチパラソルの骨〉に地上から近寄った人類は、その基底部にひと目でそれと分かる「鍵盤」と「ペダル」を見出す。人間が足踏みできるペダル。人の手指《しゅし》で奏でられる鍵盤。さあすぐにでもお弾きくださいといわんばかり。

ここでも「うかうか」以下省略のやりとりがあり、好奇心と功名心にかられたお調子者がひとり、カフをまくって演奏をした。

この楽器は、〈行ってしまった人たち動力〉と投げやりに呼ばれる動力で腕木を振動させ、それを支柱内部のさまざまな空洞で増幅させるシンプルな機構だった。音価の長い音符しか弾けない。耳の側で周波数調整をしておく必要もある。それでもなお、聴衆はひとりのこらず涙した。この惑星の自然そのもの、自然史全体がおのずと歌い出し、本当に小さなこの楽器という窓を通じて、人間に何かを伝えていると聴こえたのだ。

〈行ってしまった人たち〉の被造物として、人類が太陽系外で最初に発見したのがこの〈骨〉だった。

〈行ってしまった人たち〉の遺した物があまたある中、なにかひとつで全体を象徴しようとすればどうしたって特種楽器が一番に来る。その理由はこのエピソードからもなんとなく理解できる。

実は、人類はいまだ知的生命とのファースト・コンタクトを果たしていない。葉巻型宇宙船の招待状は自動発送されたものだったようだ。どこにも〈行ってしまった人たち〉はいなかった。人類にとって、どうにかファースト・コンタクトに近いものがあるとすれば、それは特種楽器を演奏し、その音を聴くことにほかならない。

最初にカフをまくった男とその仲間は〈骨〉の演奏をなりわいとした。何年かたつと、技芸士ギルドの前身が誕生した。これがおよそ八百年前。

ギルドの歴史はかように長い。ほとんど轍世界と同じくらいに。

4

假劇をたっぷり楽しみたいのなら、早めに街へ繰り出すことだ。

――三博士がそう言うので会議の時間は切り詰められたが、そのぶん密度が上がり数十分でトロムボノクはくたくたになった。

トロムボノクが理解したのはざっととまとめて次のような事柄である。

美玉鐘は大小七十八万四千個の鐘を統合的に演奏するカリヨンであり、一千一人の奏者《カリヨネア》が必要であること。至須天大聖堂の内部に仮設の巨大な演奏壇が設けられること。演奏全体を統括できる超一流の人材を招く予定であること。

しかし一番肝心なこと、トロムボノクが何をすればいいのかが、分からない。別動隊として鐘を演奏するのだ、というだけであとはまだ早いの一点張り。

百歩譲ってそれはよしとしよう。しかし釈然としない。なぜ自分が抜擢されたのか。技芸士としての学識は三博士たちの足もとにも及ばないことはわきまえている。

ギルドの修業中、三博士に目をかけてもらえたのは確かだが、それは彼の出自のためだろう、とトロムボノクは考えていた。

セルジゥ・トロムボノクは孤児である。

父母《ちちはは》がだれとも知れない。

かれは宇宙空間で拾われた。

不幸な事故で破壊された恒星間宇宙船の救出に向かった隊員が、残骸の中で男の赤ん坊を見つけた。船客名簿にその子に相当する名前はなかった。ただ忽然とそこにいた赤ん坊。

誰の子であるかも不明。ただ、かろうじて音楽の神《ミューズ》の子ではあったかもしれない。かれがいたのは、残骸のなか無傷で輝いていた特種楽器の内部だった。ウードに似た大振りの撥弦楽器《はつげん》――〈ウーデルス〉の胴のなかにかくまわれていたのだ。

　血みどろの乳児だった。

　筋骨格系と臓器の広い範囲に重大な損傷を負った子どもだった。

　假劇を楽しみたいのなら、
　そう、街へは早めに繰り出したまえ。

　三博士の言葉を反芻《はんすう》しつつ一行は磐記の街へと繰り出した。

　夕刻の大通りは浮き立っている。シェリュバンの足取りもうきうきと弾み、片腕は菜綵の腰にまわされている。街路樹には明滅する電飾が蜘蛛の巣のように掛けわたされ、思い思いの星くずを振りまき、あるいは光の雫を滴らせている。それを肩に浴びながら、また白い靴で踏み砕きながら歩く菜綵の横顔に、シェリュバンは見とれている。

　菜綵が、凄腕の護衛なのか、それともただの学生であるのか、シェリュバンは気にしていない。軌道上の一夜、シェリュバンの愛撫に背中にうかんだ野性味のある筋肉は、とてもきれいだった。いま身体中がロマンティックな光で濡れているのも同じくらいきれいだ。きれいな菜綵を見ていられるだけでいいし、尽くしまくる。それがシェリュバンなのだ。

　咩鷺を含む四人――と亞童ひとりは、〈紅祈〉の商会ビルから真っすぐ北上する大通りを歩いている。

「そろそろわたしも着けますね」

菜綵は肩に掛けていた包みをほどき一枚の假面を取り出した。

盾のような紡錘形をしている。素材は白っぽい素焼きふうで、成形したときの指やヘラのあとが残る、つたない仕上げだ。目と鼻はへらを押しつけて作ったのだろう、不ぞろいな細い穴が開いているだけ。〈孤空〉の華麗さとは天と地の違いがある。

菜綵が顔にあてがうと、假面のふちからフックがすばやく何本もとび出し、側頭部を固定した。耳の穴に入り込んでいるものもある。怪我したりしないのかしら、とシェリュバンはこわごわ見つめる。それ以上の変化は起こらない。孤空のようにあるじの肉体組織と融合するものではないようだ。

「この假面はね〈泥王《でぃおう》〉っていうの、――あ、いうんです」

菜綵はトロムボノクたちを意識して口調を抑えた。かわいいなあ、とシェリュバンは思うが、假面ごしに言われるのはなんだか嫌だった。

「泥王は王と名はついているけれど、もともとは紅祈の幕僚のひとりだといわれてます。泥王は、戦場となる湿地帯に焔の種子を播《ま》いて、何千という素焼きの兵士を焼成する能力があるんですけど、この兵士一体一体もやっぱり泥王って呼んでます。ふつう泥王っていうとこの兵士のことで、だからこの假面も兵士の顔貌をかたどっているんです。強いんですよ——ほら、こんなぐあい」

菜綵は、つま先立ちでくるりと回ってみせた。ひとめで剣舞とわかるその動作は、芸術として様式化されているのに思わず緊張するほどの殺気があった。

「うわあ、強そう」

「でしょう。湿地の泥から生まれるけれど、泥の兵士の属性は〈火〉なの。わたしたちの（そう、ここで菜綵は『わたしたち』と言った）本質は焼成された土ではなく、それを成した火の方にある。わたしたちの本体はここの——」菜綵は胸をとんとんと叩いた。「——ここの中にある小さな火種の息吹き」

「へええ」シェリュバンは感嘆の声をあげた。「で、紅祈ってだれ？」

トロムボノクは、菜綵の肩がかくっとずっこけるのを見た。

「菜綵はどうして泥王をえらんだの」

「そうね——」えへんと咳払いしてから菜綵は答えた。「泥王は精強だけど、肉体のある他の兵士からは好かれていない。打撃に弱くて欠けたり割れたりもする。その報われない感じがいいかな。

泥王はじぶんの脆《もろ》さを知っている。核にある火の種も、使い捨てだと知っている。でも紅祈に忠誠を誓っている。そして自分がどんな兵より強いと知っている。そういうところが好き」

トロムボノクは、となりを歩く咩鷺が菜綵をまじまじと見つめているのに気づいた。すらすらと本音をもらす菜綵にびっくりしているのだろう。それがシェリュバンの恐ろしさなんだと、言いたくなる。

この時間になると雑踏のほとんどすべてが假面をかむっている。

トロムボノクは修業時代に文化の観察を徹底的に叩き込まれている。

それにしても、美褥の仮面の多様さは常軌を逸していた。牡山羊のような巨大な角とふさふさの黒い毛が印象的なもの。陶器でできたオレンジと緑のあざやかな同心円。頭部にV字形の装飾をもち尖った口吻《こうふん》を突き出しているもの。つるつるした白いラテックスで頭部をすっぽり蔽《おお》い、喉元に小さな空気孔をちりばめたもの。半透明な薄板のフリルを顔の周囲にめぐらし前面には目玉焼きみたいな両眼を貼り付けたもの。目のさめるような黄と黒で彩られた耳の長いネズミ。昆虫の両眼をガラス張りの四角い蛍光膜に差し替えたもの。顔の左右が男と女に分かれているもの。あいまいな笑みをうかべた黄金の仮面――。

あまりにも雑多で共通の様式も見出せないが、これだけの数が集まり、ひとつの場所へ向かおうとする意志と流れがあり、假劇に出かけるという昂揚《こうよう》に染められれば、雑多さそれじたいがひとつの構造であるように思われてくる。男も女も、老人も若者も、思い思いの意匠が凝らされた假面を着けて、それ自体が楽器の一部であるこの都市の大通りを、音符になって行進する。会議の席で、三博士はこの首都を「未然の楽器」と言っていたが、この喧騒を奏でる「已然《いぜん》の楽器」なのかもしれない。出来上がりもしないうちから使い込まれ、じゅうぶん温まった楽器がここにある。

「假劇はね、みんなが出演者なの」

「ぼくも？」

「假面さえ着ければ。もちろんそうするよね」

咩鷺の假面に息づく光景《ヴィジョン》を思い出して、シェリュバンは空に目をそらした。宵闇はいよいよ濃く深いが、それ以上に雲が厚い。油煙のような雲がみっしりと重なっている。

そのとき、雑踏の喧騒を引き裂いて角笛が鳴った。

何十というホルンが最強奏で斉奏されている。音は割れ、ところどころ裏返り、その野性味にシェリュバンは胸がどきどきする。

次いで、頭上から稲妻にも似た音が降ってきた。まばゆく、突き刺すような楽句。見上げた建物の窓から長い金管が差し出されている。一か所ではない。大通りに面するあちこちの窓から、狙撃手の銃身みたいにのぞいている。痛覚を喚起するほど鋭い音が、野犬のように吼えまくるホルン群と渡りあって大変な騒ぎになってきた。

「まもなく開幕よ。急ぎましょう」

「登記所の広場は凄い人ごみだぞ、入れるかどうか」

「フェアフーフェンさんが観覧席を用意しているから」

「シェリュー、假面を着けて」

「えー」

シェリュバンは露骨に嫌がった。

「ぼくはぼくのことだけで手一杯なんだけどな」

「假劇は『外から見物する』ことはできないの」

菜綵は肩にかけた袋から、面をふたつ取り出し、トロムボノクをちらと見た。

「セルジゥの分もあるってさ」

「あきらめが肝心だ」

トロムボノクは假面を手にした。

シェリュバンも受け取った。

ふたつの假面はとてもよく似ていた。鋳物のような手ざわりと重み、顔の前面だけを覆う単純な覆面型で、きわだった特徴はない。目や口の孔は柳葉のような形だ。トロムボノクのが黒、シェリュバンは臙脂《えんじ》。

「これはね。銘を〈鋳衣《いい》〉と言います」

　菜絲が説明してくれる。

「鋳衣は偉い神や英雄ではなくって、太古の歩兵を指す一般名詞です。クセがなくて、おふたりにはちょうどいいと思います」

「量産品？」

「安くて丈夫で、どの家にも一枚はありますよ。着け心地もまずまずです」

「ああもーしょうがないなあ。着けてみるかっ」

　ことさらおどけてみせるほど、シェリュバンは緊張していた。咩鷺に与えられた衝撃が忘れられないのだ。

　トロムボノクは目の部分にふれた。孔のふちは金泥で縁どられている。

「俺はかぶるぞ」

　思わずそう口に出して、両手で顔の前にささげ持つ。

　大通りはすっかり夜に包まれた。

　通りに面した建物はすべての窓に明かりを灯している。

　金管はくり返し雑踏の喧騒を裂いていく。

雑踏は假面の行進だ。素顔はひとりもいない。

トロムボノクとシェリュバンは行進にあわせて歩きながら、假面を顔に近づける。菜綵の説明が聞こえ続けている。

「假劇と假面は一体のものなのです。わたしたちは假面をかぶることで、〈美縟のサーガ〉を内面化します。サーガを構成する『顔』のひとつとなります。そういうわたしたちがたくさん集まることで、〈牛頭《ごず》〉を呼び出すことができるんです」

サーガってなんだろう——。

〈牛頭〉とは一体何のことだ——。

「假劇のあいだは無理に外さないでくださいね。假劇が終われば自動的に解放してくれますから」

大きな梵鐘《ぼんしょう》がどこかで殷々《いんいん》と鳴る。

余韻が終わらないうちに、また次のが鳴らされる。

黒と金の流れ。

音符のひとつぶであること。

ふたりは、秘儀の杯を呷《あお》るように、假面を立て顔で迎えた。

無音の闇が顔にぴたりと吸い付いた。「吸われた」と感じた。しっとりとした、濡れた器官のごとき感触がまたたくまに顔の皮膚や目、鼻、口腔の粘膜に密着し、感覚や認知機能の一部が再起動されたように感じた。

ふたたびシェリュバンの目があいたとき、目の前の〈泥王〉は、まるで違って見えた。いま、そこにいるのは「本物」の泥王だった。絵本に鋏を入れ現実の存在として切り出したように、あざやかな輪郭を伴っていた。どんな説明も要らない。ひと目見ただけで、泥王が何者であるかがすべて了解された。

そして、咩鷺を一目みただけで、トロムボノクは「詩人」がになう役割を理解した。

「行きましょう」

ふたりの反応を見届けて満足したのだろう、咩鷺は悠然たる動作でかれらを促した。

雑踏を歩いているのは、いまやお面を着けて祭りに向かう人々ではなかった。かれらはすでに假面を着けることで、サーガを構成する神々であり、英雄であり、女王、商人、神獣、妖怪であり、官吏、悪僧、兵士、商人、金貸し、荷運び人、水売り、酒売り、蔬菜《そさい》売りであり、かれら固有の物語が相互にからんで織りなされていく想念、感情、挿話の巨大な構造体としてのサーガ、熱く粘りのある空気、そうして人波の幅広い川のような流れだった。流れには煮詰めた蜜のつやと岩の重さがあり、その途方もない重量の流体がなにもかもを呑み込んで、登記所前広場へと移動していく。

トロムボノクはこの行列を訝《いぶか》しく思う。明快にどこと指摘できない違和感を覚えつつ、しかし圧倒的な流れに押し流されていく。

5

巨大なひとり掛けのソファ、深紅の革に身を沈めたパウル・フェアフーフェンの頭部は鳥の假面ですっかり覆われている。青い鉱物の薄片を幾重にも植えて羽毛のように見せる細工。おそろしく高価そうな仕立てだ。硬質の煌《きら》めきが、赤い革の絖《ぬめ》る光沢と強烈な対比を放つ。

側近や秘書、護衛たちも思い思いの假面で装い、この部屋——観覧席は、仮面舞踏会のスモーキング・ルームもかくやという有り様だ。

「銘は〈鵲《かささぎ》〉というんだ。先代の峨《が》鵬丸《ほうまる》が打った一点ものだぞ。どうせならこういうのを装着《や》ってみるといい。銘醸の酔い心地が味わえる」

「なるほど素晴らしい仕立てだ」

「これは美縟五聯が〈大定礎〉を執り行う朝に、かれらの寝所《しんじょ》に忍び込んだ鵲をかたどっている。私にこそふさわしかろう。――どうだね、サーガが読めるようになった感想は」

「これは大変なもんだな。なにげなくものを見るってことができない」トロムボノクは黒い面の陰から返事した。「その――鵲ってのはあれか、指環をくわえて飛んで行ったんだっけか」

トロムボノクは、しごく当然のように、〈美縟のサーガ〉の内容にふれた。それを可能にしているのはほかならぬこの假面だ。

「頭がぐらぐらするよう」

菜綵に支えられて入ってきたシェリュバンは、へなへなとすわり込んだ。

「人ごみに酔ってしまわれたようです」

咩鷺の背後で扉が閉まり、しゅっと音がした。気密されたらしい。

「情けないな、女誑しめ」

パウルは椅子から立ち上がり、愉快そうにシェリュバンを見下ろしてから、秘書に合図をした。赤葡萄酒色の厚いカーテンが音を立てて引かれた。

「……！」

トロムボノクはとっさに腕で身を庇おうとした。広場を望む窓から押し寄せてくるサーガの「圧」に、身体的な恐怖を感じたのだ。

広場は歩いて渡ると十分以上もかかる広さだが、それが假面の人びとでぎっしり埋め尽くされている。無数の假面が表象する役柄、物語、感情、歴史が方向づけもされず、混じりあいもせず、ただひた押しに寄せてくる。

しかしパウルたちは圧を拒むのではなく、むしろ快いものとして浴びている。トロムボノクもそれに倣《なら》い、身構えをゆるめた。

臨時ごしらえの櫓《やぐら》が高さを競い合い、幟《のぼり》や吹き流しで飾り立てられている。ある櫓には喇叭《らっぱ》吹きが陣取り、華麗な装飾の大太鼓が据えられているものもある。誰もいない櫓は何のためだろう、とトロムボノクは首をひねる。

櫓の楽隊が、長大な喇叭を吹き鳴らし、広場のあちこちで角笛、喇叭、銅鑼、太鼓が応じる。鮮烈な音、雄渾な音が入れ替わりながら、花火のように次々と広場を染め替える。

この音は……トロムボノクは間もなく気づいた。

「鐘か……」

パウルが満足げにうなずく。

鐘と太鼓、銅鑼と喇叭を混ぜ合わせて、大きなひとかたまりの音を放つ。ややあって、また鳴らす。その音色も、ゆったりと往復するようなリズムも、大きな鐘のスイングを模していることが歴然としていた。

「昔からずっと、假劇のお囃子《はやし》はこうなのだ。失われて久しい楽器――美玉鐘を臆面もなく慕っているのだな。

　さてトロムボノク君、きょうのこの特等席は、実はきみのためにわざわざ用意したものでもある。なにせもう本番まで時間がない。きみには、限られた時間で、假劇の神髄をしっかりと理解しておいてもらう必要がある」

「なぜ」

　パウルがうなずくと鉱物片がきらきらと輝く。

「首都磐記の開府五百年を祝って、美縟は美玉鐘を再建し演奏する。

　しかしそれだけではない。

　同時にもうひとつの催し、假劇を前代未聞の規模で執り行う。

　つまり、美玉鐘は、假劇の伴奏をするのだ」

　音の数がしだいに増していく。いくつもの鐘がそれぞれに固有のリズムを打ちながらも、全体はより大きなリズムを構成している。

　さっきから、トロムボノクはじぶんの身体が「鐘」の揺動にあわせて、微かに左右に振れていることを自覚していた。

　眼下の假面たちも――そして假面たちが体現する無数の物語の断片も、鐘の音に撫でられて穂波のように揺れている。もうすぐ、そこにひとつの形が現れる。ひとつの形を取る、そうトロムボノクは予感した――確信した。

「劇が生まれる直前のありさまをよく覚えておくがいい。ゆくゆくわかることだが、假劇と美玉鐘とは切っても切れぬ関係にある。このパノラマを理解することなくして、美玉鐘を正しく再建することはできない」

シェリュバンは言葉もなくこの光景を眺めていた。その目に見えているのは、混雑した広場、ただの雑踏にすぎない。だのに鋳衣の目穴を通せば、たちまち濃密で劇的な彩りを帯びる。全員が假面を――すなわちサーガの重みを背負っているから、どのような物語でも発火しうる。ひとたび発火すれば、それが広場全体を一気に支配し、そこに「大きな絵」が描かれるのだ、とシェリュバンは予感した――確信した。

「假面をひとつぶひとつぶ見分ける必要はないの」不安を察したように、菜綵が後ろから腕を回しシェリュバンのつめたい指先を握った。「雲の動きを見るとき、水滴のひとつひとつを意識する必要はないわ。すぐよ――」

――、と。

音が消えた。照明が落ちた。

鐘も喇叭も、群衆の立てる音もはたと絶え、夜のとばりに点々とともしびが散らばるだけである。

その火のひとつが、高い櫓のてっぺんに灯っているのにトロムボノクは気づいた。

書見台に手を置いて、ほっそりした半裸身の姿が立っていた。

ほのかに照らし出された假面は——孤空？

いや、鷲のようにきびしい顔貌といい、瑠璃色の羽毛といい、咩鷺のものとは異なる。

だから孤空とは呼べないが、その同類であることは見ただけでわかった。詩人なのだ。

——と、その詩人が声を上げた。

〈夜〉よ——

男か、それとも女か。ファルセットめいた人工的な声が長く伸ばされた。あるかないかの抑揚をつけて、声が、静まり返った空間に一本の線を引いていく。ここから先は、もう〈假劇〉なのだと。

声の糸が縺《もつ》れて言葉になる。

降り来《きた》れ、
降り来れ、〈夜〉よ〈假劇〉よ、
来りて降りよ、いまここに——

〈牛頭〉が来る——だしぬけにシェリュバンは直感した。

もう、そばまで来ている。

かつて〈美縟〉の大地を殺戮の血で泥濘《ぬかる》ませたものたち。百頭獣。兵器生物。あまたの顔と呼び名を持つもの。牛頭。週に一度の假劇の日、美縟五聯が〈大定礎〉で封じた怪獣が地上に姿をあらわす。

詩人のことばは、今夜の劇の背景をあきらかにしていく。それは開幕の口上なのだ。

天地開闢のあと、始祖神である美縟五聯は、世界に満ちあふれた呪詛《じゅそ》と怨念、そして無数の怪物たちを、「地下」におびき込み、制御器官〈磐記〉を建造してこれを永劫の封印とした。この地鎮作業——いわゆる〈大定礎〉によって開闢直後の混乱は平定されたが、あらゆる封印がそうであるように、つねに微細なゆらぎや破綻が避けられない。

その解《ほつ》れが、しばしば「怪獣」の姿を取って地上を襲いにかかる。

すると五聯の血を嗣《つ》ぐ神々や、その意志を体現する英雄や僧侶、軍人らが、それぞれの力を振り絞って怪獣を退治する。

世界開闢いらい営々と続くこの闘争の歴史が〈美縟のサーガ〉の経糸《たていと》であるとすれば、神々や英雄、その家族の愛憎や謀略が緯糸《ぬきいと》となる。この長大な織物の、ひとつひとつの小さな絵柄、模様が、假劇の一エピソードとなる。

昼の会議で三博士はこう言った。假面の属性が数ある中で特別の権能を持つものが一つだけあるとしたら、それは神でも英雄でもなく、詩人だと。假劇の口上は詩人の仕事である。假劇をはじめる力を持つのは詩人だけなのだ、と。たしかに詩人の口上がはじまるやいなや、あれほど雑多でとりとめのなかったサーガの要素が、ひとつのエピソード、ひとつの感覚に収斂《しゅうれん》されていった。

角笛が息を吹き返した。特殊奏法で異様な音を放つ。牛頭の吼え声を表現しているのだろうか。梵鐘の鐘が打たれ、空気を地響きのような振動でみたす——その音がいつのまにか牛頭の足音に聞こえだす。肉の厚み、硬い皮膚や爪の質感、石畳の割れる音。——假面の効果が太鼓の音を本物の怪獣の足音のように化粧する。

足音、そして咆哮。これももう角笛とは聞こえない。巨大な生物の肉体を感じさせ、身体の震えを抑えるのに苦労する。どこまでが現実かもうわからない。

「こわいー。もう堪忍して」

「あらら。またしゃがみこんじゃった」

「こわいんだもん、ほらあそこがー」

シェリュバンが指さすのは、広場の奥、大通りのあたり。暗くて何も見えない。菜綵が腕を引っ張って立たせようとするが、シェリュバンは頑として動かない。

「ほっといてやれ。第四類改変態《ジャリー・フォーム》が暴走したら手のつけようがない。こいつだって、いつまでもじっとはしていないさ」

菜綵はシェリュバンから手を離した。

広場も「混乱」と「怒号、叫喚」の中にある。だがよくみれば、それは本物の恐慌ではない。それぞれの仮面はかんたんなルールに従って、あるじに動作のヒントや、ちいさな制約を与えているだけだろう。だが、総体としての広場は、まるで優れた振付師がいるかのように、見事な劇の情景——混乱を描き出す。

軒先を伝っていく平凡な電光と、どこかで連打される打楽器、それが強烈な雷光と雷鳴そのものと感じられる。「怪獣」の気配を見事に演出している。しかし本物の怪獣がいるわけはない。この仮劇はどのように進むのだろうか。そう疑ったときだった。

夜を一掃して光が鳴りわたった。

輝かしく儀典的な光が、ファンファーレのように広場を真昼にした。まばゆいハレーションは観覧席をも包み込む。櫓に載せた何十基もの光源が、気配がいたあたりを照らしている。こんどは光の氾濫《はんらん》で、ものが見えない。

だが、そこで、なにかが動いていた。建物かと思うほど大きい、多脚の構造物が光の中にいる。

シェリュバンは窓の下端に手をかけて、またこわごわ首を伸ばしている。トロムボノクは驚愕の表情を假面の下で作っている。

明るさのあまり見定められないが、たしかに巨大な——生物らしきものが、こちらを向いて、咆えた。

楽器ではない。血肉をそなえた生物の吼え声が、砲弾のように観覧席の窓を叩いた。

フェアフーフェンは膝を叩いて喜んだ。

「なんとも痛快じゃないか。工房はいい仕事っぷりだ！」

また暗転。怪獣は、無言で闇の中を移動している。石畳がめりめりと陥没する音が、右、左と跛行《はこう》しながら近寄ってくる。水を打ったように静まり返る群衆。

広場の中央で、咆哮が上がった。殴られたような音の衝撃。何百という投光器が一斉に光を射掛ける。

円形舞台の中央、今度こそ強烈な光によってくまなく照らし出されたのは、

「うそでしょ……ほんとに怪獣じゃん」

それ以上簡潔に言いあらわす科白《せりふ》はない。

うそでしょ、
怪獣じゃん
「ジャリー・フォームの少年よ、これが牛頭だよ……」

富豪は、葉巻の煙りを吹く。

六脚の生き物が、そこにいた。体軀は水平、扁平で、まるで六本足のテーブルのようなフォルム。三階建ての高さがある。脚の表皮に毛はなくみずみずしい素肌がぴんと張り、筋肉は異常に発達して盛り上がっていた。

体軀の端からは長大な頸が擡《もた》げられ、その先端に大きな頭部がある。顔は観覧席を向いていた。ヒトの頭部そっくりだが目にあたる器官はない。人の頭を溶液に漬けて耳も鼻も唇もなめらかに溶かしたような無毛の頭部が、鼻孔のある側を観覧席に向けている。

牛頭。

それはこの怪獣の固有名ではない。牛頭は超自然的な巨大生物の総称――つまりは「怪獣」と同義だ。

那貪《などん》、それがこの個体の名であることを、トロムボノクは知っている。この世に生まれ落ちた経緯を知っている。不遇と怨念をすべて知っている。假面のおかげだ。

那貪はかつてかれを追放した都に戻ってきたところだ。だがこの来訪は都の破滅を意味する。那貪の裡には膨大な毒が湛えられているからだ。

トロムボノクは、假面をむしり取って肉眼でたしかめたいという衝動を抑えるのに苦労した。

那貪の顔が横にばっくりと裂けた。いや、口を開けたのだ。唇のない、切断線のような口が上下にぱくっとひらく。石臼《いしうす》のような歯がずらりと並んでいる。歯のひとつひとつは人の頭ほどもある。

また咆哮。

広場も観覧席も、人という人はことごとくなぎ倒された。人々はむろんこの震駭《しんがい》を心から楽しんでいる。さらに咆哮。吹き払われるように人が散っていく。

トロムボノクは知っている――高名な将軍であった那貪がみずからを苛《さいな》んだあげく、禁じられた〈地下〉へ降り牛頭と変じたことを。

そうしてまさに今夜、かつて最愛の副官であり、かれの転落の契機となった男、苦蓮《くれん》に成敗される運命にあることを。

シェリュバンは知っている。このエピソードをただの知識としてでなく、鮮烈な感情と印象と質感とで――つまりは自分の人生と同じ痛切さで知っている。

ひとつの假面はサーガにおけるひとつの役柄を表す。とうぜんその役柄にかかわるエピソードを網羅的に記憶している。つまり十分多くの群衆が集えば、そこにはサーガ全体に匹敵する情報が揃う。

詩人の口上は、假劇の初期条件を定義しているのだ。この口上を聞きながら、假面は那貪と苦蓮、その周辺人物の挿話、印象、感情を収集にかかる。假面どうしが呼びあい、紹介しあい、網状の連絡組織を媒介に情報が分かち合われる。こうしてエピソードの全体像がむすばれ、全員が共有する。そこに生ずる「実感」は広く、深く、厚い。観客は假面を介することでサーガの創成に参画し、その構造を深々と生きる。神話の一部とならなければ味わえない葛藤や苦悩、浄化を体験する。そして巨大な生け贄《いにえ》を捧げて、大きなカタルシスを得る。牛頭という生け贄を。

目も耳も鼻もない。那貪はただ口を顔の半分ほども開けて吼える。

いや、泣く。

いまやだれの目にも明らかだった。那貪は泣いていた。表情をあらわせるただひとつの器官——大きな口を開け、泣いている。

観客は、那貪の愚かさを嘲笑してはいない。人生からの転落はだれの身にも起こりうることであり、那貪はわれわれの愚かさそのものである。トロムボノクはもらい泣きしそうだった。シェリュバンは菜綵にもたれてさめざめと泣いていた。

（見ろ、俺の足の踏むところ、花も果実もことごとく腐れていくぞ……）

（笑え、俺の泪《なみだ》が俺の鼻や頬を溶かし削いでいくのだ……）

那貪の顔が溶けるのはかれの毒のせいだ。那貪の身中にあいた傷から滾々《こんこん》と湧き出す毒は、那貪の領土と領民のすべてを膿《う》みと爛《ただ》れに沈めた。

だから那貪は哭《な》く。その涙で、吐息で、ゆく先々の街を死滅させながら、那貪は最愛の故郷である都をめざす。最愛の副官、苦蓮のいる首都、磐記を。むろんいま目の前にいる那貪は假劇の大道具だ。広場を腐らせることはできない。しかし、ただ泣くことはできる。惨めな醜い姿でおいおい泣く。その姿は卓越した俳優のように観客の胸をかきむしる。

喇叭が嘶《いなな》く。那貪はまた激昂し、吼え、敷き石を踏み砕き、挙げ句に登記所正面の国旗掲揚台に体当たりした。

その瞬間、広場のどよめきは水を打ったように静まり返った。

倒れた旗竿。それは、サーガに記されたとおりだ。那貪の属していた軍隊の象徴ともいうべき旗竿が倒された時、劇は最初の頂点を迎える。

倒れた旗竿の先端は、正確にひとりの人物をさししめす。かつての副官、愛人、苦蓮――の假面を着けた人物がそこに立っており、すらりと長刀を抜きはらう。霊器〈跋刀《ばつとう》〉、その刃は墨汁を浴びせたように濡れ濡れと輝いている。

吹奏の音調ががらりとかわった。よりによって命のやりとりがはじまるこの場面で、愛の交歓を思わす音楽が――半音階をにじりあがっては、ため息のように下降する。広場の空気は染め替えられていく。シェリュバンは、凭《もた》れていた菜綵の胸が大きく起伏したことに気づいて、彼女の顔を見上げる。息が甘く匂いだしている。

6

假劇とは、所詮、段取りどおりの大掛かりな芝居だ。

牛頭も一夜かぎりで捨てられる粗雑な大道具だ。假面を着けず、お天道さまの下で見ればみすぼらしく何の牛頭かも分からない。

掲揚台は、かならず特定の向きに倒れるよう細工がされていたし、苦蓮の假面をつけた市民はその場へ誘導されていた。

劇とは「そんなもの」だ。張りぼての道具、型どおりの進行——その中でひとときの真実が生み出されることもある。

(おいで、那貪……)

ぼくはこの手であなたを仕留める)

この夜、苦蓮の假面は百人以上の市民が着装している中、旗竿で指されたのは若い女性だった。苦蓮は男性の役柄だが、假面は性別を問わずだれがかぶってもよい。この女性は事前に選ばれていたわけではない。すべてはその夜におのずと決まる。

　假面は、個々人の行動をほんのわずかずつ抑制――片方の目の視野を狭くしたり、ある役柄の假面を避けさせたり――して、混乱の中に目的のある動きを忍び込ませる。雑踏の押し合いへし合いの中、択ばれた女性だけは魔法のようにするすると動けた、というより彼女は「混雑」によってその場所へ送り届けられたのだ。模造の霊器も、手から手へと受け渡されて、女性の手ににぎられた。

　このときはじめて女性は、今夜、自分が假劇の主役となって〈跋刀〉で那貪の首を刎《は》ねるのだと知った。

　かつて自分が愛した男の首を。

（肩からうなじへ続く逞《たくま》しい筋肉、胡桃《くるみ》の殻のように堅い喉仏に、ぼくは手を這わした……）

　濃厚な情感が女性を揺さぶった。刀の柄を握り直し、女性は至近にせまった那貪を見上げた。

　目鼻がふつふつと溶けた顔。

（なんて久しぶりだろう。ずいぶんと変わったね、那貪）

　その苦い思いをこの場にいる全員が共有する。

「もうすぐよ」シェリュバンの顔に菜綵の熱い息がかかる。「那貪は長いあいだ、己の毒でのたうち回り続けた。息の根を止めてあげるの……」

苦蓮の舌は那貪の腋窩《えきか》や鳩尾《みぞおち》のにがさを覚えている。鼻はこめかみの汗と鬢付《びんつ》け油のまじった匂いを覚えている。てのひらは、固く抱きしめた背中いちめんに走る刀傷の模様を覚えている。そして——。

回想の生々しさにシェリュバンも熱くなる。那貪と苦蓮は同性の肉体関係にあったが、その苦蓮をいま演じているのは女性だ。物語の内部の層、それが語られる層、演じられ観られる層、いくつもの欲望が折り重なっている。菜綵の手も熱い。このままその手を柔らかく噛んだら、また菜綵は電撃に打たれたように身をよじるだろうか……そこまで考えて、それはいつしか浸透していた苦蓮の記憶であると気がつく。

サーガによれば、かつて人であったとき、那貪は常人離れした剣の達人だった。鬼神のごとき剣技を可能にしたのは異常に発達した知覚だが、その過敏さが薬物のように那貪自身を追いつめていくさまを、苦蓮はよく記憶していた。苦しみのあまり那貪は自分の肉体を度々責めたが、この自傷は、しだいに呪法へと近寄り、ついに〈地下〉に——開闢の五聯が封じ込めた領域に向かうことで、最後の一線を越えたのだ。

ひとたび地下へ足を踏み入れれば、見てはならないものを見、語ってはならず語ることもできないことを知る。たび重なれば、自身が見てはならないもの、語りえぬものとなる。人ならぬものへと変容し、軍人の地位を追われ、那貪はついに牛頭へと転落する。体内の猛毒で諸国をほろぼした末、いま都に帰還を果たした恋人の首を、苦蓮は刎ねようとしている。

櫓の上で、詩人がなにごとかを唱えはじめる。広場に散らばる詩人たちもこれに和す。経のような念仏のような文句をくりかえし誦《じゅ》す。これに反応して跋刀の表面がざわざわと波立つ。砂鉄のような微粒子が刀身に吸いついたまま動いている。假劇が粉飾する特殊効果だ。

「――！」

苦蓮は叫びを発し、刀を振った。跋刀の刀身が大きな円を描く。実戦の行動というよりは様式化された所作。と、苦蓮はふわりと宙に浮いた。櫓の上に据えられた仕掛けが、彼女を吊り上げているのだ。古典的な大仕掛け。

苦蓮の叫びを、会場にちらばった詩人たちが静かにくりかえす。神官、僧侶の假面がくりかえす。会場ぜんたいが執拗にくりかえす。いまにも苦蓮は那貪の首を刎ねる。猛毒の返り血は覚悟しているが、流血が首都を汚染することは防がねばならない。

シェリュバンは鋳衣から流れ込む会場の興奮にもまれながら——しかし同時に別の危険をとらえていた。

心身の大半は假劇に没入している。

しかし背中の側、わずかに後方、そこに黒い不安がある。意識表面では知覚していないが、なにかを警戒している。

櫓の上で苦蓮は跋刀を構えた。ゆらめく微粒子が刀身を包んで黒いほむらのようだ。

跋刀は、昏灰の霊器である。金属や鉱物をつかさどる始祖神がその身中から取り出したとされ、使い手に応じてさまざまな神威を発現する。かつては那貪が愛用し、いまは苦蓮のものとなった。

苦蓮は跋刀を八相に構えて櫓から跳んだ。

「——！」

気合い一閃。霊器を高々と振りかぶると、見事な太刀さばきで那貪の首へ斬りつけた。

那貪の首は刃長《はちよう》よりも太い。しかし跋刀は、振り下ろされると同時に刀身に沿って長大な影を伸ばした。振動する微細な粒子で構成される影は、それ自体が刀身と同じ物理的力を有する。この粒子は、那貪の肉身《にくしん》を切り開きつつ、切断面をぴったりと覆って毒の流出を塞ぎ止める。

　しかし、刀身は途中で止まった。

刃の食い込んだあたりからしゅうしゅうと煙りが立つ。微粒子の生成と毒の噴出が拮抗しているのだ。

（苦蓮……）

那貪が人であった頃の声を、苦蓮は脳裡によみがえらす。

牛頭がそう仕向けているわけではない。これまで必死に封じてきた苦蓮の迷いと懊悩《おうのう》が、おのれを苛んでいるのだ。ぼくはこの人を殺せるのか、と。その迷いが刀身に込める力をほんの僅か鈍らせる。

苦蓮の内奥に黒いものが芽吹く。このまま柄を離せば、毒を浴びれば楽になれる……。

苦蓮はいま、だれに強いられるわけでもなく、自らすすんで〈地下〉をその身の裡に招き寄せようとしている。那貪の轍を踏もうとしている。


「妙だな」と、トロムボノクが指摘した。苦蓮は渾身の力で剣を引き抜こうとしている。

「あんな宙吊りでどうやって踏ん張れるんだ」

「あれが『宙吊り』だと思うの」と咩鷺。

その言葉が合図であったかのように、まったく予想もしなかった景色が展開された。苦蓮の足もとから、巨大な隠れ頭巾がむしり取られるように、特殊効果の皮膜が消えていき、それまで不可視だった足場が見えてくる。

「……」

否、足場ではなかった。

それは掌だ。

苦蓮をそっくりその上に立たせられるほど大きな手であり、被覆がめくられるにつれ、手首、下腕、上腕と、ひとつながりの片腕が見えてくる。複雑な色味を帯びた金属質の手《て》っ甲《こう》と鎧で覆われた巨人の腕が闇の中から現れてくる。その先には、まだ見えないがおそらくは肩があり、胸があり、五聯のひとつ、昏灰の全身像がある。

神の現前、これが今夜の劇の頂点である。

かつて跋刀を授けた神が窮地に際し直々に現れ、牛頭を成敗するとともに、隙を衝かれた苦蓮にも死をあたえる。〈地下〉の貫入を許した心臓をえぐり出すのだ。

だれもが虹の光沢を帯びた黒鎧の腕に目を奪われていた。

だから、異変に気づくのが遅れた。

広場の一角で悲鳴があがり、すぐにあちこちに飛び火していく。

いち早く気づいたのは、シェリュバンだった。

「セルジゥ、あのお姉さん大変だ！」

那貪の口が、いましがた、苦蓮の頭部を嚙み切ったところだった。

ぼりぼりと音がしていた。トロムボノクは石臼のような歯の列を思い出していた。

那貪の口は、もういっぺん、ぱくりと苦蓮の腰から上を嚙み取った。

だれもが半秒、何の反応もできなかった。

それが致命的な隙をつくった。

ドン！

観覧席の窓に何か重たいものが激突した。ぴしりとヒビが入った。

それを見極めるゆとりはだれにもなかった。

苦蓮を演じた女性の、現実の死の恐怖と苦痛が、假面の連合を介して観客全員に到達した。万という人びとの恐慌が泡立つ濁流となって氾濫した。演出された混乱は一掃され、真の悲鳴と怒号がぶつかりあい、互いを押し倒し、踏みにじる人々の感覚と感情が乱反射する。

シェリュバンは、とつぜん空気に溺れた。口からがぼりと粘液がこぼれ、はげしく咽《む》せた。假面が剝がれ落ちたのだった。異常からあるじを保護するために。

広場では何万という假面が枯れ葉のように舞い落ちる。

「離れて——！」菜綵の叱声に、トロムボノクは我に返った。「窓から！」

トロムボノクは動物的反射でシェリュバンの襟首をひっつかみ、後ろへ倒れざま咩鷺も引き倒した。

けたたましい音とともに窓が内側に割れ、ごむまりのような弾力を持つ肌色の球体が飛び込んできた。いままでトロムボノクが立っていた場所だった。

「きゅう……」

シェリュバンは脳震盪《のうしんとう》で半分意識がない。

咩鷺は——侵襲型假面はすぐには剝がれない——昏睡状態に落とされていた。

「なんだこいつは。どこから来た」

窓を打ち破った肉質の球体は、ころころところがり、パウル・フェアフーフェンの前で止まった。握りこぶしが開くように球がみずからをほどくと、それは黒パンツ一丁の人造少年だ。

ニコニコと、亞童はまだ腕組みしている。

みな、あっけにとられている。

その腕がやにわに動くと、パウルの首は飛んでいた。

両腕が長い刃であったことに気づくまもなく、さらに護衛二人が胴をなで切りにされ、流れるように四人目に向かった亞童の右腕を、金属音ががきんと受け止めた。

火花が散り、金臭いにおいがした。

菜綵が二丁の十手《じって》を交わし、斬撃を渾身の力で受けとめていた。両の十手をねじりあげて、亞童の動きを封じる。菜綵は殺された者の血潮をあびて凄惨な形相に変わっている。

トロムボノクはあとじさって、菜綵が身体を取りまわせる空間をつくる。

亞童は十手をふり払わず、そこを支えに身体を宙でぐるりと回して、真下から左腕の刃をくり出す。菜綵は沓裏《くつうら》に張った金属の歯で受け止め、そのまま床に踏みつけた。刃はくにゃりと曲がる。

「――――！」

菜綵は無音の気合いをほとばしらす。ほどいた十手で亞童のこめかみを横ざまに打撃した。

すると、亞童の首は、薬屋の店先の人形のようにぶるんぶるん震えた。

両の目玉もつられてくるんくるん回る。

あきらかに揶揄《からか》っている。

必殺の打撃が効かない。

目玉の回転が止まる。

やぶにらみのまま、手ぶらで一歩、二歩。菜綵の鉄壁の間合いに、いとも無造作に入ってくる。菜綵は耳まで蒼白だ。

かちゃりと音がして、曲がった刃物はまるごと抜け落ちた。肘の部分から絵の具をしぼりだすように新たな肉質が伸びて、ふるっと震えるとそれはもう血の通った腕だ。亞童特有の寸詰まりの四肢。短く、太く、不吉なくらい血色がいい。観覧席の生き残り、秘書、護衛、そしてトロムボノクは、思い思いの姿勢で取り巻いている。だれも一歩も動けない。

「う……ん」

気をうしなっていたシェリュバンが、顔をしかめた。トロムボノクは無言で祈る。後生《ごしょう》だからそのまま寝ててくれ、ぎゃあぎゃあ騒ぐなよ。

ひゅっと風の鳴る音がして、亞童が——パウルの護衛についていた亞童が、弾丸のように刺客に突撃した。

鈍い音。

刺客亞童は片手を伸ばし、まるっちい手で護衛の頭突きを受け止めていた。そのまま額をめりめりとつかみ潰し、機能停止した護衛を床に転がした。

どこから来たんだこいつは——半秒余りの時間ができて、トロムボノクはようやくその

ことを考える。まだ窓外を見る余裕がない。と、

「ああっ」

声が上がった。

シェリュバンがトロムボノクの腕の中で身をよじっていた。菜綵、なにしてるの。あぶないよ。そこを離れて！

「馬鹿やろう、大人しくしてろ。死ぬぞ」

「死なないよ！」

騒ぎに、刺客の視線がちらと動いた。この機に菜綵は無音で刺客の懐に飛び込み、急所を——胸の制御パネルを十手の先で打ち破るほどに突いた。

成功？　しかしトロムボノクは目をそむけた。打突の直後、菜綵は、その姿勢のまま で、もうシェリュバンの方を見ていたのだ。

最後に、ひとめだけでも見る時間が欲しかったのだろう。

勝ち目がないことを悟ったのだろう。

亞童が短い前腕をひとふりすると、もう菜綵は顔を下にして床に伏せていた。床で顔が潰れていた。観覧席がずしんと揺れたほどの力だった。動かない。

シェリュバンが絶叫する。

ターバンが裂けた。

髪を結い束ねていた糸という糸が切れ、色鮮やかな髪が重力に逆らって舞う。

眼の色は消えている。砂糖玉のような、ぞっとする無彩色。その奥から徐々に戦闘色の赤が兆してくる。

絶叫はまだ続いている。すべての息を吐き出して、それでも叫びはおとろえない。

亞童が怪訝《けげん》そうに──そんな表情ははじめてだ──改変態を見咎《みとが》める。片目にちかちかと青い光がまたたく。

トロムボノクはあきらめて腕をほどいた。死にたくはないからだ。第四類改変態の暴走。止められるものはいない。

壁ぎわにしりぞきながらトロムボノクはようやく外を見た。那貪の生白い頭部に、六つの穴が開いていた。あそこにかくれていたのか。

忿怒《ふんぬ》にすべてを忘れたシェリュバンは、もう叫びもしない。トロムボノクがゆるめた腕から、髪の一房のようにしなやかにのがれて立つ。刺客亞童は全部で六体にふえていた。

何体いようが同じだよ、とトロムボノクは思った。

那貪は広場を蹂躙《じゅうりん》している。

劇から脱落した那貪は、特殊効果の装飾を失い、特殊金属のフレームとバイオマテリアルだけのみすぼらしい姿になって、逃げまわる人々をふみしだいている。広場には動かない身体が無数に横たわっている。頭部が破壊されて制御に手こずっているのだろうか、しかし、いきなりがくんと那貪は止まった。フレームの関節部で次々と小爆発が起こり、大筋肉についた腱が断裂されていく。安全機構が作動したのだ。

もう姿勢を保つこともできまい。

トロムボノクは室内に視線を戻した。

十秒も経たないがすべて終わっていた。

シェリュバンの足下には引き裂かれた六体が声もなく横たわっていた。シェリュバン本人は放心状態だった。その目は菜絲さえも見ていない。両腕は亞童の生クリームのような体液で肩のあたりまでまみれていた。指の爪が裂けていて、そこから赤い血液が滴っていた。

ぽたり、ぽたり。

白と赤。

思い出したように時鐘が鳴りはじめた。

鐘は、歌っているかのようだった。

まだ宵の口なのだと、楽しい夜はこれからだと、無邪気にただ時を告げている。

那貪が倒れ込む轟音が窓の外から聞こえた。

假劇は中断され、すべての照明が点っている。救急担当者はいつになったら来るのだろうか。死体が散乱する広場の上に、巨大な腕と胸がまだ宙に浮いている。掌の上では苦蓮の腰から下が、まだ立て膝ですわっている。

その上方、操作された雲がほどけ、溶けていく。雲の向こうには、黒く澄みわたる夜。

このときまだ、トロムボノクもシェリュバンも知らない。

美縟びとにとって「死」が何を意味するかを。

第三章

7

「〈ウーデルス〉を知らないか」

それが第一声だった。

場所は〈クルーガ〉の売春街。

トロムボノクは、初対面の人間にそう質問をすることがある。返事は期待していない。知っていると答える者もいる。知らない者もいる。

ところがシェリュバンはちがった。

「それなら持ってたよ、前に」

そんな無造作な答えが返ってきたのだ。

ギルドの仕事で赴いた惑星クルーガの、地方都市だった。

雨上がりの朝だった。古い路地は敷き石ががたがたで、道幅いっぱいの水たまりがあちこちで通行人を阻《はば》んでいた。水たまりは青空を映していた。

一軒の宿の前、道に面した壁に背中を凭せかけて、シェリュバンは所在なげに立っていた。第四類改変態の成長と成熟はゆるやかだから、今とほとんど同じ、思春期に入りたての少年の姿だった。よれた白いシャツ、質素なターバン。組んだ腕は細く、眼からはどんな感情も読みとれない。ぼくは第四類ですよ、で?


「なぜだろう、いま思い出した。おまえとはじめて会った日のことを」

トロムボノクは柄《がら》にもなくそんな言葉を口にすると、匙を皿の上に落とすように置いた。

ボウルの中の煮込んだ雑穀はきわめて美味だ。

彼らは宿のルームサーヴィスで朝食をとっているところだった。

「わあい、いいこと聞いちゃった。うん、それはさ、セルジゥが寂しいからだよ。もうすぐお別れだもんね」

シェリュバンの声は明るいが、無理をしている風もある。

「でもぼくは平気。なんたって咩鷺さんとふたり旅だもん。ね」

「ええ、ふたり旅ね」

咩鷺は微笑みを返したが、心からの笑顔とはほど遠いものだ。

咩鷺は假面を外していた。大きなひとみ、ほっそりと高い鼻は、假面のときと印象が変わらない。みじかく刈った髪は柔らかな芝のようだ。顔には血の気がない。美縟流の、あおじろい喪服がそれを強調していた。

假劇の夜から十日が経とうとしている。

牛頭の六つの眼窩《がんか》に刺客亞童がひそんでいた。それが牛頭の挙動に障害をもたらし、苦蓮を演じた観客を含め二十三名もの死者が出た。これとは別に刺客亞童に殺された者が五名いる。

開府五百年の大事業は、最大の推進役パウルを欠くこととなった。

フェアフーフェン商会は、事業計画にいささかの変更もないと声明を出していたが、影響は計り知れない。上演まで三週間、咩鷺の責任と重圧は格段に重くなっている。三博士は多忙を極めるだろう。トロムボノクにもしわ寄せは及ぶ。

さて、
シェリュバンはどうする？

ぼくひとりで大丈夫だよ——本人がそう言ってもまわりは承知しない。恋人を亡くし、犯人も判らず、磐記はまだ騒然としている。なによりこの少年は牛頭よりも危険なのだ。

磐記を離れてはどうか、食事が始まったときにそう提案したのは咩鷺だった。美縟ただひとつの大陸〈綾河〉、弓形の大地の北方に親しい友人がいるという。外世界の出身でありながら美縟びとと結婚し、宏大な荘園と屋敷をもつマダムのもとに身を寄せないかと。

「あのう、それって……」シェリュバンはすぐに気がついた。「それって、おじいさんのお嬢さんなのでは？」

ワンダ。それがマダムの名だった。

「ワンダ・フェアフーフェン。ええ、わたしの友人は、美縟に帰化し假面作家と結婚した当の本人よ。そしてあの日の假劇の台本を書いた人でもある」

トロムボノクやシェリュバンには、それはずいぶん意外に思われた。他所者《よそもの》が書いたことも、それがパウルの娘だというのも。

「もう少し驚かせてあげようか」

素顔の咩鷺は首まわりの羽毛がないため、その細さが印象的だ。

「ワンダは三週間後の、大假劇の台本も書くのよ」

假劇はこの国の精神そのものだ。大假劇の台本を書くことは、最高の名誉だろう。新参者がひょいと奪ってよいこととは思えない。

しかし、そこまで聞いたところで、シェリュバンはあっさりと返事をした。

「面白そう。ぼくワンダさんに会ってみたいな」

朝食をとりながら話はとんとん拍子に進み、出発は翌日早朝と決まった。

「お代わりもらおうっと。セルジュは午後も夜もお仕事なんでしょ」

トロムボノクはうんざり顔で答えた。三博士は多忙を口実に面倒な仕事を片っぱしから押し付けてくる。

「しばらく会えないかもね」

シェリュバンは匙で雑穀を口に運ぶ。ぷちぷちとした歯ごたえが楽しいし、白い出汁《だし》には滋味とコクがある。

「おまえはどうするんだ、きょうは」

「大聖堂に行ってみる。お葬式の代わりに」

パウル・フェアフーフェンの葬儀は行われない。

そもそも美髯には葬儀の風習はない。帰化するからにはそれに従うとパウルは生前決めていたらしい。葬儀の代わりに服喪らしきもの、一定の期間、半日でも、なにかそれらしいものを身につければすむ。

菜綵の葬儀ももちろんない。それを知って、シェリュバンは少なからず混乱したのだった。死に直面したあとは、乱れた気持ちをどこかに片づけなければならない。大聖堂はその代わりになるものではないが。

食べ終えると、シェリュバンはすっと立ち上がった。

「次会うときは、もう本番前だね」

「迷惑かけるんじゃないぞ、マダムに」

「そっちこそ、寂しがらないでね」

くるりと向きを変え、シェリュバンは部屋から出て行く。

「玄関で待っていてね」咩鷺はトロムボノクに向き直り、「大丈夫、シェリューはいい子よ」

「そうさ。だから心配なんだ」

「あらまあ」

「なんだその目は。こう見えて俺も『いい奴』なんだ」

「寂しいのね」

沈黙が流れた。

咩鷺は待っていたのだ。トロムボノクが口に出したくて、しかしとても言い出せずにいることばを。しばらく待ち、そしてやさしく促した。

「封筒が届かなかった？　お部屋に」

匙が粥《かゆ》のボウルに当たってかちりと小さく鳴った。トロムボノクは目を上げずに答えた。

「……届いたよ」

「でしょうね」

咩鷺はため息をついた。

「大事なことにはいつも手紙を使うから。かれは」

「あんたもグルか」

「まさか。カマをかけただけ。なんて書いてあったの」

「かんたんな告別のあいさつと、あとは花押《かおう》。しかし告別ってのは、生きてる方が死んだもんに対してするもんだろう」

トロムボノクはまた匙を置き、喉をさすった。そこに大きな傷があるかのように。

〈ウーデルス〉。

血まみれの乳児。

おまえの体の三分の一は美縟でできている。

「お食べなさいな。美味しいでしょう。何のお粥かわかる」

「さあ、鶏か……蛙かな」

「いいえ。亞童のお肉」

咩鷺は久しぶりにくつろいだ顔になり——亞童の出汁を吸い込んだ雑穀をたっぷりと匙に取った。

8

同じ頃。

磐記内陣の北面に〈昏灰〉と呼ばれる地区がひろがる。昏灰、それは假劇のさなかに出現したあの腕の持ち主たる神につけられた名だ。大聖堂の置かれた〈沈宮〉を取り囲む四つの区には、それぞれ大きな官庁がひとつずつ配置されているが、昏灰の場合、美縟すべての血統と家系、構成員を管理する戸籍局だ。

戸籍局は、巨大な墓石を思わせる、黒く、つめたく、磨き上げられた面と面で構成される窓のない建物であり、その前の広場はいま人影もまばらだった。

重厚な広場の片隅に、まったくもって場違いな、けばけばしくも俗悪な像が建っている。大人の身の丈の五倍はあるかという巨大な像である。てかてかと安っぽい質感は、塗料のせいばかりとも思えない。

少女の像だ。

年の頃は十五、六か。首や背中はまだ少年のようであるのに、胸と尻は大年増《おおどしま》の盛りあがりを見せ、性的なアピールをいやというほど強調している。一方、細くするどい眉、切れ長の一重《ひとえ》まぶたには気品があり、どうやらこの像は、いったん清潔な美意識で基本の造形を決めた後で、それを台無しにする誇張がほどこされたらしい。

先ほどからそれを見上げるふたりの人物がいた。神妙な顔でたっぷり十分、ものもいわずまじまじと見つめ、

「これは――さすがだ」

小さく嘆賞の声を漏らし、そしてとうとう我慢しきれなくなったように、人物のひとりが腹をかかえて笑いだした。もうひとりも苦笑する。

先に笑ったのは金ボタンに黒い詰め襟のほっそりした若者だ。もうひとりは老人。長身の若者よりさらに背が高く、がっしりした体軀だ。頭は短く刈りこまれ、するどい両眼のまわりには深い皺が（同心円と放射状の両方）刻まれている。

「若……」

　口を開いたのは若者の方である。

「若、可笑《おか》しいですね」

　若、と呼ばれた老人はもう笑いを収めている。が、皺には笑ったあとがまだ保存されていた。表情と皺に時間差がある。なんとも不思議な「顔」だった。

「べつにおかしくはないだろう。これはこれで立派なものだ」

「いや、まさかこんなところでフリギアの像にお目にかかろうとは。ワンダ様もご冗談が過ぎませんか」

　台座の銘板には「旋妓婀」とある。若者はこれを見て笑い出したのだ。

　これはかつて轍世界ぜんたいを席捲《せっけん》し一世を風靡《ふうび》した、長寿人気プログラム『仙女旋隊《せんにょせんたい》あしたもフリギア！』の主人公なのだった。

「冗談かな？　ザカリ」老人は、若者をやんわりと制した。「私はそうは思わないな。あいつは本気だよ」

「それは……いや、それはちょっと」ザカリは困惑していた。「一国の文化に対して敬意が欠けているのでは」

「ワンダがそういう考えをするなら苦労はないがね。そうとう怒っている人もいるようだ」

少女の右目には半分乾いた生卵がこびりついていた。だれかがぶつけたのだ。像の足元はごみだらけだ。

開府五百年を祝して上演される假劇は、俗に「番外」と呼ばれる演目である。千に近いといわれる假劇全演目の中でも、重要性、規模、華麗さ、迫力で群を抜いており、いわゆる〈假劇十八番〉に含めることさえできない。十八番の上に位置するのはこの演目だけであり、だから外題《げだい》を口にする必要もない。ただ「番外」と呼び習わされる。

首都磐記の誕生を描くとともに、美縟五聯が総登場する数少ない演目でもある。美玉鐘再建にこれ以上のふさわしい演目はない。

こともあろうに、そこへ、異国のこの役柄を投入するという。それどころか主役を張るという。あまつさえ美縟五聯を従えて活躍するよう筋書きに手を入れるという。

台本作家がワンダ・フェアフーフェンなのだという。

「お早うございます」「お早うございます」

声にふりかえると、若い女性がざっと十人、手に手に脚立や掃除道具をかかえて立っていた。

「失礼いたします」「失礼いたします」

化粧っ気のない顔にたすきがけをした女性たちは、一糸みだれず散開し、ぐるりと像に取り付いて、汚物の除去にかかった。半分が掃きそうじを、のこりが像のモップ掛けを。

「精が出るね」

「ありがとうございます」「ありがとうございます」

「危ないですからあまりお寄りになりませぬよう」「お寄りになりませぬよう」

「はいはい、知ってますよ」

老人は知っている。箒《ほうき》やモップが実は「仕込み薙刀《なぎなた》」であることくらいは。

「お嬢さんたち、大假劇が楽しみでたまらないようすですね」

「はい！」「はい！」

「私たちはワンダさんの大ファンです」「大ファンです！」

「ワンダさんは假劇にあたらしい息吹を……！」「こないだだって那貪と苦蓮の解釈の素晴らしさといったら……！」

少女たちは頬を紅潮させる。

崇高な仕事に励むことでの高揚か、それともワンダの手によって美縟五聯の面々があぁなったりこうなったりする期待からか。

「どれ、ここにいてはお邪魔だ。おいとましよう」

老人は歩きはじめた。

「まだワンダ様にはお会いにならないので？」

「準備が必要だ。いずれ嫌でも会う」

「ワンダ様も、兄君とお会いになりたいのでは」

「（ため息）なぜかあいつに懐かれているからね。しかしワンダの中では相反する感情がフルパワーで同居しうる。心を込めてハグしているつもりで気がついたら鯖折《さばお》りをキメていた、なんてざらにある」

老人の顔は微笑んでいる。

しかし皺には憎悪が明瞭に刻まれている。

ザカリはそこに気づかないふりをする。

「ご機嫌よう！」「ご機嫌よう！」

おそうじ女子の挨拶を背に、パウル・フェアフーフェンの長子、フース・フェアフーフェンとその従者は広場から歩み去る。

9

淡い薔薇色を帯びた白亜の建築、至須天の大聖堂は五つの尖塔を従えて、圧倒的な存在感を示していた。建物の核心部は巨大なドームとなっている。

「そういや、ここは何の聖堂なんだっけ」

考えていることをうっかり口にすると、シェリュバンの声は天井の高い空間の中で妙に響いてしまう。シェリュバンと咩鷺はいま、礼拝の場に入る大きな扉の手前にいた。

「ま、いっか。礼拝っていうんだから宗教的ななんかをするところなんだよね、うん」

この時間、大聖堂は市民や観光客に開放されており、大扉はひらかれている。こほん、とひとつ咳払いして、シェリュバンは扉の中に歩み入る。

「おおっ、これは立派な」

ここまでの回廊も天井が高かったが、内部空間の高さ、奥行きは想像を超えていた。シェリュバンはその頂点を確かめようとしたけれど、うまくいかない。なぜなら天井は乳白色の微細動するもや、正確にはもやに似たなにか別の素材に覆われていたからだ。

「いいえ。ここは、信仰のための施設ではないの」

咩鷺が言う。

「この大聖堂には『神』はいない。ほら——」腕をまっすぐ正面にのばして、「祭壇がないでしょう」

「ほんとだ」

「ここは祈りを送信する場ではないし、救済を受信する場でもない」

「じゃ、何をする建物なの」

「あきれた。知らなかったのね。では、すこしお待ちなさい」

上方でかすかに機械音がしはじめる。ウィンチでケーブルを引いているような、しずかだが持続する音。他の入場者は残らず上を見ていた。シェリュバンも同じようにする。

もやに波うつ皺があらわれていた。天井は、一枚の柔らかなシートでできていたのだ。大きなシーツを四隅から持ち上げようとしている？　いや、正確には五つの方向からだった。

「大聖堂の軀体《くたい》は五つの塔に吊り上げられる構造になっているの。こんな大きな空間を確保できるのは、そのおかげ。あの〈天蓋布《てんがいふ》〉もその構造を利用して張りわたされている」

天蓋布を吊る力は、自在な押し引きを繰り出しているらしい。子どもがシーツをばたばたして遊ぶように、頭上に数知れぬ波が生まれては消える。やがて幕の上にだれの目にも明らかな変化があらわれる。

「……」

天井との遠近感を取りにくかったのは、幕の上にはたかれていた「粉」のためでもあった。幕とつかずはなれずで浮遊する白い微粒子が、いわば「もうひとつの幕」となっている。それが攪拌《かくはん》され単調な乳白色に濃淡と陰影がうまれる。

色彩のストロークが稲妻のように走る。マットな鮮紅や金属質の緑が飛沫となって散り、まざりあい、色味を増やし、みるみる極彩色の混乱でみたされ、やがてなにかの拍子にその中央に暗黒の窪みが生まれた。暗黒は急速に広がって頭上は黒一色となった。

「終わっちゃうの……」

「いいえ。幕がまだはためいているでしょ」

黒と金――。

ぎっしりと充塡《じゅうてん》された暗黒にうごめくのは、金色の粒。幾千幾万の小さな明滅。目だ。ちいさな、まるい無数の目。

「ほら」

咩鷺が肘で小突くと同時に、空が抜けた。

天に充満していた黒と金が、いくつもの巨大な団塊に分かれてなだれ落ちてきた。漆黒の団塊は、落ちながら、むくむくとキノコ雲のように成長し、宏大な空間を上から下へと覆いつくしていく。

ようやく――、その雲が何でできているのかが見分けられた。

「亞童……」

ただし肌は黒く、眼《まなこ》は金に輝き、何万体、何十万体という「亞童」たちは、統制もなくでたらめに飛び交い、嬌声を上げ、腕を組んで中空を踊る。何体かがシェリュバンにぶつかりそうになり、目をぎゅっとつむって、おそるおそるその目を開いたとき、内部空間の光景は一変していた。

天井から壁までが、無数の亞童をモザイクタイルとしてすき間なく敷き詰めた巨大な半球となっている。螢の発光のように、目の明滅は同期している。

黒と金のドーム。

「あれは亞童、ではないのよ。こっちの方が古いの。亞童は、これを真似てデザインされた」

「あの黒い童子は……」

「〈吽霊《おんりよう》〉。いまみたのはサーガ世界開闢の場面」

「おんりょう……」

シェリュバンは繰り返した。

「至須天はサーガの巨大ライブラリ。ここでは毎日、サーガの名場面が何種類も描画されているの。假劇は週末にしか上演できないし、これを見ておけば、みんなで假劇を作るときも同じイメージをもちやすくなる。

叶霊はサーガ世界そのもの。世界の素材。時間の素《もと》であり、空間の素であり、あらゆる事物の素となるもの」

「じゃあ五聯も怪獣も、もとはあの童子だったってこと」

「そう。天も地も水も火も大気もすべてが叶霊を素材にして出来ている。何もない場所——空虚でさえも」

シェリュバンは、なまめかしく蠕動《ぜんどう》する大聖堂の内壁にしばし目を奪われる。金の目も黒い肌もすべては生きており、まばたきしたり手足が動いたりする。さえずりのような声や断片的な唄も聞こえる。

やがて叶霊たちはじわじわと配置を変え、また別の場面が描き出されていく。

「ここのライブラリは無尽蔵よ。時間のあるかぎり楽しみなさい」

落ち着いた男性の声——いや女性の声だろうか——が流れはじめた。天蓋布に映るサーガの場面をなめらかな口調で解説している。

10

「じつにうれしい夜ですな。技芸士の方とゆっくりお話しができるのは」

左どなりに座った男は、白磁の酒器の注ぎ口をトロムボノクに向けた。

「……あ、や、どうも」

もごもごご言いながら小さな杯を差し出し、熱い燗酒《かんざけ》を受ける。

広々とした畳敷きの座敷だった。床《とこ》の間の大きな花瓶には梅の枝が差され、色づいた蕾《つぼみ》が掛け軸の書に彩りを散らしている。座椅子と膳が人数分ならぶ、こじんまりした酒席である。トロムボノクは座布団の上で、みるからに居心地悪そうだ。

「まあまあ、お空けください」

彩り鮮やかな八寸《はっすん》から箸で酒肴《しゅこう》をつまむ。乾燥させた小魚を炒って、木の実と飴でからめたもの。甘く煮られた黒い豆。漆《うるし》の椀には白いポタージュが張られ、みどり色の餅が鮮やかだった。

「瓢屋《ふくべや》さんだけでなく、私のも受けてくださらんと――」こんどは右どなりの男が勧めてくる。品のいい学者然とした老人だ。「鏑屋《かぶらや》の酒が飲めんとは言わしませんぞ」

「あ、いやいや。あー……ととと」

市中であることが嘘のように静かな、木々にまぎれた一角である。伝統と格式ある料亭の一室で、地元のお偉方に囲まれての会食だった。大事故のあとだというのに、今この部屋を支配しているのは浮世離れした暢気《のんき》さである。

どのような職業でもそうだが、特種楽器技芸士も、専門外のあれやこれやが仕事の少なからぬ部分を占めるものだ。特種楽器の修理・復元は、巨大であればあるほど土木工事に似る。資材や機材を早く安く調達すること、職人や作業員の手配と賃金の支払い、近隣住民への説明と説得、道路を通行止めにする手続き。こうした段取りを右から左へと片づけつつ、厄介な注文を繰り出す施主と交渉を重ねる。こうした七面倒くささから、もしや解放されないかと期待していた。美玉鐘の面白さとだけ向きあえたら、さぞ楽しいことだろう、と。ところがどうだ、料亭の座敷で地元のおじさんに取り囲まれ、座布団から抜け出られぬ始末。

こんなところをシェリュバンが見たら腹をかかえて笑うだろう。

「いや実際にああして組み上がっていくところを見ていると、こう、そわそわして居ても立ってもいられない」

瓢屋は顔を上気させている。家業は假劇の音曲。鳴り物の鼓笛、喇叭、譜面を代々商っている。「いったいどんな響きだろうと想像が止まりません。あれだけの数ですよ、量がある一点を超えると質が劇的に変わる。そう思うとたまらないですな」

まあ、ちょっと落ち着かれてはいかが、と声を掛けたいところだが、トロムボノクは愛想笑いを浮かべるのが精一杯だ。

「ただ、それを鳴らすのはこの国の者ではなく、外国のカリョネア勢ですがね。楽隊の周旋をしている瓢屋さんには気の毒だったが」

これは鏑屋だ。このふたりのあいだにいるとどうにも落ち着かない。立場の違いがあって、当てこすりしあっている。トロムボノクは気づかないふりをして、黒豆を箸でつまむことに集中する。

「まあ、カリヨン奏者が千人もそろう国はなかなか見つからんでしょうな」瓢屋は反撃する。「外国の奏者がどこまで假劇に沿うていけるかは、ほんとうに楽しみだ」

「まさに、まさに楽しみだ。技芸士ギルドの皆さんがいるのだから、私は何の心配もしていないがね。そしてその演奏がうまく行けば、假劇や假面は、全輸宇宙に広がっていけることになる。成功の鍵は――」

鏑屋は工芸、細工ものの老舗《しにせ》であり、なにより假面を商う店としては随一である。鏑屋は続けて、

「――鍵は台本ですよ。ワンダ先生の意図を損なわず上演することですよ。無用な雑音は

いただけない」

「いやいや、それは違う」瓢屋は鏑屋を睨みつけた。「假劇と美玉鐘は、まずは美縟のもの。假劇の『型』からはずれるのは感心しない」

「それこそどうなんだ。先生はここに嫁がれ、帰化までされた。サーガの知識ならあんたや私などとうてい及ばない。げんに客も大喜びだ」

瓢屋は台本の出版も手がけている。お抱えの作家もいて、それでなくても面子《メンツ》をつぶされている。ますます風向きがあやしくなってきた。トロムボノクは絶対に口を挟むまいと心に誓い、「ああこれはうまそうだなあ」とつぶやいて大きな伊達巻きをほおばった。

「うまいなあうまいなあ」

二人は一向に事を収める気配がない。

「そりゃ劣情に訴えればいっときは評判になるでしょう。私にいわせれば教養も品もあったもんじゃない。あんなのは假劇じゃない。まあ、便乗してへんちきな假面を濫造する者は良うござんしょうが」

「ほう、子どもに駄賃をやって旋妓婀像《フリギア》に生卵をぶつけさせるのは下品でないとおっしゃる」

ふたりはしばし睨み合い、きっとトロムボノクを向くと声を合わせて、

「技芸士どの！」

「ぐ」

小芋の煮物がのどにつまる。その脳裡に三博士の声がよみがえる。

──困ったな。班団《はんだん》の連中と酒など飲んどる時間はないぞ。

バートフォルドがわざとらしくぼやきはじめた時、すぐに逃げるべきだったのだ。

──とはいえ磐記を仕切っとるのはあの仲良しクラブだ。あ奴らの不興を買えば、この町ではふんどしひとつ買えぬ。

と、これまたじつに要領よく状況を整理してくれたのはアドルファス。

──ドうせ、こむずかシい話は出ない。酒は旨いシ姐ちゃんはきれいだかラ退屈はせん。誰でもいいんだが。

とグスタヴァスが受けると、あらかじめ打ち合わせていたようにバートフォルドが引き取って、

──誰でもいい。誰でもいいならほれ、ここに適任者がひとりいる。なあセルジュ？　うまい酒は好きだろう。

うまい？　砂を噛むような酒なんてものがあるとは思いも寄らなかったぜと考えていると、

「まあまあ、あなたら、お客さんが困ってらっしゃる」

取りなしてくれたのは、向かいにすわった男性だった。肩幅が広くたくましい体型で、銀髪が美しい。屋号は鳴田堂《なるたどう》。牛頭の工房の親方であるが、この人物自身が腕利きの造形師であり、画家としても高名であるらしかった。

このように、座敷に集まった男たちは、富裕な家業を営み、文化人であったり、引退した政治家であったりと、しかるべき社会的立場にある人物ばかりだった。

かれらは〈班団〉のメンバーだ。

〈班団〉には明確な定義がない。集団でも組織でもない。しいて表現するなら、磐記で古くから生業《なりわい》をいとなむ男たちの「つきあい」、「社交」そのものというしかない。

全員では百余人に及ぶと三博士は言った。自然にうまれた友誼《ゆうぎ》の広がり。気の合った者同士、立場の似かよった名士の気のおけない寄りあい。談笑。自発的な行動。その総体が班団である。規約も予算も組織も権限もなく、何ひとつ事業をするわけでもなく、入会の窓口などありはせず、そもそも意思決定の仕組みを持たず、〈班団〉という言葉さえもただの符牒。しかし磐記を――そうして美縟を仕切っているのはかれらなのだ。

グスタヴァスは言った。

――いいかセルジゥ、あいつラははかりごとも示シ合わせもシない。暗黙のうちに妥当な合意を行い、ソれがおのずと磐記ぜんたいの意志となる。班団はあラゆる判断をする。なにが假劇で何がソうでないか、ドの假面が上物であるか。合議も投票もなくシぜんと判定がなさレる――。

「……先生？」

「あ、ええ。まあ快適ですね」話を誤魔化し、鳴田堂に返杯しながら、「あなたの絵は拝見しましたよ」

鳴田堂の絵は、市庁舎の大ロビーの壁一面を占めていた。高さは背丈の倍、幅は十人が両手を広げて並んだほどもある。絵の題材は明るい月夜、美しい草原、真珠色の雲とまばらな星。そして草原に点在する白いいくつもの影……。

「不思議な絵だったですね。裸体の男女が草原の中に――羊か牛、山羊のように、静かに立ったり、うずくまったり、思い思いの姿勢で……。なんだか――」

「――なんだか？」

画家が興味深そうに訊く。トロムボノクはどうしてもうまく表現できなかった。現実の風景ではなく、といって夢のようでもない。その中間。あきらめてこう言った。

「幻想的な情景でした」

ふふ、と画家は笑った。座敷の紳士たちも品のよい笑い声をあげた。あれ、なにかまずいことを口走ったかと思ったとき、障子の向こうに人の気配がした。

「お客さんがお待ちかねだぞ」

鳴田堂は手をぽんぽんと鳴らす。襖《ふすま》がからりとあけられて、座敷に入って来たきれいどころは亞童たちだった。

「！」

トロムボノクが思わず後じさりしたのは、亞童たちが艶やかに女装していたからだった。つるりとした顔に赤や青のハイライトを入れ、肩を出した光沢のあるお召しを着せられ、奇妙な形に結い上げたウィッグには、棒状の髪飾りが何本も突き刺してある。座敷は一瞬で華やかになった。トロムボノクの両脇に一体ずつ亞童が座り、巨大な頭でしなだれかかってくる。膝に——股ぐらに近い場所に大きな手が置かれた。その手の柔らかさ生あたたかさに、トロムボノクはグスタヴァスを呪う。

「あれはですな、幻想ではない。現実の光景ですよ」

鳴田堂は、亞童のドレスに手を差し入れ、胸もとをまさぐりながら言った。市庁舎の絵のことだと分かるのに、一瞬、間があいて、

「はあ」

トロムボノクの相づちはまぬけな感じになった。

「梦卑の牧場の夜の景色ですな。スケッチをしに北部に出掛けました。先代の峨鵬丸がまだお元気な頃でね」

「鵲の假面を打った人物ですね。牧場主だったのか」

「先代は広大な牧場のあちこちに掘っ立て小屋のようなアトリエを構えていてね、そのひとつに泊めてもらったんです。ある夜、目が冴えて眠れぬままに小屋を出て、そこで見た光景が、あの絵なのです。梦卑たちは、ああやって、人のかたちを真似ることがある」

鳴田堂のもみあげあたりに亞童は熱烈なキスを浴びせている。トロムボノクの頬もキスでべたべたしてきた。大きな頭部、こどもの顔が視界でおしくらまんじゅうしている。

この亞童も、梦卑に由来するのだ。

亞童を合成し、牛頭の材料となり、さまざまな医療素材の原料ともなる〈万化組織《ステム・フレッシュ》〉、この素材は梦卑の体組織から取られる。——おそらくは〈行ってしまった人たち〉が生みだした生命。梦卑の組織はその体の外へ持ち出されることで、驚くほどの万化性を獲得する。培養された〈ステム・フレッシュ〉は、だれもがよく知る石鹸大の白くやわらかなかたまりに成形され、出荷されていく。ことに再生医療用に調製されたステム・フレッシュこそは美縟最大の産品であり、富の源泉だ。市庁舎のホールにその絵が掛かっているのは、ある意味当然のことなのだった。

「私がこんな稼業をしておれるのも、梦卑のおかげです」

「たしかに牛頭にはステム・フレッシュがたくさん使われていそうだ」

「いやいやそれ以前に、梦卑がもたらす富がなければ、假劇のような道楽文化は維持できない。よって私の商売も成り立たない」

鏑屋がそこへ口を挟む。

「そうそうその話ですが、あなたこのあいだ假劇をご覧になったでしょう。假面はなにを使われましたか」

どの話だよ、ぜんぜん話題が違うだろ、と思うが顔には出さず、

「なんてったっけ、鋳衣といってたような」

なるほど、と鏑屋はわらった。

「なんでしたら明日、私どもの店においでなさい。鋳衣は悪くないが、假面をあの程度と思ってはいけません。深く酔えて醒めたあとも心地いい。高価《たか》くもない。そういう品がいくらもあります」

瓢屋も落ち着いてきたのか、

「トロムボノクさん、鏑屋はね、こういう奴ですが、でも熱心だ。それは間違いない。いっつも假面の話をしてますよ。そこは脱帽です。この人は本気ですよ。本気で、假面を輸

出したいと」

「ステム・フレッシュに代わる稼ぎ頭に？」

「さすが話が早い」

鏑屋はぐいと身を乗り出した。

「ほうら目の色が変わった。知りませんよ」

そういいながら瓢屋も身を乗り出している。喧嘩があっという間に褒めあいの場に変わる。ほかの面々も同じだ。亞童たちも、きゅうきゅうにゃあにゃあと鳴いている。鏑屋は長々と弁舌をふるう。假面という枠組みに宿る無限の多様性。蔵から出てきた見本帳の素晴らしさ。年代物の修理をして分かる細工のみごとさ。からくり仕掛けの合理性。それらをひっくるめた芸術的価値、はじめは横で黙って聞いていた面々もがやがやと論争にくわわり、異様に瑣末な知識を競い、たがいの蒐《あつ》めた假面を褒めたり貶《けな》したりし、假劇の未来予測をしあったりした。酸いも甘いもかみ分けた男たちだろうに、こと假劇となるとおどろくほど幼く、思慮も足りず、トロムボノクはとうとう気分が悪くなってくる。

「だからこそ！」

鏑屋が膳を叩いたので皿小鉢がガチャガチャと鳴った。

「――だからこそワンダさんの台本でなきゃいかんのだ。異国の目で徹底的に換骨奪胎してもらってこそ、美緌から打って出られる。そうじゃないか瓢屋さん」

「問題は正統性ですよ。奇抜さばかりで時の流れに堪《た》えられますか？　私はそう思わない。時間がかかってもいいじゃないですか。あせらず本物を売りましょう」

みな大まじめなのだ。開府五百年をまたとない商機ととらえているし、投資を惜しまないのはそのためだ。これは班団にとってぜったいに負けられない大博打なのだ。

「騒がしくて申し訳ないですな。お酒もいいがどうぞ料理も召し上がってください。どうですか、この刺身」

青磁の平たい皿に、薄くそぎ切りにされた身が敷き詰めるように並べてある。後ろから抱きついてくる亞童の腕がわずらわしい。箸先で何切れか掬《すく》い上げ、トロムボノクは一口で食べた。

「ええと鳴田堂さんでしたか。や、これはうまいですね」

ほどよい弾力があり、味は淡いのだが、嚙むほどに淡いまま滋味が濃くなっていく。身体になじんでいくような自然さがあった。

「これは亞童の刺身です」

不快感は不思議なほど湧いてこなかった。亞童粥には強い抵抗感を覚えたのに、半日で慣れてしまったらしい。亞童が単純に美味しいからだ。

「ワンダさんも刺身がお好きでね」

　まわりは議論で騒然としていたが、鳴田堂の静かな声はよく通った。

「彼女の起用には賛否両論あるんですね」

「でも私も好きだ。彼女はたしかに扇情的だが、あの人気はもっと別な理由からですよ。たとえば先《せん》に上演された假劇ですが、元のエピソードでは那貪と苦蓮のあいだに恋情なんかないのです」

「へえ」

「なんでもない一言片句《いちごんへんく》から妄想を広げ、劇を新鮮によみがえらせる。その手際がまず素晴らしい」

「まず？」

「思うに、彼女の本領はさらに別のところにある。とにかく気持ちがいいんですよ。いきなり劇の舞台へ引き込まれ、そのあと全身をまかせてここにひたりたい、とにかくここに居続けたいと思わせてくれる。

　仔細に見ると細かいところまで本当によく作られている。登場人物の身もだえするような感情、それをありありと伝える細部」トロムボノクはいままざまざと那貪の鬢付け油の香りを思い出した。「それら全体が響きあってつくる調和や不調和、堂に入った緩急のつけ方。観客は完全にワンダの手中にいる。無我夢中でその劇にしがみつくことを強いられる。假劇が終わるまで」

「瓢屋さんのように、苦手な人もいる」

「あられもなく乱れてしまった自分を許せないと感じる人もいる、ということでしょう。それを恥辱と感じる。けれどたとえば、ほら」

鳴田堂は亞童の唇を吸い身体を撫で回す。亞童は鼻声をもらす。トロムボノクは目をそむけた。「これだって恥辱ものですが、瓢屋は何とも思ってませんよ。ワンダさんはそれを見透かしている。そこを刺激する。反発も計算のうちでしょう。あるいは計算ではなく、天然かもしれない。恐ろしい方ですな。ああ失礼、杯が空だ」

鳴田堂は酒を注ぐためにトロムボノクに近寄った。

そして身体を傾け、耳打ちした。

「――あのひとは生きていますか？」

すっと酔いが冷えた。

かんたんな告別の言葉。そして花押。

「わかりません」

どうとでもとれる返事でこたえた。しかし正直な答えでもあった。パウル・フェアフーフェン直筆の手紙が届いたのは確かだ。

「そうでしょうね。しかし死後もさまざまなかたちで、あの人のメッセージが微量ずつ漏れ続けていることはどうやら間違いない」

トロムボノクは姿勢を変えず、注意を四方に放った。班団たちはうるさい会話に夢中だ。と同時に、この会話をきちんと聞いてもいる。このガヤガヤはさりげなく張り巡らせた柵、檻だ。トロムボノクは鳴田堂に向きあうことしかできない。

「私たちは、測り兼ねているのです。あの死とは一体何だったのかを」

パウルの手紙が脳裡をスクロールしていく。


——さようなら、トロムボノク。私は死んでいる。もういちど書こう。私は死んでいる。死んでいるから第四類の坊やがはたらいた乱暴狼藉を見届けることはできなかった。それだけは残念だ。美玉鐘再建のため、きみらには負担をかけるが、私だって殺されるとは思っていなかったんだから堪忍してくれ。とにかく私は一度死に、つまり完全に死んだ。肉体的にも、法的にも、議論の余地なく死んだのだ。というわけでこれを書いている。

さようならトロムボノク。美縟の滞在を楽しみたまえ。P・V

「刺客亞童を放ったのがだれか。犯人たちの意図は何か。そこに班団の意志がまざってはいないか――」

はっと鳴田堂の目を見る。その可能性はトロムボノクも捨てていない。班団にはパウルやワンダを憎む者もいるはずなのだ。

「――あるいは、あのひと自身が意図的に仕組んだのではないか」

その可能性が一番高いだろう。だが、

「だが、その理由が分からない」

トロムボノクは盃を干すとかるく振って滴を切った。

「ご返盞《へんさん》」

鳴田堂に渡し、酒を注ぐ。

「――つまりわれわれは不安なのですよ。われわれは、かれが娘かわいさのあまり美玉鐘再建に肩入れしているのだと思っていた。パウルが見ているのはワンダさんであり、美縟ではないのだと。しかしどうもそうではなかった。

お恥ずかしい話だが見当もつかない、あれだけの人物がいのちと引き換えにするほどのものが、この美縟にあるのか」

目の前の男が描いた夜の梦卑たちの絵を、トロムボノクは思い出している。
あの丘のある土地へ、いま、シェリュバンと咩鷺は夜汽車で向かっている。
かばんの中には、菜綵のかたみ、素焼きの假面が仕舞ってあるだろう。
ふたりは向かう。ワンダ・フェアフーフェンとその夫、二代目峨鵬丸のいる土地へ。
月の下、梦卑がおだやかに草を食《は》む土地へ。

第二部

第一章

11

未舗装の、埃だらけの一本道を、六輪駆動の車が疾走している。

漆黒の高級乗用車の外観をもつ全地形対応車。

運転席には假面《かめん》を外した咩鷺《みさぎ》、助手席にはシェリュバン。

道の両側は、丈の低い草地がなだらかな起伏を描いてどこまでも続いている。というより、草地の中にひとすじの道が切られているのだ。

大陸〈綾河《リンカ》〉北部の丘陵地帯。ふたりが降りた駅に用意されていたこの車に乗り換えて二時間。丘陵地帯に入ってからは人家を見ない。未舗装の路面は深い轍《わだち》が刻まれた悪路だが、幅の広い六つの車輪がそれぞれ自律し、路面に吸いつくような走りで、快適この上ない。

「あの駅から先も線路はあるんだけど、定期便はないの」

そう言う咩鷺の横顔をシェリュバンは見るともなしに見る。

「咩鷺さん。もう假面は着けないの？」

「いいえ。わたしと孤空《こくう》は一心同体だもの」

「事件のこと、聞いていていい？」

「なにかしら」

「美縟《びじょく》の人の感覚って不思議だな。あのあともみんなわりと平気な顔してた。次の週、すぐに假劇《かげき》を再開したし。びっくりした」

「世界は広いから、いろいろな『感覚』があるでしょう。あなたたちはどう」

じぶんとセルジゥだって、大いに異なっている。シェリュバンは非常に強靭な肉体をしている。極寒の惑星〈霜だらけβ《フロスティベータ》〉を全球開発するために、莫大な予算を投じて人間を再構成した改変態。シェリュバン自身は一般世界で生きられるようダウングレードされているが、それでも常人とは身体感覚がまるで異なる。長命で、生殖力が旺盛で、快楽に目がない。かたやセルジゥは瀕死の状態で見つかった子どもだ。その人生はつねに疼痛とともにある。

クルーガの宿の前で、〈ウーデルス〉を知らないか、と言ったときのかれの暗い目はいまも忘れていない。

「それなら持ってたよ、前に」

絶対に秘密にしようと心に決めていたのに、すんなり白状してしまった。この男にならば喋ってしまっても危険はない、と分かったのだ。この人が欲しいのはあの楽器につきまとう利益ではないのだ、と。

道の両側はどこまでも続く草地、緑の起伏で、そこに白い生き物が点々とちらばる。梦《む》卑《ひ》の牧場だ。見わたすかぎりが、現代最高の假面作家でありワンダ・フェアフーフェンの夫である峨鵬丸《がほうまる》の地所なのだ。

「そろそろよ」

咩鷺は速度をゆるめる。悪路の前方を木製の大きなゲートが塞いでいた。

柵はふたりの背よりも高かった。太い丸太を組み上げ、筋交《すじか》いをした頑丈な作りだ。白いペンキは風雨でひびこぼれている。咩鷺は懐かしい人にふれるように鑿《のみ》あとを撫でた。

シェリュバンがためしてみたが、門は重く、びくともしない。

「一発で吹き飛ばせるでしょ」

「平時は無理ですよ」

そこへ一頭の梦卑がのそのそとやってきた。草地から道へ出てきたのだ。頭の高さはシェリュバンのへそあたり。頭から尻までは、両腕をゆるく広げたくらいある。

「うわあ、近くで見るのはじめて。ねえ、こいつおとなしい？」

咩鷺が答える前に、もうシェリュバンは梦卑を撫でていた。しゃがみ込んで、鼻と鼻がくっつくくらいまで近寄ると、梦卑は白い舌でシェリュバンの顔をぺろんぺろん舐める。

「あははは、気持ちいい」

梦卑は地球の、四足哺乳類によく似ていた。体軀には丸みがあり、ほぼ無毛で、白い皮膚は豚のような質感だが、ところどころがたるんでいた。両頰を手で包み込んでみると、やわらかく、温かい。気持ちがよいので、つい頰を揉み揉みする。梦卑は身を委ねている。

「おっ、きみ人に慣れてるねー」

梦卑も、べへへと小さく啼《な》いた。

「これは原種ね。顔や体つきからして」

「原種？」

胴をシェリュバンにすりよせてきたので背中をさすってやると、目を細めている。

「放牧されているのは、食肉用や乳用に品種改良されたものね。医療用は無菌の畜舎と厳格な基準で飼育されている。でもこの子は違うわ。人に慣れてはいるけれど、梦卑ほんらいの力を持っている。きっと——想像力がとても強い」

「想像力って」

シェリュバンは首を傾《かし》げる。

「そうか。シェリューは知らないのね。〈美縟〉にやってきた人類が梦卑と出会ったとき、何が起こったか」

「わ、わわっ」

シェリュバンは小さく悲鳴を上げた。

撫でていた梦卑の背中が、突然ぐにゃりと柔らかくなったのだ。表層だけでなく皮下組織から筋肉の層までもが搗《つ》きたての餅のように柔らかくなり、指も手のひらもどこまでももぐり込んでいく。

「びっくりした？　そのとおりのことが起こったの。梦卑の身体は、人間の体に触れると、流動化し可塑性を持つ——捏《こ》ねて形が取れるようになる」

咩鷺は取り乱していない。シェリュバンは安心し、むしろ積極的に両手の感触を楽しんだ。指をめりこませたまま両手を持ち上げると、梦卑の背中全体がぐにゃりと長く上に伸びる。そのまま手を下ろすとぷるぷると波打つ。ひねるも、ねじるも思いのままだ。かつて経験したことのない感覚に、シェリュバンはどうしてよいか分からぬまま、やみくもに手を動かす。

――いや、

そうではない、とシェリュバンは気がついていた。

梦卑は、シェリュバンの手の動きをみちびいている。

そっと教えている。

弾力のわずかな違い、温度のむら。假劇のときに群衆が一糸みだれぬ混乱を演じたときと同じだ。気ままに動かしているつもりでも、シェリュバンの手は支配されている。その手で、梦卑の背中からひとつの形が作り出されていく。力ずくではなく、おのずと。

「想像力――」咩鷺が言葉を続ける。「人間の中に何があるかを読みとり、作り上げられるべき像を想う力、それが梦卑の想像力よ。いまそこにある形は、あなたと梦卑が共同で作っている」

人が一方的にイメージを投映するのではないのだ。梦卑は手の動きを通じて人の内面にあるイメージを想像し、自らの形でそれを表現する。このやりとりが短時間に幾度も繰り返されて補正が重ねられることで、人は自分が思うとおりに形を捏ねていると感じる。

梦卑の背中に、大柄な男の頭部、肩、胸がむっくりと立ちあがった。

「咩鷺さん、でも……ぼくはこんな像、想ったりしないよ。これ、最初から全部この梦卑の中にあったんだと思う」

シェリュバンの手の中で、胸像はさらに腹から腰へと形を成し、人の形になっていく。

「これきっと、ただの原種じゃないんだ」

「そのとおりだ」

声がして、シェリュバンは飛び上がった。その声は胸像が発したのだ。声は続ける。

「こいつは、俺のあいさつを伝えるメッセンジャーなんだ。――きみ、手を休めず続けてくれよ」

シェリュバンの手の中で壮年の男の顔ができあがっていく。幅の広い突き出た額の下で、ふたつのまぶたが開くと、ぎょろっとした眼球がもう形成されていた。唇がととのうと発音が明瞭になった。梦卑がしぼむにつれ男はますます大柄になり、シェリュバンはつま先立ちしても届かなくなる。

「もう手を離していい。あとはひとりでにできていく」

つるっとした表面が細かくけば立ち、色と質感がうまれた。

黄土色の作務衣《さむえ》にうぐいす色の肩掛けを羽織り、足袋《たび》に草履《ぞうり》のいでたち。

しかし、衝撃はそのあとにやってきた。

男の顔に病変があらわれた。鼻のあたまにぷくんとできものが盛り上がる。ふたつ、みっつとふえ、次から次へとあふれだし、やがてひとつの肉瘤《にくこぶ》に成長し、だらりと口の上に垂れ下がった。巨大な鼻ができ上がると、咩鷺が声をかけた。

「こんにちは、峨鵬丸」

「長旅ご苦労さん」

男は——梦卑は、両腕をひろげて快活に呼びかける。細部がのっぺりしており、表情は目と口の動きだけで表現されているが、油断すると本物の人間に間違えそうだ。

「おじさんが峨鵬丸さんなんだ」

「ほんものの俺は、この先のゲストハウスにいるがね。この俺は別に中継しているわけじゃないぞ」

「じゃあ予告篇みたいなもの？」

梦卑はガハハと笑った。

「ついといで」梦卑はゲートに手をかける。「いま開けてやる」

「お元気そうでなにより」

「ねえ、そのお鼻、痛くないの。治さないの」

「痛くはないさ。それにこれは望んでやっていることだからな」

「わざわざ、そんなふうに？」

「わざわざだ。わざわざおできを作ったんだ」

ようやくゲートが開き、咩鷺は車を門の内側に入れた。

「俺はここまでだ。ゲストハウスまでは五、六分だよ。仕事が終わったから、あとは腹いっぱい草を食べる」

梦卑が笑うと目尻に皺がたくさんできた。似顔絵のように、やや誇張された表現だったが。梦卑の姿がバックミラーから見えなくなった頃、シェリュバンは咩鷺に尋ねた。

「どうしてあんな鼻にしたの？」

咩鷺は微笑みながら答えた。

「假面をかぶれなくするため」

「えっ。でもそれが仕事なのに」

「造るのが仕事だもの。あの鼻は峨鵬丸を襲名するための決まりよ。だからこそだれにも打てない假面が造れる。美縟びとで假面をかぶらないのは、当代の峨鵬丸ただひとりよ。命と引き換えに假面を打つ、その覚悟がなければ襲名できない。そんなことよりほら、——」

車の前方に大きな切妻屋根のゲストハウスが見えてきた。

「そんなことより、いよいよワンダとご対面よ」

声に、なぜだかよそよそしい感触が乗っていた。

「ねえ、不思議だったんですけど」

「なにが」

「どうしてぼく、ワンダさんのとこに預けようと思ったんです？」

「そりゃお部屋がたくさんあるから」

はぐらかされたら深追いしないのがシェリュバン流だ。

夫妻のゲストハウスは、くろぐろと聳《そび》える針葉樹を周囲にめぐらした、大きな山荘風の建築だった。

威圧感のある大きな切妻屋根。外壁は漆喰《しっくい》と木材を組み合わせてある。前庭や窓々には色とりどりの花が咲きこぼれている。車は玄関へのアプローチをしずしずと進む。建物のまわりで立ち働くのは大勢の亞童《あどう》だ。あるものは植木仕事の道具を担ぎ、あるものは薪《たきぎ》を運ぶ。雑巾でガラス窓を拭くため、一団の亞童が手肢をつなぎ、からませ、一基の梯子となっているのには目を見張らされた。

シェリュバンは車のすぐ横を歩く亞童と目が合った。亞童は笑顔で、きゅるきゅると鳴いて挨拶してくれた。ほかの亞童もつぎつぎとこれに唱和して、さえずりのような、あるいは葉擦《はず》れのように立ちのぼる挨拶の音に包まれつつ、車は車回しの大きな庇の下でしずかに停まった。

シェリュバンはトランクの荷物を亞童たちに任せ、ズックの合切袋《がっさいぶくろ》をひとつ肩にかけて建物に進む。玄関の大とびらには、襟のあるシャツに半ずぼん姿の亞童が二体おり、恭《うやうや》しく両側から開けてくれる。足を踏み入れた玄関ホールの奥には、二手に分かれる大きな階段がハート形の曲線を描いて二階へ誘っている。目を下ろしてつきあたりの壁を見ると

——


そこに草地の夜がひらけていた。

絵だ。夜の牧場での梦卑の集会。思い思いに空を見上げている。そんな場面。

「あなたがくるからひさしぶりに掛けてみたのよ、鳴田《なるた》堂《どう》さんの絵を」

声は高いところから降ってきた。

「——ワンダ。しばらくね」

咩鷺は階段の上に声を掛けた。

大柄な女性がゆっくりと降りてくる。

べっこう色にかがやく髪をゆたかに結い、背すじはまっすぐにのび、胸乳《むなぢ》は船の舳先《へさき》のように前に突き出していた。胸もと、肩、両腕をむき出しにしたドレスの長い裾をきれい

にさばき、優雅な所作で降りてくる。その全身からあふれる威風にシェリュバンはすっかり見とれる。そして、この初対面の女性に見覚えがあるような錯覚を覚えた。

「いきさつは連絡したとおりよ。この少年をしばらく預かって」

「願ってもないこと」

黄金の瞳と太い眉、鷲鼻、大きな顎、がっしりした頬骨が組み合わさって、その顔には彫刻的な力があった。美貌とは言えないが——そう、まるで大政治家のポートレートのような忘れがたい魅力、人としての迫力がある。女は手を差し伸べ、シェリュバンの手を取った。胸元や腕の膚は青みがかった白だった。手は大きく、あたたかく、柔らかだった。

身体からはなんともいえぬよい匂いがし、気がつくと少年の頭はワンダ・フェアフーフェンの豊満な胸元にぎゅーっと抱きすくめられている。

「……た、たはは。あのー」

「はじめまして、ぼく」

人心掌握力はお父さん似かもね、とシェリュバンは思う。頬に軽いキスを感じ——すぐに腕はほどかれ、ワンダは咩鷺とかたく抱擁を交わした。

「何といったらいいの、お父様のこと」

「だいじょうぶ」

「わたしはいたのよ、観覧席に」

「ここまで来てくれただけで十分よ」

「わたしはすぐ帰るの」

「今夜は泊まって。仕事は遅らせないから」

ふたりのあいだには親密な空気がある。どういう友人なんだろうな。また教えてもらおうっと、シェリュバンはそう考える。

「ぼく、お茶をご馳走するわ。こちらよ」

ホールの右奥へワンダは先に立って歩く。ティールームへと続く廊下の左手の壁には、年代物らしい假面がずらりと掛けられていた。あの広場でさえ見かけたことのないものばかり。

——これはもともと売り物じゃないんだろうな、とシェリュバンは感じる。なんでかな、ああ、愛想の良さがないのか。

落ち着いた色あいで、造形も端正だが、他人に心をひらかない意固地さ、狷介《けんかい》さをただよわせている。全てが古い。だれかが自分のためだけに作り、そして持ち主が死んでしまったような。シェリュバンにはひとつひとつが小さな墓標みたいに見えてくる。

「素敵でしょ。うちの亭主の若い頃の作品よ。峨鵬丸を襲名する前のね。まだ作風がとげとげしているから、本人は飾るのよせって言うんだけど、嫌がるのが面白いから並べてるの。ぼく、よかったらあとでかぶってみたら。この子たちも、そうね、あるじがいなくて寂しいでしょうから」

そう言われてますますここが墓所のように思われ、そしてまた尋ねることのできないあの疑問が喉元まで浮上する。

美縟では葬儀が行われない。

では菜綵《なづな》のお墓はどこにあるのか？

12

「あなたの素《す》っぴんを拝むの何年ぶり？　寄宿舎にいる頃から、いつもかぶってたもの」

ワンダは懐かしげに言った。ティールームの大窓は中庭に開け、淡い暖色の内装は明るく、若葉色のテーブルクロスには皺ひとつなかった。

咩鷺は自分の頬を撫でて言う。

「ここ何年もつけっぱなしだったわね」

「新調するならうちのに言っとくけど」

「孤空はずっと使うつもりよ」

「あのですね。ふたりってどういう知り合い……」

「同じ学校だったの」咩鷺は銀器から黒いジャムの塊を取って、茶碗に落とした。「クラスも一緒」

「あたしは父がああいう商売でしょ。船の中で育ったわけね。家庭教師付きで」

シェリュバンはパウルの船の豪奢な居室を思い出した。

「上の学校に入らなきゃってことで轍の中央部にある全寮制のところに入れられたわけ。で、そのちょっとあとに咩鷺が転入してきたのよ。この人は美縟生まれだけど、お父様が外交官でね」

「うぉ、上流階級」

「ぼく、遠慮ないのね。好きよそういうの」

「ええと、さっきのお話だと、咩鷺さんはあの……あの鳥頭で寄宿舎に入ってきた？」

ワンダは大笑いした。

「みんなたまげたわね。このひと衣装棚タイプのでかいトランクを持ち込んでね。それ、中が假面のショウケースに改造されてて。凄い文化だ文化だと吹聴するもんだから、あっという間にみんな感化されて」

「それはどうかしら」咩鷺はほかほかのスコーンを割り、梦卑の乳で作ったクロテッドクリームを盛った。「あなたの取り巻きは、ご機嫌をとってただけだし、好奇心だけの連中はすぐ冷めていったし。ほんとうに入れ込んだのはあなただけ」

「ほらね、この人って性格悪いのよ。で、やっぱり孤空が假面だというのには驚くわけ。ちょっと見には生き物でしょ」

「分かります」

「孤空とは詩人の種族のひとり。その内奥には、暗く悲しい夜空と焔が心象となって内蔵されている。で、その假面をつくったのが咩鷺の幼なじみだって言うじゃない。心をわしづかみにされましたとも。

おまけに、詩人は口上をのべる役割もある。劇の中での独白が、同時に劇の外への呼びかけでもある。これにもぐっときたわね」

シェリュバンはパウルの食堂を思い起こしてみる。料理としつらえが一分の隙もなく噛みあった空間。パウルは高い美意識、美学を持つだけでなく、それを芸術家や職人に具体的に指示できる。そんな環境で育ったワンダが、美縟文化にのめり込み、咩鷺の部屋に入りびたり、なんでもかんでも借りてゆき、決して返さず、次の品をねだったのだという。

なにより強く懇願したのは、假面を着けさせてくれ、ということだった。

「にべもなく断られちゃったのよね」

いまでも腹が立つわ、とワンダは笑う。

「だって孤空を貸せって言うのよ？　他のはちゃんと使わせてあげましたとも。さてここで質問、ワンダは取り巻き連中を集めてなにをしでかしたでしょう……」

「あー、なぜか思い浮かんじゃいました、ありありと」

シェリュバンは手振りをして見せた。手を水平に動かして線を引き、その線上で指をおどらせる。友人たちで假面をかぶって寸劇をやったのだろう、という予想だった。

「ご名答」

学年別芸術発表会――学芸会で、ワンダの所属する班は、假劇を上演しようとしたのだ。しかし未経験者ばかりでまともに假劇が起動するわけもない。不完全な連合に巻き込まれた女学生たちは、次々と倒れた。大目玉を食ったのはワンダひとりで、なぜかというと――

「このひとだけが假面酔いもせず、最後まで立っていたから主犯ってことになったの」

咩鷺は肩をすくめた。シェリュバンはむしろ、ワンダが倒れなかったことに感心した。

「だってさあ、ほんとは孤空がよかったんだもん」ワンダはぶつぶついう。

美縟の文化が、知られてこなかった理由がこの小さな事件からもうかがえる。假面と假劇の真価は容易には外へ持ち出せない。〈美縟のサーガ〉をよく知り、假劇十八番の科白《せりふ》や所作に通じた数千、数万の観客——美縟びと、かれらがいなくては假劇は立ち上がらないのだ。

「あ、もしかしてそのときのもやもやが高じて、それで」

「来ちゃったわけ、ここに」ワンダはちいさなタルトを一口で平らげると、口のはたについたジャムをぺろりとなめた。「てへ」

「欲しいものはなんでもせしめるのよ、このひとは。

ワンダ——」

ふと語調を変えて、咩鷺は静かに告げた。

「あなた、もう帰ったら」

シェリュバンは緊張した。ワンダはくつろいだまま、提案を一蹴した。

「ここはあたしの家だけど」

「商会はあなたが継ぐべきよ。あなたのお兄さま——フースさんはもう美縟に来ている」

「でしょうね」

「知ってたの？」

「知らないけど、でもフース兄さんはぜったい来るわ。パパが美縟のどこを気に入ったのか、確かめずにおれない性格だもん。それにパパは、あたしたちを会わせようとするはず。昔っからそう。あたしたちをぶつけて楽しんでるのよ。遺言状の開封かなんかに立ち合わせるよう生前に手配してる」

「早く手を回さないと、お兄様が商会を継いでしまうわよ」

「べつに困らないけどな。フース兄さんは他のお兄様お姉様とは出来がちがう。なんとかやるんじゃない」

「商会は積極的にあなたを追い落としにかかるんじゃないの」

「あはは、ないない。お父様はそこまで馬鹿じゃない。だれも手出しできないようにしてるはず」

「えっと……」シェリュバンは口を挟もうとしたが話すべきことがないのに気がついて、

「あ、いいです。特に発言はありません」

「お兄様はあなたを警戒するわ」

「あたしがあまのじゃくだから、そういう言い方で遠回しに引き止めているつもりなんでしょ。心配しなくっても美縟《ここ》を動いたりしない。気に入ってるの、美縟が。家も、牧場も、假面も假劇も、台本の仕事も、なにもかも。もちろんほら、ここにあるものも」

ワンダは頰杖をつき、もう片方の人差し指でこつこつとテーブルを叩く。咩鷺は仏頂面《ぶっちょうづら》をしている。言葉にあらわれていない文脈を追えず、シェリュバンはふたりの顔を見比べているしかない。

と、そこへ——

〽緊張、懸念、不和がきた——

歌う声が聞こえた。

ちょっと嗄《しゃが》れた、しかし太い芯の通ったりっぱな声だ。つい最近聞いたような気がする。

〽山にきた、里にきた、野にもきた——。

意味のわからない歌をうなりながら、声のぬしは、のしのしとティールームに入ってきた。堂々たる体軀である。せり出した腹、作務衣の袖からぬっと突き出された重そうな拳。草履をつっかけた足は鏡餅よりも大きく見えた。

「おう、いらっしゃい」

三人に気づいて足を止めこちらを見たその男こそが、当代随一の假面作家、峨鵬丸だった。

作業の途中で抜けてきたのか、目は充血し、髪はくしゃくしゃで、全身が胡粉《ごふん》をあびたように白く汚れている。贅肉で重たくなった中年男。しかし、首に細い鎖でぶら下げた眼鏡をひょいと掛けると、知的で飄々とした雰囲気もある。なんともいえぬ乱雑なななましさを発散させている、田舎の芸術家。しかしこの男の印象を決定づけているのは、やはり、性豪の陽物のような立派な鼻だった。

「あ、こんにちは。お邪魔してます」

「おっ、格好良いターバンだなあ。どれ見せてご覧」

峨鵬丸は近寄ってきてターバンの織り模様をしげしげと眺めていたが、ふいにシェリュバンの顔に興味を移した。

「おっ、かわいいな。坊主、第四類《ジャリー》だろう。そうだよなあ。なんたってこの目だもの。どれどれ」

心持ち身体をかがめて、真っ向から見つめられる。シェリュバンは、好奇の目を冷たくあしらう方法を三百通りくらい持っているが、こんな入念で、老練で、しかし率直な視線ははじめてで、真っ赤になってしまった。

「おお、こりゃあべっぴんさんだなあ」

「ちょ。あっあっ」

峨鵬丸の大きな手がシェリュバンの両頬をつまんで、上下に引っ張ったりする。もう涙目である。

「あんた、そのくらいにしとき」

「おっとと、こりゃいけねえ」

引っぱりあげたところでぱっと手を離したものだから、シェリュバンはそのまますとんとソファにすわる。

「いやあ眼福眼福。すまなかったな」

峨鵬丸はシェリュバンの向かい、ワンダのとなりにどっかと腰を下ろした。

「この人はとにかく顔が好きなのよ。だれの顔でもどんな顔でも」

「假面打ちはいい顔を作るのが仕事なんでな。ありがとな、若いの」

「えーたぶん、ぼくが年上です。百歳じゃきかないです」

「そりゃまいったな」

峨鵬丸は愉快そうに体を揺すった。ほかの二人も笑う。

シェリュバンは笑えない——。一瞬、みんなに嘲笑《あざわら》われている錯覚にとらわれて身体が竦《すく》む。ぼくには見えない会話の文脈があるのかな、いやまさか、とかぶりを振る。

亞童が漆塗《うるしぬ》りの盆を運んできた。大振りの湯呑みと菓子皿、黒文字を峨鵬丸の前に置く。三色のぼた餅、餡《あん》こと黄《き》な粉《こ》、それに青海苔だ。峨鵬丸はまず餡こをつまんでうまそうにかぶりついた。

「うーん、中休みはこれに限る」

「なんのお仕事」

咩鷺が問う。

「こいつの台本にあてて面を打つんだ」

「それはもしかして」

「そうだ、それさ。その主役の假面をだな、打たなきゃならん。これはむずかしい」

「でも、あの、上演まであといくらもないのでは」なぜかシェリュバンがあわてだす。

「いま作っているようでは間に合わないのでは」

峨鵬丸は黄な粉をぺろりとやってから、

「ぜったい間に合うさ。假面ができないかぎり假劇ははじまらんよ」

「なるへそなるへそ……いや！　それは違うのでは」

咩鷺の表情をおそるおそるうかがうと、こちらもいたって落ちついている。

「シェリュー。もっと心配なことがいくらもあるのよ。その前に、まだ台本がぜんぜんあがっていないことが問題だし、その前にまだ筋書きすらできていないこともだし、その前にだれが登場人物になるかも決まっていないこともあって、その前を聞く？」

「あんまり人聞きの悪いことといわないでくれる」

ワンダが割り込んできた。

「そりゃ台本はまだまだだけど、基本の構成は『番外』をなぞっているんだし、登場人物は五聯《ごれん》のほかにはそんなにいないし。牛頭《ごず》だって工房の在庫でもいいのよ」

一千にも及ぶ総演目の頂点が、假劇十八番。唯一その上に格付けられるのが「番外」だ。正式な外題《げだい》は「磐記大定礎縁起《ばんきだいていそえんぎ》」という。始祖たる五柱の神が、世界開闢《かいびゃく》期の怪獣たちを地下に封じ、その封印として一個の街、磐記を一夜にして建立《けんりつ》した顚末をえがく大作だ。

ワンダの言葉に深いため息をついたのは、咩鷺だった。

「台本が進まないのは、あなたが無理をするからよ。でも考えを曲げる気はないんでしょう。フリギアはかならず登場さす、と」

「あーたーりーまえよ」

「このとおり執筆が迷走しているの。そしてあたしは刻一刻追いつめられている」

なるほどそれでわざわざここに足を運んだのか、とシェリュバンは納得する。ワンダの試みは、運営側には大変な負担だろう。新しい役柄を動かすには、ほかの假面や観客全員に合意させておく必要がある。もしかしたら、すべての假面の「書き換え」が必要かも知れない。

「あなたのことだから、もっといろいろ企んでいるに決まっているし」

「これまで、それを解決してくれたじゃない」ワンダはしおらしく頭を下げて見せる。

「いつもいつもお世話になります」

「ふだんの公演じゃないのよ。それにもうわたし、いちいち現場に付いていられないの」

「まあまあそのくらいで」

とっくにぼた餅を片づけていた峨鵬丸は、追加の磯辺巻きを半分までやっつけたところで、ほうじ茶を飲んで口を清め、そうしてワンダの耳元に何事かささやいた。とたんにワンダの顔がぱっと明るくなった。

「ね！　でしょ！　あなたもそう思った？」

「思ったとも」

そのようすを見ていた咩鷺は、ふん、と小さく笑った。鼻先で、優越感と恩着せがましさをぴんとはじき出してくるような笑い方だ。そしてひと言。

「そう来ると思ったわ」

「かたじけない」とワンダ。

「俺も大助かりだ」これは峨鵬丸。

「ええっと……？」

シェリュバンが細い声を出したのは、咩鷺が、隣りからかれの手をにぎり、じぶんのひざのうえに置いたからだ。逃がさないわよ、そう言われたような気がした。

「ねえ、うちの亭主からお願いがあるみたいなんだけど」猫撫で声のつもりらしい。「聞いてやってもらえるかしら」

「はあ……」

「いや、特別に何かしてもらうわけでもない。数分間じっとして、顔の型を取らせてもらえないだろうか」

「はあ……」

「かみさんは、『番外』の台本に、フリギアという別の番組を加えようとしとるんだ。子どものころに一世を風靡《ふうび》した大人気プログラムだそうな。キモノ装束と宝珠の首飾りで装い、仙術で武装した絶世の美少女だとさ」

「えっと、あれかな。砂の嵐に護られた塔に住んでて、犬、猿、雉《きじ》の三つのしもべがいるっていう」

「それはちょっと違うんじゃないかな」峨鵬丸は首をかしげて、「とにかくだ、俺はサーガの役ならなんでも来いだが、それ以外はからきし駄目だ。つまりきみの顔を」

いつのまにか「坊主」から「きみ」に格上げされている。

「美少女の面のモデルにしたい」

シェリュバンは拍子抜けした。ひどい目に遭わされる予感がしたんだけどな、と。そこへ咩鷺が加勢する。

「反対派がぐうの音《ね》も出ないようにしたいのよね。シェリュー、あなたみたいにきれいなら」

「ええ、それが理由？　あきれたなあ」美貌には絶対の自信があるので、まんざらではない。「ぼくそんな、絶世の美少女とか、ありえないですよお」

三人は、うんうんと微笑む。

「ねえ、シェリュー――って呼んでもいいかしら？」

ワンダは腕を伸ばし、咩鷺の手の上からシェリュバンの手をぎゅっと握った。

「假劇は参加者が暗黙の文脈を共有している。そこへ別の物語を入れるなんて無謀の極みなの。つまり――いちばんびくついているのはあたしなの。假面の連合が成り立つかさえわからない。記念碑的な上演を台無しにするかも知れない。でもね――」

ワンダの目がシェリュバンをひたと捉える。

「安全運転ではこの上演は成功しない。『番外』だけでも大変なのに、美玉鐘《びぎょくしょう》の再建演奏と同時にやるのよ？　そういうときのためにフェアフーフェンには家訓があるの――もっとむずかしい課題をぶちこめ。そっちをなんとかしてるうちに、ほかの問題も芋づる式に解決する」

「いえ、すごく失敗しそうです。それ」

「ワンダなりの勝算はあるのよ」

咩鷺は冷静だ。

「この上演には、もうひとつ大きなリスクがある。経験したことがないほど大量の観光客よ。かれらは假劇を知らない。假面の連合は薄まってしまう。そこでフリギアよ。なじみのある役柄にみちびかれることで、假劇に入り込みやすくなる。

新しい役柄と、新しい観客を味方につけて、それで何を企んでるのかしら」

峨鵬丸のとぼけ目がわずかに見開かれた。ワンダはうれしそうに答える。

「うふん。だってそれが班団《はんだん》のおっさんたちの注文なんだもん」

「ほどほどにね。こんどの『番外』だってまだまだ内緒の爆弾を隠してるでしょう。守旧派がかんかんになるような」

「あらまあ。あたし、そんなに嫌われてる?」

「そんな生易しい話じゃない」咩鷺はワンダの手から自分の手を抜いた。「憎まれている。お父様とおなじように」

「あなたはどう思うの。パパが殺されたのは——あたしのせいだと?」

シェリュバンは顔を左右に振ってふたりのやりとりを見るばかりだ。そこへ峨鵬丸が耳打ちする。

「第四類くん、あいつらは放っとこう。モデルの件、返事は」

「面倒なのや痛いのは駄目ですよ？」

「そうこなくっちゃ」

峨鵬丸は大急ぎで残りの磯辺巻きを平らげた。

「ではまず俺の工房をお目に掛けるとするか」

作務衣の両ひざをぽんと叩いて、峨鵬丸は立ち上がり、太鼓腹をゆすりながら歩き出す。

シェリュバンは〈泥王《でいおう》〉の入った合切袋を肩にかけその背中を追う。

13

かんたんな告別のあいさつ。そして花押《かおう》。

象牙色の便箋《びんせん》とブルーブラックのインクが頭をよぎる。小さく頭を振ってイメージを追い払い、トロムボノクは李蒙《りもう》を降りた。

フェアフーフェン商会の建物だ。亞童ふたりに両脇を護られてアプローチの階段を上がり、玄関をくぐると大きな体育館ほどもある清潔なロビーがひらけている。卵形をなすフロアの壁沿いにぐるりとエレベーターのドアが並び、人が吐き出されてはまた吸い込まれていく。人びとが思い思いに歩き、立ち止まり、談笑してはまた歩き出す。パーティー会場のようだ。

ぎっしりと詰まった人の中を、迷うことも立ち止まることもなく歩いていけるのは假劇の夜と同じだ。乗るようにと指示されていたエレベーターのドアはつや消しの黒。ほかのと見分けがつかないが、これは特別なドアだ。ボタンにではなくドアそのものに指先で触れると、そこにちいさな認証の波紋が立つ。

黒と――あざやかな金の波紋。

いたずらなウィンクのように波紋はすぐに消え、何食わぬ顔でドアは左右にひらく。ひとり乗り込むが、トロムボノクは波紋の中にパウルの片目がひらいて閉じたような気がして落ちつかない。無意識に喉をなでている。

エレベーターは勝手にトロムボノクを上へ運ぶ。階数ボタンに行き先は点っていない。いつのまにか、また手紙の文章のことを考えている。

こうして行き先不明で運ばれていると、着いた階には手紙の主が待ちかまえているのではないかという気がしてくる。赤い革のソファに脚を組んだ男の膝には刎《は》ねられた首、いや〈鵲《かささぎ》〉。

高く運ばれながらトロムボノクは、その假面との対話を空想した。

――とんだ災難だったな、パウルのおっさん。ところであれは狂言だったのか？

――（愉快そうな笑い）私はそんなに酔狂じゃない。だいいち美玉鐘再建の目前で死んでしまったらつまらんじゃないか。

――この手紙、面白がっているとしか思えない。

――心ならずも殺されたんだよ。ちょっとくらい楽しませてくれ。

――狂言でないなら、替え玉か。観覧席でも假面をかぶったままだったな。影武者を殺して、自分は生きていた、と。

――ばかばかしい。なんの得がある。

――目くらましさ。反対派のテロをおそれずゆっくり本番が楽しめる。あとで生きていましたと出てくる。

――反対派！　班団のぼんぼんどもにそんな根性があるものか。しかしこうして死んでみると、これはこれでなかなかいいものなんだ。特にこうして体調がいいと。

――それでは死んだことにならないだろう。

——そうかもなあ（意味ありげな笑い）。

——どういう仕掛けだ。

——トロムボノク。きみは美縟に来てから何かおかしいと思ったことはないか？

——おかしいことばかりさ。

——まぜっかえすなよ。何かに気がついてないか？　ほかの国ならそこら中にあるのに、ここではついぞ見かけないものがある。気づいているはずだ。どうだね？

と、トロムボノクは我に返る。想像の対話なのに、思いも寄らぬ問いをかけられてたじろいでいた。

俺は何かに勘付いているということなのか？

ほかの国ではありふれていて美縟にはないもの。俺はその欠落にまだ気づいていない。何だ？

エレベーターの階数表示は一〇〇を超え、上昇を続け、しかし一〇一はまだ表示されない。一〇〇階と一〇一階のあいだに、見えないフロア、非公開のフロアがつづいているのだ。

——俺をどこに連れていくつもりだ。

——私はこの自由を楽しむのに忙しい。きみごときの相手はしないよ。そろそろさよならだ、トロムボノク。

――俺が気づいてるはずのこととは？

――さらばトロムボノク、また逢う日まで。

エレベーターは止まった。

空想の会話であり、つまりは自問自答だ。俺は、言語化できない違和感を美縟に抱いているのだと考えながら、無番の階へ降り立つ。ひとけのない廊下を歩きながらトロムボノクは喉を撫でる。パウル・フェアフーフェンの首の、刎ねられた断面を想像する。

「さあてと、じいさんらはどこにいるんだっけ」

トロムボノクは三博士と約束があった。長い廊下を進むと、ゆるいカーブの向こうからウォータークーラーが一台見えてくる。灰白色の壁からなめらかに迫《せ》り出している。ふと、ついいさっき何かとても大切なものを見たような感覚に襲われるが、すぐに消える。目指す部屋はさらにしばらく歩いたところにあった。

ドアを押し開いて中に入ると、円形の大会議室が開けていた。

広い。椅子を入れれば二百人は入れるだろう。床には灰色に淡いピンクを混ぜた織物が均一に敷きつめられ、ゆるい曲線をえがく壁は真珠の光沢を帯びている。

その入り口でトロムボノクは立ちすくんだ。部屋の真ん中に大きな頭の骨が据えてあったからだ。

　頭骨は人の背丈をふたつ重ねたよりも大きい。ヒトのものの上半分を長く引き伸ばした形だ。というのも、三対の眼窩が縦に並んでいるからだ。鼻孔は明瞭でない。顎は逞《たくま》しい。石臼《いしうす》のような歯には見覚えがある。

　うつろな六つの眼窩は子どもなら体を丸めて入れそうだ。あるいは亞童なら。

「何の冗談だ、これは」

　これはパウルと菜綵が命を落とした假劇の、まさに牛頭に使われていた頭骨だ。

　腹立ちのあまりトロムボノクは骨めがけて一直線に歩いた。自分がそこまで怒ることが意外だった。例の惨劇で自覚しているよりはるかに深く傷ついていたらしい。

「は」「ファ」「は」

　眼窩の奥から三人分の笑い声が立ちのぼる。人影はどこにもない。

「なにがおかしい。そこから引きずり出してやる」

　三人は口々にトロムボノクをあしらった。アドルファスは淡々と指摘し、グスタヴァスのからかう声は甲高く、バートフォルドは皮肉が冴えている。

「まあまあ、おだやかにいこう」

　アドルファスはいつものように取りなしてくれる。

トロムボノクは頭骨に手を置き、だだっぴろい空間を見わたす。窓はない。光はどこからともなく差して会議室全体を均質に満たしていた。

なるほど冷静になってみれば、声は骨からではない。この部屋のどこにも身を隠す場所がないからそう感じただけだ。三博士の声は——この照明と同じく、どこからともなく発せられている。

「姿を見せないならそれでもいいさ。この方が三人だとよく分かるよ。さて、きょうは打ち合わせをするんだよな」

「もちろん。試験演奏の相談さ」

「この骨が必要？」

「ファウストゥスがそう言い張るのだ。この骨をおまえに見せる必要がある、と」

バートフォルドの声にも当惑がある。

「六、だ」

聞き覚えのない声が言った。

「六だ」

声がどこからなのか見当がつかない。部屋全体の空気が協調していっせいに振動しているように思える。だから音源が見えない。

「六だ……」

「あんたがファウストゥスか」

「シッ」グスタヴァスが口を挟んできた。「こいつは滅多にシャベラン。めずラシいからラ言わせてやれ」

ファウストゥスの口調は少しずつ流暢《りゅうちょう》になってくる。

「李蒙の車輪も六。牛頭のめあなも六……。だが神は五柱しかいない。美玉は欠けて美縟となった。そのかけらはどこへ行った？」

「勘弁してくれよ……判じ物か？」

四人目の声が消えた。フェイドアウト、というより毛筆が紙から離れるようなさりげなさで。

「どこへ行った？」

「──またじぶんの〈チェンバー〉に帰ったんじゃろ。次はいつ出てくるやら」

トロムボノクは肩をすくめた。ファウストゥスという技芸士には心当たりがない。こんな中途半端な存在がいることに、トロムボノクは胡散臭《うさんくさ》さを感じずにはいられなかった。

「議題に入ろう」

アドルファスが思い出させてくれる。

美玉鐘の構築は七割がた終わっている。全体が完成してから鳴らすのが筋だが、ギルドが主催し、学術目的という建て前で、急きょ、限られた一部を鳴らすことになった。各国の政財界の名士、影響力のある批評家たちを招くもので、ようは商会と班団が手を組んだプロモーションだ。これを「試験演奏」と呼んでいる。

トロムボノクに出番はないはずなのだが、三博士がかれに言い渡した役割「別動隊として鐘を鳴らす」ためにはこの場にいる必要がある、そう言われていた。

「順を追って話そう」

アドルファスはなだめるように言う。

「六と五の差、それが重要だとファウストゥスはいうのだ。そしておまえに伝えろと」

「差？」

どこかでコツンと音がした。それを合図に、フロアに敷きつめられていた灰桃色の織物から、やはり同じ色の微粒子が一斉に舞い上がった。空中をみたした微粒子は円形の部屋を一方向にゆったりと回りはじめる。

「この国では『六』は大きな意味を持つ。眼窩も六、自動車の車輪も六。李蒙やバギーの車輪には小知性が組み込まれていて、それがあのなめらかな走行を支えている。鳴田堂によれば牛頭の眼窩はどれも六つなのだそうだ。ここからが面白い。あの穴はな、もともと、だ」

亞童を収めるためにあったのだそうだ」

「ふん？」

「李蒙の車輪のように、亞童の知性を計算資源に使うのだ。牛頭の巨大な図体を安定かつ自律的に動かすための。意外にも、刺客亞童たちは、あの穴を本来の用途で使ったわけだ」

「実際の假劇ではもう使われていない」

部屋の別のどこかから声がする。バートフォルドが話を引き取ったのだ。

「昔は必要だったそうだが、最近は牛頭の性能も上がった。穴はただの名残りとして残されていた。ところがだ——美玉鐘再建と〈大假劇〉が迫ってくるにつれ、にわかに注目を集めるようになった。

穴は〈五聯社《ゴレンシャ》〉の容器でもあるだろう？」

微粒子は——それは天蓋布にまぶされていたものと同じだ——回りながらその中に濃淡を生み出し、五つの固まりに分かれて、五つの立像となった。美縟五聯。あるものは至純の白、あるものは儚《はかな》いほどに優艶で、あるものは燃えさかる赤、あるものは黒く硬質な装甲をまとい、あるものは華やかで装飾的、いずれ劣らぬ美丈夫ぞろいだった。

「沈宮《ジンク》、芹璃《セリリ》、紅祈《アカネ》、昏灰《グラファイ》、華那利《カナリ》——。世界の始まりは何もない場所（あるいは「場所となる前の場所」）であり、そこに大量の吽霊《おんりょう》が充填されることで広がりと高さが生まれたという。吽霊の一体一体が携《たずさ》えてきた空間の総量が、すなわちサーガ世界の広さを規定し、吽霊はそのまま世界の素材――世界じしんとなった。吽霊は自らを素材として森羅万象を作りだしたが、中でも神々と牛頭らはひときわ好色、多産であったゆえに、殖《ふ》え過ぎて世界の容量を超えそうになる。その結果起こった闘争は神々の大量堕落を招き、サーガ世界はあっという間に諸悪の跋扈《ばっこ》する地獄となり果てた。

しかし秤《はかり》を傾ける力はやがて逆向きに働く。五柱の荒《すさ》ぶる神が、堕落の嵐を耐え抜いた。

トロムボノクは室内に聳える巨大な神像を眺める――。

五聯は牛頭らを次々とうち倒し、この世をかたちづくる四大《しだい》に還元していった。たとえば燃える焔や滾々《こんこん》と湧き出す水に、輝く金属や柔らかく肥沃な土に、草木《そうもく》と花々に、大気と風、これを呼吸する虫や魚、毛ものや人びとに。

こうして現在の世界が地ならしされたが、還元しきれぬものども、もっとも厄介な牛頭らがさいごに残る。美縟五聯は世界の中央に深いくぼみを作り、そうした存在をことごとく地下におさめて、特大の重しでもって封印した。これが「大定礎」であり、くぼみを封じる重石として築造されたのが、首都磐記である。

バートフォルドは淀みない調子で続ける。

「最後の最後に残った牛頭は問答無用の強さだった。総掛かりとなっても、取り押さえることさえ容易でない。そこで、これだ」

これ、とは頭骨のことらしい。

「六つの眼窩だよ」

「〈五聯社〉。それが美縟五聯の採った手段だった。六つの眼窩をもつ巨大な神像を建立し、この眼窩に五聯が一柱ずつ収まる。ひとつの御神体に五つの力を統合するのだ。これを合《がっ》身《しん》という。

こうして巨大神となった五聯は、究極の神通力を発揮してついに開闢の渾沌を平らげた」

トロムボノクはだれもが持つであろう疑問を口にした。

「なぜ手前らが五柱しかいないのに、穴を六つ作るんだ?」

「ソこよ。ソレがファウストゥスのいう『ギャップ』なのだわ」グスタヴァスがしゃしゃり出てきた。「あいつは疑っとる。五聯は完全ではない。なにかひとつ欠けているのではないかと」

五つの立像に変化が表れた。輪郭が崩れて灰桃色の微粒子に戻り、しかし空中にはとどまって、部屋の形に合わせてゆるやかに回りはじめた。

バートフォルドが続ける。

「その解釈を、トロムボノク、おまえに直接伝えたがっていたんだよ、じぶんの〈チェンバー〉から出てでも」

「恩着せがましいこった」

微粒子の雲が晴れると——というより微粒子が描き出した新しいながめは、数千の実を付けた葡萄の房と見えた。目を凝らせばそれは果実ではなく金属製の輝きを放つ鐘だ。美玉鐘——ただしその全容にしては小さすぎる。かといって一部を切り取ったものでもない。

「やっと本題か。これが試験演奏で使う美玉鐘？」

「そのとおり。鐘の数は本体のざっと千分の一だが、演奏卓もあって、これはこれ単体で完結している。なによりカリヨネアひとりで鳴らせるのがいい。ただし試験演奏で演奏するのはおまえじゃない。知名度がないからな」

「大事なお披露目だからな。せいぜい有名人を呼ぶといいよ。しかしこのミニ美玉鐘、いったいどこにあるんだ？」

そこで三博士が声を揃えて言うことには——

「真空管の中だ」

14

峨鵬丸のアトリエの天井は低く窓もなかったが、押し入れの中のような心地よさもある。

「見せてみな」

シェリュバンは、峨鵬丸に〈泥王〉を渡した。

「狭いですね」

「代替わりでここを受け継いだとき、一番小さい部屋に移したんだ。これくらいが性《しょう》にあってる」ひょいと假面を裏返し、「ああ、こりゃなんでもない。爪の仕掛けは割れてるが本体は無傷だ」

「よかった！」

峨鵬丸はもういちどしげしげと〈泥王〉を眺めた。そして小首を傾げた。

「どうかしました？」

「いいや……なんでもないが」

峨鵬丸はなにか言いたげで、しかし確信は得られないという風情だ。

アトリエはゲストハウスとは離れている。十五分ばかり地所の起伏に沿って歩くと、しぜんと木立ちの陰に招き入れられるようにして、平屋建ての玄関にたどりつく。書庫、資材庫、製陶・冶金《やきん》・金属工作の設備、はてはステム・フレッシュの誘発設備まであり、それらを次々案内されたあと、さいごに入ったのがこのアトリエだった。助手も職工もいない孤独な工房だ。

一枚板の作業台に泥王を寝かせ、峨鵬丸は片目に拡大鏡をはめ込んで、爪の付け根をついた。

「わざと壊れやすくしてあるんだ。爪が頑丈すぎると、強い衝撃で面のフチがもげちまうだろ」

泥王は、スタンドライトの下に置かれた。假面の裏側——顔に接する方をしげしげとながめた。肉質の柔らかい素材が張ってあり、目、鼻、口もとは、その素材が盛り上がってパッドになっている。

「白いだろ」

ステム・フレッシュの色、梦卑の色だ。

「あるじの感情や動作に応じて顔との密着度を変えてくる。どんなに踊りまくっても脱げはしない」

「〈鋳衣《いい》〉は、鼻や口の中にも入ってきました」

「鋳衣か。あれは、大量生産で軽視されてるがじっさいは法外なコストがかかってる。セッティングがマイルドなだけ。俺が本気でチューンしたらたいへんなことになるぞ。これ、内緒な」

話しながら峨鵬丸は壁の棚から抽斗《ひきだし》をひとつ抜いてきた。なかから部品をつまみだし、あっという間に取付け具を直してしまう。

「ねえ峨鵬丸さん――假面の機能って、このどこ
にあるんですか」

シェリュバンの探るような目を峨鵬丸は受け止めた。

「ぼくたちを假劇に没入させる機能は、假面どうしつながりあう機能は、それと、假劇そのものをつくり出す機能は――どこにあるんですか」

「ほっほう?」峨鵬丸は壁ぎわの琺瑯《ほうろう》だらいまで歩き、手を洗った。濡れた手を作務衣の腰やら尻やらになすりつけながら戻ってくると、ひと声叫んで、「わからん!」

「あ、いや、そう言われましても」

「おまえ、梦卑《ずんど》を寸胴切りにしたことがあるか?」

「なにをやぶから棒に。ありませんけど」

「俺もない」

「……」

「だが梦卑の解剖になら立ちあったことがある。梦卑の断面はな、まっしろなんだよ。はんぺんみたいにな」

「（はんぺん……何？）」

「梦卑の中には筋肉も、骨格も、神経も、内臓も脳も——とにかく何もない。機能を果たす部品がひとつもない。まっしろでつるんとしている……はんぺんだよ」

「（だからはんぺんって何……）そんな。じゃ、どうやって動くんですか」

「素材は単一だがつねに均質でもない。密度や弾力、強度を自在に変化させられる。思い通りの駆動系を作り出し、膨張や収縮を組み合わせて運動をつくり出す。爆発的なパワーをいくらでもひねり出せる。たとえば突っ立ったままで——しゃがまなくても——身の丈数倍のジャンプができる」

「神経もないのにどうやって全身の動きを、その、まとめるんですか」

「じゃあさ、おまえらどうやって一糸みだれぬ假劇を上演したんだよ」

「あっ」

　シェリュバンは絶句する。

「梦卑には個体がある。だがそれは俺たちの身体とは違う。梦卑体内の微小組織がお互いを読みあって、その時々に最適な内部構造を作り出すんだろう。梦卑が人間の思いを読んで形を取るのと同じだ。

だから、どこと訊かれてもわからんと答えるしかねえの」

假面の機能はどこかに局在しているわけではなく、均質に、一様に分布している。だからどこと名指しできない。とりあえず、シェリュバンはそう理解した。

「俺らは、その『機能』を〈相対能《あいたいのう》〉と呼んでる。美縟のもんは、ふつう、ただ想像力と呼んでいる」

「想像力……。

あの、もう一つ訊きたくって。假劇ってどうやって作り出されているんですか？」

「おう、それそれ」乾いた布で泥王をくるくると拭き上げながら、「假劇はな、一枚一枚の假面の中にある。そうして、台本のなかにある。わかるか？」

「うーん、また謎掛けですか」

峨鵬丸は假面を布でくるみ、作業台に寝かした。

「じゃあ休ませてやろうか、假面もおまえさんもな。モデル役をしてもらう前に散歩に連れてってやろう」

大股で歩く峨鵬丸をシェリュバンはあわてて追う。

「どこへ行くんですか」

首にさげた眼鏡を掛けながら、峨鵬丸は人差し指を上に向ける。

「邪魔の入らんところさ」

　アトリエの裏に大きなガレージがあった。クラシックな六輪バギーが幾台もならぶ向こうに、銀一色の飛翔体が翼を折りたたんでいる。ふたつの座席が横に並ぶコクピットに身体を収めて前を見ると、つなぎ姿の亞童がガレージの扉を開き終えたところだった。シェリュバンはフェイスプレートのついたヘルメット、峨鵬丸は、鼻が邪魔になるのだろう、派手な柄《がら》のバンダナを頭に巻いただけだ。機体がガレージから引き出されると、たたんだ翼が展開される。翼にはアイロンを掛けたように皺ひとつ、折り目ひとつない。垂直に上昇する感覚が少しあって、シェリュバンはもう峨鵬丸の地所を見下ろす高みにいた。

「ひゃあ、きれい」

　ゲストハウスとアトリエ、ガレージ。ひときわ大きな本邸。畜舎、貯水タンク、倉庫。広大な牧場。林、森。もう夕刻の気配が兆しており、丘、森、梦卑の落とす影が伸びつつあった。

「あっちが、おまえさんの来た方角」

　未舗装の道路は、峨鵬丸の地所で終わっている。ふだんは使われていないという線路も。

「では行こう」

飛翔体は旋回し、逆方向へ向かう。磐記への道が視野から消えて、険しい山々に正対する。そそりたつ岩肌が屏風のようだ。

梦卑を見ようとしたが、ヘルメットが邪魔でもう振り返れない。

「すごい絶壁ですね。『通ることまかりならぬ』ってかんじ」

峨鵬丸は返事をしなかった。

「さて、邪魔の入らない場所へ来たところで……おまえさんは、假面のどこが面白いと思った」

「うーん、やっぱり役柄がたくさんあるところかな？　形もいろいろ」

假劇の夜の假面の列を、シェリュバンは思い浮かべた。制約された方寸《ほうすん》のなかに目もくらむほど多様な形が実現されていた。

「そうだな。假面は、役柄を、宿す」

峨鵬丸は、一語一語、念を押すように言った。

「まっさらの假面にどうやって役柄を分からせるの」

峨鵬丸はにやりとして——、

「どうやると思う？」

シェリュバンは考え込んだ。役柄を、あの裏張りの——白い肉に移し込む？　「ある役柄を成り立たすのに必要な情報のセット」なんてどこにもないだろう。たとえばシェリュバンという人柄は生まれついての素因と、それまでの体験の（偶然と必然の）総和だ。なにかに書き尽くせるものではない。ぼく、それ自体と同じなのだ。

「見当もつきません」

いつしか飛翔体は、岩屏風の上を飛び過ぎようとしている。ぎざぎざの岩には氷雪が厚くこびりついている。

「助け船を出そうか？　假劇の役柄は現実の人ほどには豊かな内実をそなえてはいない。それは一回一回の劇を通して『中の人』やまわりの假面と作り上げればいいことだからな。役柄は『型』だ」

型——シェリュバンははたと気づいた。

「……そうか。假面に役割を吹き込むのは、ほかの假面……ですね？」

峨鵬丸はうなずいた。

「多くの親方は、文字通り『型』を持っている。染め物の型紙や、鋳物の型のように、その一門が伝えてきた年代物の假面だ。あたらしい假面を打って内張りをすましたら、一晩古い假面と添わしてやる。假面どうしは相対能で連体を確立し、古い方からその役柄を吸収するんだ。芸事の稽古をつけてもらうようなものだ」

「じゃあ、その型がないときは？」

「同業のよしみで親方同士よく融通しあうし、型の『子』や『孫』、つまりコピーも出回っている。よほど珍しいものなら蒐集家から借りてきたりもする。よそのお師匠さんに稽古に来てもらうようなものかな。

稽古をつけてもらったら恩を返さないといけない。新しい方の假面を假劇で使ったら、またお師匠と連体させる。新作のエピソードもあるし、定番を新演出で刷新することもある。そういう新しい情報が『型』の方に戻される。だから古い假面も時代おくれになることがない」

「ふーん。で、峨鵬丸さんはどうやってるの」

「うん？」

「とぼけてもだめだよ。それにワンダさんは役柄を魔改造するけど、いま聞いたやり方じゃ、そんな假面は作れないでしょ」

峨鵬丸はがっはっはと笑った。

「それは秘密だよ。永遠に考えてろ」

「ちぇっ、つまんないの」

ながめはそれが屏風の山を越えたとたん、さむざむと荒れ果てたものとなった。

「そろそろだな」

「はい？」

「そろそろ、目的地だ」飛翔体は高度を下げ、並び立つ峰々の合間へと進入していく。

「見せときたいものがあるんだ。古いものだ。美縟の歴史よりもな。磐記が開府する前――まだこの星が〈美玉〉と呼ばれていた頃だ」

「美玉……。そうか、美玉鐘……」

「なんでこんなところまで連れ出したと思う？　俺の鼻は何のためにこんなにみっともない形にしてあると思うね。假面の相対能を遮断するためさ。やつらの聞き耳から逃れるんなら、ここまでこなきゃならん。どこもかしこもステム・フレッシュで埋め尽くされているからな。このヒコーキなら、美玉産のものは使われていない」

「聞き耳……」

「假面も亞童も梦卑たちも、みな俺たちの心を想像している。監視するつもりはねえだろう。本能、というのともちがう、素材自体がもつ性質だ。だが意識はしといたほうがいい。美縟の住民は――いや美縟の森羅万象は、梦卑たちに読みとられていると――想像されていると」

飛翔体の高度はさらに下がる。機体に強い風が吹きつけている。

「この星にまだ美玉の名前さえねえ時代があった。人類が下り立って、最初に出くわした超技術、それが梦卑だった。

人の心を読み、姿を変える生物。いままで一度も人間と接触したことがないのに、そんな能力を持っている。特種楽器を人間が弾けるのと同じさ。〈行ってしまった人たち〉のたくらみだ。

梦卑は良質な食品だった。淡いが、底味がしっかりしていて食べ飽きない。体によく、おいしく、食べつくせないほどたくさんいた。血も出ないし内臓も骨もない。罪の意識を感じない。

人間は、梦卑たちの能力が想像する力だと気づくと、すかさず利用しはじめた。梦卑をいとおしむ自分の姿を思い浮かべ、それを餌に梦卑をおびきよせて、つかまえ、食べた。食べて身を養い、子どもに乳をやり、町を作り人が増えまたその分食べた。

な、覚えとけ。この国はそういう想像力のうえに建っているんだ。

梦卑にありつくには、梦卑と愛しあう情景を一所懸命想像せにゃならん。そうして、そこにゃ梦卑の想像力も一枚かんでる」

飛翔体は、峪底《たに》の石が見わけられる高さを維持しながら、涸《か》れ川の流路をさかのぼっていく。

シェリュバンは、ふと「想像されている」ことがとても恐いように思われてきた。ぼくらが想像上の存在だとしたら？

「おろすぞ」

飛翔体は涸れ川の河原にふわりと着地した。機体の一部が舌のように柔らかく伸びて接地し、その上を踏んでふたりは降りた。白く軽い石が足の下できしきしと音を立てる。河原は川のカーブの内側にあり砂礫《されき》が広く堆積している。対岸にはそれがなく高い崖が地面から垂直にそびえていた。

突風にターバンを押さえるシェリュバンの横で、峨鵬丸は腕をずいと伸ばして対岸を指し示した。

切り立つ崖の一角が大きく崩れていた。ゲストハウスほどもある巨岩がいくつもころがっている。まあたらしい崩壊ではないのだろう、しぜんな風景の一部となっている。だから、しばらく、気がつかなかった。峨鵬丸が何を指したのかに。

岩に敷き潰されているものに気づいて、シェリュバンは絶句した。

巨大な腕と脚が見えた。腕と脚は中空に差し伸べられ、絶命の苦痛を表現した形で静止していた。石に潰されもがきながら死に、野ざらしとなって乾いていた。

山肌が崩れたのはどれくらい前だろうか。百年、二百年……五百年の、そのまた前。あたりは静かで、じーんと耳の奥が鳴っている。

身体がしぜんに前へと進んでいく。足下で乾いた石がきしきしと鳴る。

「あれの正体が知りたいか？　どうして美玉が美縟になったか、知りたいか？　じつは俺もそうさ」

峨鵬丸も歩きながら続ける。

「なぜ知りたいのかといえば、それは、忘れてしまったからさ」

洒落《しゃれ》でも冗談でもないのだろう。告白なのだ。

「忘れているのだ。

磐記の建都と開府より前のことは、だれも覚えていない。記録もほとんど残っていない。ある時期、美玉はながいながい深刻な飢餓や内戦の中にあった……。記録は焼失し、あるいは破壊され、破棄と散逸をこうむった」

「だって、ひとつの国に住む人が、それだけの期間の記憶をとどめていないってことがあるの？　何も残っていなくて、それで正気が保てるの？　なにかで埋め合わせてもいないの？」

「いるさ……」

気がつけば、もう手脚の間近にせまっている。表面は乾き切って、しかし肉の粘りは残っており、ジャーキーのような飴色だ。気の遠くなるような期間、風雨にさらされながらもしっかりした形状を保っているのは、組織が信じがたい強靭さを持っているからだろうか。見えているのは左腕と両下肢。そして岩の陰になっていた頭部も。

頭部は、卵の殻のような人工物で覆われていた。

假面。

縦半分に割れ、残る半分は露出している。眼窩が三つ、縦に並んでいる。その奥には石のように萎縮した眼球がまだ残っていた。假面の残りを取りはずせば、そちらにも三つの眼窩があるのだろう。

「埋め合わせているさ――それが〈美縟のサーガ〉だよ」

手脚はひどく変形はしていたが、腕、肘、手指の形状は人間そのものだった。ただしその長さはシェリュバンの十倍以上ある。そんな人間などいるわけもない。考えられる可能性はただひとつ。その名をシェリュバンはつぶやいた。

「牛頭……？」

「ちがう。別のなまえがあるんだ」

峨鵬丸は、ちょっとためらってから、その名を唱えた――

「鐵靭《てつじん》」と。

13（続）

「ソレは磐記市民が昔からラ親シんでいる通称でね」グスタヴァスの声が、微粒子で描かれた鐘のあいだのどこかから聴こえる。「戸籍局の広場に昔からラ立ってる透明な塔があるのよ」

言われてみればトロムボノクにも記憶があった。万事石造りのこの首都に、総ガラス造りの塔がある。再建プロジェクトの図面の中でそこだけ浮いていた。

「この塔は磐記開府からあるのに、建築様式がまったく異質なのよ。円筒形で、素通シで、中が丸ミえ。ドうシてかは分からない」

「真空管……とは？」

「美玉鐘はすべて大聖堂の操作部が支配する」バートフォルドの声。「この真空管だけが例外で、完全に独立した操作卓をそなえる」

なるほど、だから別動隊か。

「鐘の数は少ないが、種類はひととおり揃っている。これは美玉鐘のミニチュア版なのだ」

「試験演奏に向けて作ったわけではない、と」

「そんな手間のかかることはしないさ。たまたまおあつらえ向きだったのだ」

「なぜ、そんなところに独立した鐘のセットがあるんだ」

三博士からは、無音の、笑う気配がある。トロムボノクは憮然とする。なぜ別動隊が必要なのか、そこで何をすればいいのか。すべてをあいまいにされたまま、笑われているのだ。

「まあそのうち納得がゆくさ」

バートフォルドの冷笑まじりの声に、トロムボノクはついカチンと来て、

「教えてくれたっていいだろう！」

声を荒らげ、片腕を大きく振った。

と――、

腕の動きを延長した先――鈴なりの鐘、微粒子の鐘たちの中に、一条、突風が切りつけたような動きが生まれた。線上の鐘がそよぎ、周囲の揺動を引き起こし、ついにはすべての鐘が小さく震えはじめる。トロムボノクの体性感覚とこの場に描画された鐘が連動して

いるのだ。

しかし、音は鳴らなかった。

「まだ、聴かせるわけ、には、いかない」

バートフォルドの声がややぎこちない。ほかの二人もしばし黙る。やがて鐘の震えがおさまると、

「――というか、我々にもできないのだ。面目ない」アドルファスが打ち明けた。「美玉鐘の音響を予想することは――たとえミニチュア版であっても――われわれの手に余る。パウルの図面にあった発音シミュレータは、もっともっと少ない鐘にしか対応していない。あれにしたって〈行ってしまった人たち〉が作ったものなのだ」

「たったこれだけの鐘、造作もないことじゃないか」

「それがなかなか厄介なのだ。しいて喩えるなら――あの鐘は、ひとつひとつがちいさな『假面』のようなものなのだ。周りの鐘が鳴らす音に応じて、おのれの特性を千変万化させる。假面の集合は〈連合〉を作り上げ、その連合が個々の假面を規定する。あれと似た関係が鐘とその場の音響でも成り立つ。回帰的な構造が重畳《ちょうじょう》し、その構造がまた回帰する」

「ソの結果ドんな音が鳴るか。まあ……今度の試験演奏で、ソの片鱗は分かるだろうよ」

「そんな『楽器』、だれが手なずける」

「ヌウラ・ヌウラだ」

「……なるほど」特種楽器の第一人者でありながら、ギルドには属していない。「それなら お仲間人事とも言われないな」

「彼女のチェンバーは広い。そうして強い」

「わかってるよ。真に受けるな」

チェンバー。

それはギルド員の用語で、個人が有する才能の嵩《かさ》をあらわす言葉だ。

ひとはだれもが、音楽を思考し遂行するための「容量」を持っている。計算機のメモリの広がりを「空間」に喩えるように、それを「部屋の広さ」に喩えたもの、それがチェンバーだ。たとえば「三博士」は、三人がおのおののチェンバーを持ち寄ることで、そして現在は、さらにファウストゥスを加えることで、その能力を大きく底上げしている。

しかしヌウラ・ヌウラはチェンバーの広さだけなら、三人を合わせたより広いだろうとされていた。ギルドの頂点に君臨する〈三つ首〉には及びもつかないにしても。

「ヌウラなら何とかするかもな。何度か一緒に仕事をしたから。――で？　俺は何をするんだ、真空管で」

返事はない。ただにやにやする気配があるだけだ。

「この期《ご》に及んでその態度か。ならこっちも」

トロムボノクは片手で拳銃の形をつくり、腕を伸ばして片目をつむる。

バン。

唇がそう動くと、人差し指の先で、鐘がひとつ射的の景品のようにはじき飛ばされた。

——そして音が鳴った。人の頭ほどの鐘が転げ落ちる、まさにその音だった。

「あっ、なにを」

「やめろ」

トロムボノクは耳を貸さない。

「不意を突けば鳴っちゃうわけだな。鐘の実物はないのに、音がする。さあてだれが計算しているのかな」

さらに五発、六発と空想の銃を撃つ。撃たれた鐘が他を巻き込みながら落下すると、音の様相はがらりとかわった。予想通りの音を鳴らしつつ、その背景にあきらかに別の音響像があらわれかかる——が、まだ確かな手ごたえがない。トロムボノクは左手をひろげ、その指をカギ状に曲げて熊手の形を作った。

「やめいというのに!」

黒板に爪を立てるように思い切り動かす。鐘はその動きに掻き寄せられて、帯状に空白が生まれる。混んだ場所、空いた場所を均《なら》そうとして鐘の移動と再配置がはじまりかけたところで、描画は急にぎくしゃくし、あっという間に凍りついた。

そして、完全な無音。

「どうかした？」

トロムボノクは、両手をポケットに戻し鼻歌交じりに訊く。

「△△△、××××、○○○!!」

聞くに堪《た》えない悪態をついたのは、バートフォルドだった。

ついに頭骨の向こう側から、よろよろと三博士の身体があらわれた。

「ひどい負荷をかけやがって。魔法使いの弟子のつもりか」

そのままあぐらをかくようにへたり込んだ三博士を、トロムボノクは見下ろす。

「もうあんたらのチェンバーで話をするのはうんざりなんだよ」

三博士のチェンバーが、過負荷に耐えかねてフリーズしたのだった。

三博士は〈三つ首〉には及ばないまでも）常人には想像もできないほど広大なチェンバーを持っている。いましがたまで展開されていた鐘の樹のヴィジョンは、三博士が、生身の身体で計算し、会議室内の描画装置に送り渡していたのだった。

何百億という描画微粒子の動きを、三博士は頭の中で暗算していたのだ。

「今日はすこし意地悪が過ぎたんじゃないか、じいさんたち」

最初に鐘に触れたときに三博士の反応が低下したことを、トロムボノクは見逃さなかった。そこで鐘をかき乱し、チェンバーがあふれるほどの負荷を掛け、三博士に足払いをくらわせたのだ。

「いやはやこれは、油断したものだ――」

三博士はしきりに首を振り、まばたきする。それを見下ろし、にやにやしていたトロムボノクの顔がさっと青ざめた。

指一本動かせないのだ。にやにやが顔に貼り付いていて表情も変えられない。危機を感じて瞳孔は窄《すぼ》まり、心拍数が上昇する。

「――おまえがな！」

三博士はけらけらと笑った。

「このくらいでまるごと落ちるとでも思ったか。懲りないやつだ。餓鬼のころから成長がない」

その声も、目の前で立ち上がる三博士の姿も、はるか遠くでかすかに感じられるだけ。

突発的に侵入してきた計算量が、トロムボノクのチェンバーを麻痺させている。

　どん、と胸を突き飛ばされたような衝撃があって、トロムボノクは金縛りから解放された。

「俺を馬鹿にしてからかいたいなら好きなだけやってればいいが」トロムボノクは憮然として言った。「そろそろ秘曲〈零號琴《れいごうきん》〉の楽譜くらい見せてくれよ」

　すると三博士の声に気まずさがまじった。

「〝譜面はない。しかし楽譜はある……假劇の中に〟。どうやら班団はそう考えているようなのだ。

　プロジェクトのごく早期から班団の意見はひとつだった。美玉鐘を再建するのであれば、假劇と分かつことはできない。上演とともに鳴らされなければならないと。しかも演目は『番外』以外にはありえないというのだ」

　もはや三人の声が乳化しており、だれの声か判然としない。

「美玉鐘にどんな音楽を鳴らさせるのか――我々にはそれが最大の関心なのに、かれらは、そこで鳴るべき曲について何も思い浮かばないらしい。にもかかわらずかれらは決まって言う。何とうれしいことだろう、ついに我々は秘曲〈零號琴〉を聴けるのだ、美縟を啓《ひら》いた曲を、と。

　これは実に奇妙なことだよ。この国で、美玉鐘と假劇が同時に存在した時期はない。だのに、美縟びとは假劇と零號琴をひと組のこととみなしている。何の疑いも持たず。さて、これをどう考えるね」

「俺に言わせるのか、わざわざ……」

とつぜん非常な無力感に襲われて、トロムボノクは床にすわり込んだ。

さっきの衝撃の際、トロムボノクのチェンバーは三博士からひとかたまりの情報を受け取っていた。それを言え、というのだ。

「ふつうに解釈すればこうだろう。美縟を啓いた零號琴が、假劇をもイニシエートした。だから零號琴の響きは假劇の中に保存されている。たとえば、そう『番外』のような演目の中に。

だから班団は『番外』をえらんだ。あらゆるサーガの起点に位置する、別格の演目を。『番外』が演じられれば、そしてそこに美玉鐘と奏者がいれば、おのずと曲が織りなされる」

トロムボノクもまた技芸士であるからには、チェンバーを持つ。だが、仲間たちのように才能や修業で鍛えたものではない。かれのチェンバーは人工的に構築されたのだ、そう教えられてきた。

瀕死の嬰児《えいじ》であったトロムボノクを「生かす」ため、かれの身体にはいくつもの処置が施された。無数の処置の相互関係を最適化するために、トロムボノクの臓器のあちこちにプログラムが書き込まれた。中でもヴァイタル情報が集約される場所、脳には。そのために脳神経を編み直して編成した回路――人工造設チェンバーが、今も、このときも、トロムボノクの生命を維持している。そしてそのチェンバーを保守するための通路――情報工学的ステントの扉の鍵は、ずっと三博士や、〈三つ首〉の手にある。

「だから、まとめていえば……」

　のろのろと、トロムボノクはギルドの仮説を言う――言わされる。

「秘曲〈零號琴〉の譜面はどこにもない。かつていちども存在しない。

　たぶん、鳴ることによって、それ自体を抹消するような、そんな曲なんだろう――美縟びとが過去の一時期の記憶を持たないように」そのことも三博士のチェンバーから知っていた。「それと引きかえに、美縟という国ができ、磐記という都市ができた。そうあんたらは推測しているな。いってみればそれは――〈大定礎〉そのものじゃないか。

　こちらに美玉鐘を用意し、あちらで――『磐記大定礎縁起』を上演する。

　すると、たぶん、それだけで〈零號琴〉は鳴る。つまり『番外』は〈零號琴〉を復元するための装置なんだ」

　異常な疲労感があった。トロムボノクは不思議に思う。ステントを通じた受信ていどでこんなに消耗するはずはない。なにか別の負荷がかかっているんだろうか。きょうはあまり調子が出ない。梦卑のような白いウォータークーラーの前あたり？　エレベーターのボタンのウィンク？　いや——その前？

トロムボノクはふたたび口を開いて、続けた。

「きょうの打ち合わせはこれが目的ですか。俺にさっきの情報の束を渡すのが」

「悪く思うな。大假劇本番ではたったひとりで真空管に籠もってもらう。酷な話だが、おまえひとりで千人のカリヨネアとわたりあうことになるだろう。そのために必要なものを、渡したのだ」

「とても見切れないくらいあるな」

「本番がはじまってから読んでもいいさ。おまえならできる」

「買いかぶりですよ。まあ、話が終わったんなら失礼します」

「試験演奏が楽しみだよ、トロムボノク。おまえが美玉鐘を聴いてどんな感想を持つかがね」

「……なにを期待しているんだか。俺みたいに器《チエンバー》の小さい男に」

トロムボノクは大会議室を出た。

すると、部屋に入ってからつい今まで、全身が極度に緊張していたことに気づく。

他人のチェンバーにすっぽり包み込まれることがどれだけの負荷か、改めて思い知らされる。疲労感の原因はこれだったのか？　とにかくいったん宿に戻って昼寝をしよう。さもないとまた歯痛になるからな。そう考えながら廊下を歩いていると、カーブの向こうに、
またあのウォータークーラーが見えてきた。

ふと、水を飲みたくなる。

立ち止まる。

白い陶製で、形は、かたつむりの尻尾のよう。

顔を近づける。金属製のボタンを押す。ちょろちょろと流れる水に、唇を寄せ、少しひらく。流れる水を舌でからめとるようにして、口の中にみちびく。

(そういえばここで何か思い浮かんだんだっけ？)

清らかな水が喉をうるおし、トロムボノクは満足して顔を離し、背を伸ばして——

そのとたん、背骨を砕かれたような衝撃に見舞われた。

思わず「痛み」と錯覚するほどのショック。

ようやく気づいたのだ。

何かを忘れている感覚。

俺は——何を見た？

三博士との対話よりも前……

パウルの手紙をめぐる空想の対話よりも前……

エレベーターの認証のウィンクよりも、もっと前……

そうだ。一階のロビーだ。

何を見た？

俺は何を見た？

目では見ていたのに素通りしていたのだ——いや、むりやり空想の対話をつくりだしてまで、それを覆い隠そうと——忘れようとしていたのだ。

あの顔を。

ロビーの混雑の中を、すいすいと動いていた彼女の顔を。

菜綵の顔を。

生きて歩いている菜綵の顔を。

トロムボノクはウォータークーラーに身を乗り出し、ふちをかたく掴んだ。

前触れもなく嘔吐した。

——おい、ひとつ気がついたぜ。

えずきに身もだえしながら、トロムボノクは空想の対話相手にふたたび呼びかけていた。

――気がついたぜ、パウルのおっさん。あんたの言うとおりだった。

トロムボノクはおのれの勘の悪さを呪う。

美縟ではついぞお目にかかれないものが、ふたつある。

ひとつは、お墓。

もうひとつは、子どもだ。

――おっさんよう、ここには、死人も、子どももいねえんだな。

15

磐記内陣。〈沈宮〉の核心部。

広場には夕方の風が心地よく、おおぜいの市民や観光客が散策を楽しんでいる。大聖堂を取り囲む四つの法務官庁のひとつ、相続調整庁前の広場の上を、いま暗い虹のようにまたぎ越えていくのは、長大な「指」だ。

「ザカリ、これは、今夜うなされるんじゃないかな」

悪夢のような光景に、フース・フェアフーフェンは声を絞り出すように言った。

石畳に杖を突き、立ちどまって空を仰いでいる。目を見開いたり細めたりするたびに、まわりの皺が少し遅れて反応している。

一本目の〈指〉に続いて、三本、五本と黒い弧が広場の上に伸び、向こう側に架けられる。

その表面には、木漏れ日のような光が無数に明滅している。比喩ではなく、それはまさに漏れた光、指の向こうの空が透けて見えているのだった。巨大な指は鎖帷子《くさりかたびら》のような素材でできており、その編み目越しに空が見えるのだ。

目を凝らせば、編み目のひとつひとつが亞童でできているとわかる。数しれぬ亞童が腕をくみ脚をからめて作ったネット、そのすき間から夕空のあかるさが、ちらちらと見えている。

「私もです」

ザカリの顔色も悪い。

七本目の「指」が頭上を越えたところで、「手」の本体がゆっくりと頭上を通過しはじめた。これも同じ「素材」でできている。この広場の三分の一くらいありそうな手のひらが一枚、それとぜんぶで十五本の指。指はそれぞれ、中ほどから幾段階にも分岐して、幹と枝々に見える。その「指」には、大小の鐘が鈴なりにきらめいている。「クリスマス・ツリー」という単語も風俗も、まだ健在だが、さすがにこの主従もそう口にするのは躊躇《ためら》われるようだ。

黄金色の鐘をどっさりぶらさげ、「手」は、〈紅祈〉地区へ向かっている。見守っていたフースは、目を大きく見開いた。

指のひとつが根元から、蜘蛛の子を散らすように分解したのだ。亞童たちは音もなく結合をほどき、一体ずつ、あるいは数体がひとまとまりとなり、大小の鐘をかかえて、街の屋根に降りていく。鐘を載せるためのフレームや作業足場をすばやくわたり、腰に提げた工具を取り、さだめられた場所に鐘を取り付けていく。

「きょうから突貫工事がはじまるというのは、こういうことだったとは……呆れたね、ははは」

フースは肩をすくめて、歩きはじめる。

「若、あれを――」

ザカリが指差したのは「手のひら」の部分だ。亞童のぶ厚い密集が身もだえるように動くと、その中から、特大の鐘がむきだしになる。大人の背丈の五倍はありそうだ。亞童にくるまれていたため、傷ひとつなくきらきらしている。

「ははあ、あの『手』は、搬送機器と梱包材と組み立て職人を兼ねているということね」

百体ほどの亞童が鐘を横に倒してえっさえっさと運んでいくのを見送ってから、主従は〈華那利〉の方角へと足を進める。

華那利は、愛と美、通商と医術、酒と美食をつかさどるとされるが、その名を冠した西の街区は、磐記きっての大商業区、とくに沈宮にほど近いあたりは、注文服のブティックや、一点ものの宝飾、時計、假面のメゾンが軒をつらねている。

「きょうのお目当ては」

「内証」

「おとといのように、私をまいたりされては困りますよ」

フースはほほえむ。

「いいじゃない。そっちも羽根を伸ばせるでしょ」

「肝を冷やします」

「その口調は先代の真似?」

「父から言い付かっていますから。くれぐれも若から目を離すなと」

「じいには苦労をかけたからなあ」

その苦労で「じい」はおつとめを果たせぬ身体となったのだが、フースの口調はのんびりしている。

「あと二週間あまり」

　口笛を吹くようにフースは言った。

　きょう、ようやく遺言状開封の日どりが決まったのだ。

「ワンダのやつ、台本を終えるまでは磐記に出てこられないって、非常識にもほどがあるな。さてはぼくの謀殺でもはかっているのか……」

「ワンダ様ですからね」

「ワンダだからね――。まあその心配はない」

　ふたりは苦笑した。

「まだだいぶ日数《ひかず》が。ご退屈では」

「とんでもないよ。いろいろ調べものがあるんだ。あとで手伝ってね」

　主従はもう高級ショッピング街を歩いている。

「きょうは、鳴田堂に挨拶する」

「はい」

「假面のことなら鏑屋《かぶらや》だろうけど、あそこはワンダにべったりだし商売で頭がいっぱい。かといって瓢屋《ふくべや》はワンダ憎しで凝り固まってる」

「で鳴田堂。ですか」

「肚の内が読めないところが好感を持てる」

パウルがなにを企んでいたか、それが主従の最大の疑問だった。率直に言って美縟は商会が本気を出すほどの存在ではない。ステム・フレッシュには競合品がある。假面も假劇も大したものとみなされていない。

「しかし、ワンダ様は假劇に惚れ込んでおられる。お父上も」

「そこだよ。――ああここだ。ご当主にはけさ使いをやってある。お茶の一杯くらいは出してくれるだろう」

黒御影石のゲートにはめられた大きなガラス扉を押し開くと、ふたりは、ほう……と声を漏らす。店舗というよりは博物館の展示室だ。たっぷりとした空間に所狭しと並んでいるのは牛頭の巨大フィギュアである。

「假劇の張りぼてとは、まるっきり別ものだ」

入ってすぐの瑪瑙《めのう》の台座には、両生類型の怪獣が天に向かって挑みかかる姿勢で立っていた。全長は大人ふたりが両腕を広げたほどあって、黒灰色の全身に力感がみなぎっている。地面を攫《つか》む爪は赤い。蹴爪《けづめ》もザクロの実のように赤い。扁平な頭部に大きく裂けた口は中まで黒く、ずらりと並んだ小さな三角の歯はやはり赤い。眼は内部に光が灯され三白眼の瞳がいっそう獰猛《どうもう》になる。ざっと見わたして、同程度の大きさのものが二十体以上、中には天井から吊り下げられたものもあるが、どれもこれも素晴らしい仕上がりだ。

「いやあ見事だなあ」

たちならぶ巨大像の足もとには、牛頭の小さな人形がたくさん置かれている。小さいかわり、さらに手が込んでいて、宝飾品のような精巧さがある。どれもこれも眼玉が飛び出るほど高価だ。それらを縫うように歩き、主従は当主に会おうと奥へ向かう。

しかしその必要はなかった。

いつのまにか鳴田堂そのひとが、ふたりと並んで歩いていたのだ。

「お気に召す物がありましたか」

「假劇のとは大違いですねえ」

「本来の牛頭はやはり、あの張りぼての引き回しですよ。假劇の効果を通したときに本物と見えれば良いので。しかしまあ、本音では、職人たちもこういう『真影』に腕をふるいたいんですが」

「で、それを――」フースは店いっぱいのフィギュアを眺めた。「大々的に売り出すと？班団の皆さんは父と練っておられたのでしょう、そのプランを」

探りを入れておいでだ、とザカリは気づく。

「いやいや、他国の方のお眼鏡にはかなわんでしょう。お父上は私たちをおだてていらしたが、私は本気にはしませんでした」

お殿様の選択は正解だったとザカリは感心した。

「父の投資は常軌を逸しています。とても回収できるようには思えない。それよりも驚いたのは、父が居をここへ、この美縟へ移していたことですよ。それまでは自分の船にしていた。若い頃、ある国に目をつけ、そこの法律を弄《いじ》った上で船籍をそこに移したのです。船を住所とすることで、父はきわめて有利な法的ギミックを使えるようになった。それをなげうって――」

「こんな貧乏くさい国に移住された。理解できないのはこちらも同じですよ。お父上はわれわれを大いに焚きつけていらしったが、假面にも假劇にもご関心はなかったのでは。少なくともワンダさんとはちがう」

なにかのヒントだろう、とザカリは察した。若にもすぐには分からぬ謎を出している。それでかまわないのだ。なにかのヒントを出しているというしぐさを伝えることが重要なのだ。若と手を握る用意があると、伝えているのだ。

「私は美縟のあれこれは、きわめて注意深く扱わねばならないと考えています」

鳴田堂は足を止めた。主従も止めた。

正面にはつきあたりの壁があり、三階までの吹き抜けの分、垂直にそそり立っている。それだけの高さを必要とするものが壁の手前に据えてある。

鳴田堂は懐手をして自身に言い聞かせるように続ける。

「そして、それは、われわれが考えて決めることではないかも知れないと」

壁の前に置かれているのは、黒い卵形の物体だった。

巨大だ。

黒く、不思議な艶がある。石でなければ金属でもない。生物由来の気配はあるが漆《うるし》とも皮革とも違う。爪、歯、体毛、粘膜いずれとも異なる。もちろん卵殻でもない。

主従は歩み寄って目を凝らすが皆目見当もつかない。代わりに分かったのは、表面に走る無数の線刻だった。細い窪んだ線が黒卵の表面を微細に覆っていた。線の底には金色の着彩がほどこされている。

黒と金。

「これは……」

「——牛頭か」

主従は相次いで口にした。

いっけん無規則と見えた線刻は、牛頭の姿を描いているのだった。シンボルマークのように図案化した牛頭の姿をパズルのピースのようにすき間なく並べてあるのだ。

「フースさん、番外の正式な外題は『磐記大定礎縁起』という。しからば『定礎』の意味はご存じか」

「建物の土台を定めることだ。違いますか?」

「そのとおり。では御覧なさい。あなたがたの目の前にあるフィギュアを。

これは『番外』で言うところの定礎された牛頭ですよ。五聯が磐記の底に封じた最強の怪獣、〈龐鑑《ぼうらん》〉だ」

フース主従は鳴田堂と「礎石」を見比べるばかりだ。

「番外こと『大定礎縁起』を假劇に掛けるのならば、かならずこの龐鑑が登場するでしょう。

フースさん、しかし口惜しいことですなあ。牛頭を作って五百年——一世一代の機会だというのに、龐鑑の製作は無用、と言われたのですから」

「……とは?」

「あなたの妹御が私に送られた手紙にはこうあります。

それはもう街の『地下』に埋まっているから、と」

第二章

16

黒と金。

黒は夜よりも暗く、金は黒よりもなお暝《くら》い。夜の底を川が——漆黒と黄金の縞が流れていく。どこかへ。

夢。

セルジゥ・トロムボノクは、そんな夢のなかにいる。暗い流れを鳥瞰《ちょうかん》している。

漆黒と黄金の流れには、飴を煮詰めたような艶と途方もない重量感がある。空の高みから目を凝らせば、黄金色の部分は流体ではなく、粒金《りゅうきん》、すなわち粒状の金がぎっしりと押し引きしているのが見わけられる。

ああそうだ——とトロムボノクは胸の中で呟く——なぜいままで気がつかなかったのだろう。あの粒金《グラニュレーション》のひとつひとつは、鐘だ。巨大カリヨン、美玉鐘を構成する無数の鐘なのだ。

こんな高さから覧《み》ているから分からなかったのだ——夢の上空から舞い降りながら、なぜかトロムボノクの胸に刺すような痛み、哀傷の感覚が広がっていく。

降下につれて、気づいたことがあった。

眼下を流れてゆく無数の鐘は、ことごとく毀《こぼ》たれていた。

割れた大きな鐘があった。

打撃の痕が深く窪んでいる鐘があった。

引きちぎられて裂けた鐘があった。

青く錆びはてた鐘があった。

鐘楼に吊り上げられるのか心配になるほど巨大な鐘。御婦人の耳飾りのように小さな鐘。

燦然と煌めく金、鬱然と沈む金。どれひとつ無傷の鐘はなく、もはや二度と歌うことのない鐘どもの無言の死体が、互いのうえに折り重なって運ばれていく。

黒い流れに流されて。

幾筋もの黄金の縞になって。

これは、鐘の大量破壊——いや大量虐殺だ、とトロムボノクは直感する。

かつて、ある未来の時点において、このような美玉鐘の大破壊が行われたのだ。いつか、はるかな過去において、美玉鐘は徹底的に解体される宿命にあるのだ、と。

夢の中で時間の支配は弱まっている。この黒と金の流れはあらゆる歴史の事象と無縁でありながら、すべての出来事の背後にある基調として感じられる。

ふと気がつくと、トロムボノクはこの流れの岸辺に全裸で横たわっている。右腕を下にした姿勢で、腰から下は、河岸に寄せる真っ黒な波にひたっている。大量虐殺に巻き込まれたひとりとして、そこへ打ち上げられたようだった。

生きているのか？

死んでいるのか？

すぐそばに、鐘の骸《むくろ》がひとつ、渓谷の岩のように立っている。そのまわりに淀みができ、大小無数の鐘——楽器の死体があつまっている。

トロムボノクは自分の生死も知らぬまま立ちあがった。

鞭のように長い四肢にも、幅の狭く平たい胸や腹にも、鋭い彫刻刀で削り出したような、細く強靭な筋肉の形が浮き出している。その肉體《からだ》いちめんを走っているのは、白い百足《むかで》と見まがう傷痕だ。

トロムボノクは、つぎはぎの男だった。

この傷は、乳児のトロムボノクを四十いくつに切断した、その切断面と体表の交わる線である。この傷は身体の表面についているのではない。内部をとおり反対側にまで続いている。

「トロムボノクに傷がある」のではない。この縫合面こそがトロムボノクなのだ。

傷の男、毀たれた男は、黒い流れのほとりをよろよろと歩いた。

夢で目に映るものは、いろいろに形を変える。さきほどまであたりに散らばっていたのは鐘であったはずだが、いまは色も形もさまざまの假面に変わっている。假面はあたりの泥を吸い寄せて、五体の形を作っている。

ある者は膝をかかえてうずくまり、ある者は力なく横たわる。所在なげに立ちつくす。おろおろと歩きまわる。

生きているのか？

死んでいるのか？

一体の假面者《もの》がトロムボノクの前を横切る。もう泥人形ではなくなまじろい膚を持っている。その首を肉色の線が一周していた。改めて周囲を見れば、假面者たちは、ひとりのこらず首の回りに線を持っていた。流刑人の入れ墨のように。現実の世界で体験したあれやこれやが、この夢の景色に反映されているのだとトロムボノクは理解する。かれらになにか挨拶を送らねばならない、という切迫した気分に駆られる。

ふと、背後に気配があってふりむくと〈泥王〉の假面が立っていた。

刺客亞童に殺されたとき菜綵が着けていた假面だ。

「……」

口を〝お〟の形にして、トロムボノクは言葉を押し出そうとするが、夢の中では思うようにならない。

——お……

——おまえはだれだ？

——泥王の假面の人よ、おまえは菜綵なのか？

——死んでいるのか。

——生きているのか。

声にならない。

素顔をたしかめようと、手を差し伸べて假面の縁に指を掛ける。

面は、鉤で頭部をくわえ込んでおり、容易には外れない。そこで片手を相手ののどに押し当て、もう片方の手で假面を引き剝がした。蟹《かに》の甲をむしりとるような、めりめり、ぷちぷちという手応えがあって、いきなり泥王の假面はトロムボノクの手の中にあった。はずみで生きものは大きくよろめき、後ずさる。

トロムボノクは手の中の假面を見た。

鮮血で真っ赤に濡れていた。

顔の表情を描き出す筋肉や神経、脂肪に加えて、眼、鼻、口を構成する組織が、顔の奥から見た配置のまま、そっくりそのまま残っていた。

裏から見てもその顔は菜綵だとわかった。意外と見分けがつくものだなと、夢のリアリティに感心している。

顔の裏側はすべてがまだつやつやと新鮮であたたかく、とてもうまそうだった。

そういえば亞童の刺身は美味だった。この地がまだ〈美玉〉と呼ばれていた頃、入植者たちはさかんに梦卑を食したという。自分たちの思考を餌にして、梦卑たちをおびき寄せては貪《むさぼ》ったのだ。

その貪婪《どんらん》さがトロムボノクの内面に灯る。泥王の假面は手頃な食器のように持ちやすい。さあお食べくださいといわんばかりだ。口の中に唾があふれ、のどが鳴った。頰肉の臈《ろう》たけた艶、眼のゼラチン質のみずみずしさ、唇の内側のやわらかな質感、なにもかも、めまいがしそうなほど食欲をそそる。

ふと気づくと、顔を引きむしられた生きものが、こちらを見ている——白いとろりとした断面には目も口もないが、トロムボノクが自分の顔を食べてくれるのを、じっと見守っているのだった。

そうかい、おまえも食べて欲しいんだな。

それならもうまったく遠慮は要らないのだ。

いかにも自然に、なんの違和感もなく、トロムボノクは美しく盛りつけられた菜綵の顔に——その唇に、顔の裏側から口づけると、歯を当てて噛み裂き、舌もひとまとめに食いちぎって、弾力ある食感を堪能しつつ咀嚼《そしやく》し、あふれる鮮血と口の中で混ぜ合わせては呑み込むのももどかしく次々にむさぼって、最高の肝臓にもひけを取らないその美味にしびれ、名づけようもない衝動が突き上げて今じぶんが食べているものの名を呼ぶ。

菜綵！

絶叫とともに——シェリュバンはようやく悪夢から解放されて、寝台ではね起きた。

なにが起こったのか。

いまみたのはだれの夢か。

しばらくは自分を取りもどすことができなかった。あやうく忿怒《ふんぬ》の発作を起こすところだったようだ。

やがて全身の緊張が解けて、シェリュバンは、客人用の寝室、大きな寝台の上で上半身を起こした。ここは——そうだ、峨鵬丸のゲストハウスだ……。

息はまだ荒い。吐き出す息には発情の匂いが濃い。なめらかな胸も長い髪も汗でぐっしょりと濡れ、はげしい性愛の直後とそっくりな香りはそこからも立ちのぼっていた。

少年は寝台の天蓋を見上げる。その顎から滴がひとつ、シーツをつかんだままこわばった手の甲にぽたりと落ちた。

汗ではない。

涙だった。


寝室には氷水をみたした魔法瓶がそなえてあり、シェリュバンはコップになみなみと注いで、飲みほした。腰に毛布を巻いた姿で、ベッドの縁に腰かける。枕元の明かりが魔法瓶の銀の膚を照らしている。

夜更け。長い虚脱をぬけだし、ようやく夢の内容を考えることができそうだった。

あれは「セルジゥの夢」だった。シェリュバンは考え、自分の肩をそっと抱き、手で身体をなでまわす。トロムボノクの身体を網路のように走っていた継ぎ目、夢で見た傷の形をなぞるように。

いまのは「セルジゥの夢」だった。この星のどこかでセルジゥもこの夢を見ている――あるいは、見た。

もしくは、見るだろう。

理由もなくそう確信する。

ではなぜこんな混信が起こるのか。

シェリュバンは枕元を見遣《みや》った。明かりの傍らに修理を終えた泥王が立て掛けてある。腕を伸ばし泥王にふれてみる。素焼きの肌はひんやりしている。そう、たとえば假面の〈相対能〉が、遠くセルジゥを呼んだということはありえないだろうか。シェリュバンはそんなことを、しばらくぼうっと考えていたが、やがて憑き物が落ちたように首をぷるぷると振った。

ばっかじゃないの。

頭を冷やしてみれば、夢なんて、ぜんぶ自分の頭が生み出したに決まっている。黒い川といい、うち捨てられた鐘といい、北方山岳地帯で見たものがなまなましく反映されていて、どう考えたってシェリュバン自身の夢なのだ。

汗で身体が冷えて、くしゃみが出た。シャワールームで熱い湯を浴び、寝台にはまだ匂いが残っていたので、窓を開け、洗い髪のまま廊下に出た。玄関ホールへとつづく大きな階段を「梦卑の夜」の絵画を眺めながら降りた。階下は暗いが、どこからか明かりが差している。そういえばこの先に、片側の壁に假面をならべた廊下があったなと思い、目を向ける。

するると、そこに咩鷺がいた。

細い首と小さな頭。すらりとした身体を黒革のソファに預けたその姿を、傍らに置かれた背の高い読書灯が照らしている。彼女も、手元の本から顔を上げてこちらに目を向けたところだった。

「どうしたんですか、夜中にひとりで」

「あなたこそ」

「そこ、いいですか？」

「いいわよ。悪戯《いたずら》しないんなら」

「たはは。じゃ、こっちにすわろうっと。何を読んでたんですか」

「假劇十八番の解題《かいだい》ね。古い本よ。ワンダが蒐《あつ》めたものでしょう」

「ワンダさんて凄いなあ。大金持ちで旦那さんは芸術家でじぶんは假劇の台本をばっちり書いちゃうし」

「そうかしら。ワンダの台本は凄いのかしら。鼻白むこともあるのよ、私はね」

「あのう、それ、嫉妬入ってるですよね」

咩鷺はきゅっと口を結んだ。

「その……わかった？」

「まるわかりですよ」

咩鷺は顔を上に向けて、くすんと鼻を鳴らした。

「ショック……。ワンダにもばれてる？」

「あ、無理無理、それは無理。ね？」

ところで孤空って、詩人なんですよね」さらりと話題を変えて、「神さまの一種？」

「いえ、せいぜい流浪の精霊といったところでしょう。もとはひとつの部族だったけれど、ちりぢりになって孤独にサーガの世界をさまよう。さまざまなことがらを見聞きし共有する。〈夜〉の底にたくわえて」

「夜……ですか」

「夜よ。あなたにも見せたでしょう」

「見ました。焔と啼き声を」

「その夜がね――どう言ったらいいかな……」咩鷺は迷いながら言葉を選んだ。「だんだん近づいている」

「夜が、近づく?」

シェリュバンはおうむ返しをする。

「假面は多様な心的イメージを持っている。あなたが見た夜は、わたしのあの夜は、わたしの假面の、ごく一部でしかない」

「ええ」

シェリュバンが孤空とふれたのはほんの数瞬だ。それでも、複雑で意味深いイメージの集合や相関が、假面の中で生動していることは判った。さまざまな時刻や場面、速度の感覚が格納されていて、焔の夜はその一角に過ぎない。しかし、それを逆に考えるならば――

――

「じゃあ、ほかの假面にも、夜があるの」

「そうよ。どんな假面にも」

その意味が腑に落ちるまで少しかかった。すべての假面に。

峨鵬丸のゲストハウスは静まりかえっている。外には美縟の夜のしじまがひろがっている。そこへ耳を澄ますつもりで、シェリュバンはしばし目を閉じた。

そして想像した。

広大な草地に散らばって孤独に眠る梦卑の姿を。

孤独の梦卑たちが、ひとつの夢を見ているさまを。

夜の夢だった。

その夜は、かれらの頭上に広がる夜であるかもしれない。

梦卑はみずからがまどろむための夜を夢見ている。

ようやくシェリュバンは口を開いた。

「假面たちの夜はつながっているの？」

「そうかもしれないわね」

「夜は……とくべつなんですね」

「そうかもしれないわね」

咩鷺は、ほのめかしてはまたはぐらかす。それがむしろ心地よかった。シェリュバンは、目と目が合った瞬間を逃さず、

「その夜が、近づいている？」

とささやく。

シェリュバンの瞳をきわどく躱《かわ》して、咩鷺は返す。

「そうかもしれないわね」

もう心地よくなかった。鎧戸が下ろされたのだ。深追いは禁物だから、シェリュバンは咩鷺の視線を解放してあげる。美縟びとにとって「夜が近づく」ことがどんな意味を持つのか。それを推し量ることはシェリュバンの手に余った。

咩鷺自身にも説明のできないことなのかも知れないのだ。

「あのですね」と、問うてみる。「あの、でも、もしそうならほかの人も勘づいてますよね。峨鵬丸さんとか、ワンダさんとか」

「峨鵬丸の名跡を継いだんだから、かれはもうだめよ」

「ああ、あの鼻」

「そしてワンダは」咩鷺は肩をすくめる。「自分の声が大きすぎて、夜のひそひそ声なんか、とてもとても」

「ほんとの本気でそう思ってます?」

咩鷺は苦笑し、しぶしぶ認める。

「口惜しいけれどあの天分は本物ね。だからきっと彼女なりに〈夜〉も理解するし、正しく台本に反映するでしょう。でも――でもね、假面やサーガを相手に勝ちをおさめるかどうかは別」

「それ、わかんないです。勝った負けたの世界なんですか」

「勝ち負けの世界にしているのはワンダよ。あのひとは何にでも殴り込みをかけるの。ほんとうに迷惑」

そこで咩鷺は深く嘆息した。

「ときにシェリュー、どうしてこんな時間に起きてるの。ひとりきりのベッドに我慢できなくなった？」

「ぎくっ、そうかも」

にこにこと応じたけれども、夢で感じとったものがいちどきによみがえり、息が詰まった。

「菜綵のことを考えていたの」

「……いいえ」

「うそばっかり。さびしくて眠れないんでしょ。あなたって言うほど浮気性ではなくって、一途なタイプだし」

「うわあ、過大評価かな？」

シェリュバンは迷っていた。咩鷺に訊くべきことがある。しかし答えを聞けば、取り返しのつかないことになりそうで。

「咩鷺さん――」

「なに?」

菜綵さんのお墓は、どこにあるんでしょうか?

訊け。

訊いてみろ。

「喉がかわいて目が覚めちゃっただけですよ。もう部屋に帰りますね。寝ないと」

「早起きでもするの」

「母屋へ呼ばれているんですよ。ワンダさんがぼくとふたりだけでお茶したいんですって」

「そんなことで?」

「です。朝ごはんがすんだらすぐ始めたいって言ってましたよ」

「始める? はじめるって、何を」

「だから、お茶」

「物々しいのね」

「でしょ? ぼくから色々聞きたいんですって。台本の参考にするとかしないとか」

「気をつけなさいよ」

「はあい」

「おやすみなさい、シェリュー。わたしはここで休むわ。あしたは早く出発するから、これでしばらくお別れね」

二階へ上がる途中でもういちどソファをみると、読書灯の投げる光の輪の中で、咩鷺は、鳥が羽交《はが》いに頸を埋めるように、背中を丸めて目を閉じていた。

すらりと伸びた手脚をもつその姿が、シェリュバンにはなぜか百歳の老婆に見えて仕方がなかった。

17

これが「書斎」ってどういうこと？

シェリュバンは首を真横になるくらい傾げた。

てっきり母屋にあると思い込んでいたのに亞童が案内してくれたのは、アトリエとは別の方角にしばらく歩いた草ぼうぼうの空き地で、そこにあるのは、円盤状の巨石だった。

直径はおとなの身長三人分ばかりで、高さはシェリュバンの目のあたり。石は正確な円盤の形に切り出されていた。

石の外周に一か所、ぶ厚い金属製の扉があった。案内の亞童は黙っている。しかたがないので扉に向かって、

「おはようございまあす」

と呼びかけると、

「いま手が離せないの。そのまま降りてきてくれる?」

扉の内側でガチャリと解錠の音がする。はあいと返事をし、ターバンが当たらないよう、首をすくめて戸枠をくぐる。右手を壁に伝わせて石張りの斜路を降りはじめると、背後で扉が閉まり、わずかな灯りをたよりに進むこととなる。

「あと三日で台本を仕上げないとほんとうに間に合わないのよ。あたしがいまどんなにせっぱ詰まっているか、想像つく?」

どこをどう通ってか、ワンダの声が伝わる。

「相対能がなくたって見当つきますよ」

小さく独り言でつぶやいたつもりだったが、

「ふふ。あなたのへらず口、かわいくて好きよ」

ゆるいカーブ。直角の曲がり角。えんえんと降りていくうち、気がつくと、髪が汗でこ

めかみに貼りついている。気温と湿度が上がり何かの匂いが漂いのぼってくる。茹で上げた芋、魚醬《ぎょしょう》、汗にまみれた下着――生き物の存在をほのめかすさまざまな匂いが縞となった温気《うんき》の中を下降していく。

「暑いですよう」

「あらそう。もっと暑くなるよ」

壁に沿わせた指の先が露の玉をすくう。壁がびっしりと汗をかいていた。

「どうして（はあはあ）こんな場所に（はあはあ）書斎があるんですか」

「峨鵬丸が、何代も前から持っていた工房のひとつ」

「それを（はあはあ）ワンダさんが独り占めしちゃったんですか」

降りるにつれて壁の材質も変わってきていた。湿気のためだろう、漆喰が下地から浮き上がっている。床の石だたみもすりへっている。これは〈行ってしまった人たち〉の技術ではない。つたない、人類の工法だ。

「だれも使ってないんだもの。うちの人もここは嫌いだし」

「どうして」

「さあねえ。ここまで来れば分かるかも」

空中の匂いは濃厚になっている。大便に似たねばりつくような匂い、熟れて腐れつつある果実、藻が厚く蔓延《はびこ》った沼。靴の中に水がしみてきて、歩くたびにじゅくじゅくと動く。

突然、ぼくっともろい感触がして漆喰がごっそり剝がれた。その下から金属質の鈍い輝きがのぞく。

「あれえ、なんだろう」

のん気な口調を心がけたが、それでも声が震えた。

幾重にも折りたたまれ深く皺ばんだ、重い金属の堆積が、漆喰の向こうに充満していた。金属の質と色は単一ではない。何台もの大型機械が、凄まじい力でひとまとめに潰されたその断面、ミルフィユのような層を見ているのだ。

手のひらですこし押してみる。びくともしない。途方もない質量がその奥にあることが、まざまざと感じられる。

シェリュバンは頭のなかにひとつのイメージを展開した。峨鵬丸の地所の地下には、このスクラップの巨大な集積がある。美緞の歴史に関わる大きな出来事の結果として、この集積が作られた。斜路は機械の隙間をくぐり抜けるように、あとから作られたものなのだ。

「いったい、ここはどこなんですか……」

呆然と、そうつぶやく。首都から遠く離れたのどかな田園であるはずなのに。

「それはただの戦車よ。戦車隊の残骸を圧縮したものよ」

「せ、せんしゃ?」

「傷痍軍人の身体に、爆弾の破片や銃弾のかけらが取り残されているように、この星の地下には、戦争の残骸が残っている」

「戦車隊……」

「峨鵬丸から聞かなかった?〈美玉〉が経験した凄惨な内戦のことを。主大陸〈綾河〉と、亜大陸〈綺殻《キカク》〉とのあいだで戦われた大戦争を。その残遺物が投棄されているのよ」

とつぜんの情報にシェリュバンはうろたえる。

「あの、その、綺殻……それ、どこにあるんですか。見たことない」

「かつて〈美玉〉には、長大な、弓なりの弧をえがく大陸である綾河のほかに、その弧に抱かれたような円形の陸地、〈綺殻〉があったんだよ。宇宙から見ると大気と海洋の色とで、ほんとうに宝玉のようだった。だから〈美玉〉。すっかり破壊されて、いまはあとかたもない」

「いえ、峨鵬丸さんは、そんなこと言ってなかったです」

あっはは、とワンダ・フェアフーフェンの笑う声がする。残響を伴っているが、それはこの斜路での響きではない。ワンダがいる場所、書斎には残響を生み出すほどの空間があるのだ。

「辛気くさい顔をしてたでしょ？　『忘れたんだ』って。まあそろそろ、美縟がどんなに異常な場所かわかってもいい頃ね。巨人の干物くらいで腰を抜かしてたらやってられないわよ。さあさ、早くここにおいで」

「はいはい、急ぎますって。どうせまだまだかかるんでしょうから」

歩く速さに勢いをつけ、最初の角を曲がったところで、シェリュバンは戸口に顔をぶつけた。鼻を押さえて数歩下がると、金属製のぶ厚い扉があった。

「……すぐでしたね」

「あなたって退屈しないね。お入り」

扉についた鉄の輪をつかむと、その取っ手には人肌の温かさがあり、できるだけ場違いな声を出すようにして引き開けると、浴場のような湯気と強烈な臭気がシェリュバンを取り込む。

「お邪魔しまあす……」

大きな体育館ほどの幅と奥ゆきのある、広々とした空間だった。

赤を基調とした壁に沿って、白く磨かれた柱が並び立っている。柱は外側に湾曲する線を描き、部屋の側面を支えながら上に伸びて、天井の一番高い場所で両側から合流して一本の梁《はり》に結合されていた。船の竜骨をひっくり返したみたいだと思いつつ、シェリュバンはその梁を目でたどる。部屋のいちばん奥からはじめて、だんだんと手前の方へ視線を移していくと、最後に自分の頭上を見上げるかたちとなり、そこでシェリュバンは、目をぱちくりさせた。

知らない顔があった。

巨大な頭部が、見下ろしていた。

人間の頭蓋の十倍はありそうだった。なめらかなゴムマスクで覆われたように目も鼻も耳もなく、口だけが大きく開《あ》き、石臼のような歯がずらりと並んでいて、つまりは那貪《などん》とよく似た、牛頭の頭部だった。

があ、

はあ、

とその口で息をしていた。

狩猟の獲物かしら？　それにしてはこの首は生きている。

――首？

そこでやっと気がついた。

その首は、飾り付けられたものではない。

首はこの部屋そのものの一部なのだ。

というか、部屋は、この首の胴体なのだ。

梁ではなく背骨。

柱ではなくあばら骨。

胴体をくりぬいて作られた空間だ。

天井からぽたぽたとしたたる滴も、くるぶしをひたすぬるいたまり水も、半ば新鮮で半ば腐敗した、血液と体液なのだった。

生殺しの巨人は、何百年も生かされ、まだ生きている。肺臓を抜かれ、筋と膜、腱と骨格を使って、巨人は書斎として生かされていた。

「待ちくたびれたわ」

まっすぐ正面におよそ二十歩先、シェリュバンと向かい合う位置に、大きなひじ掛け椅子に座ったワンダ・フェアフーフェンがいた。

椅子は小高い場所にある。亞童とも梦卑ともつかぬ、造化《ぞうか》の失敗作といいたいような、生物未満の屑組織がからまり癒着してできた瘤のような隆起に、りっぱなひじ掛け椅子が載せてあって――

絶え間なくしたたる雫をあび、髪も顔も肩も胸も赤く濡れそぼったワンダを慕うように数体の亞童がぴったりと密着し、彼女のむき出しになった腕や脚の白い膚に顔をこすりつけたり、舌で舐めたりしている。

亞童たちの頭部には、釘やハリガネ、螺子《ねじ》で思い思いの假面が固定され、ワンダの想像力が亞童に干渉しているのだろう、この使役エージェントたちは、不規則な痙攣を繰り返し、ときに昏倒し、あるいは舞台劇の台詞を模したような抑揚のついた叫びを放っていた。たちこめる湯気で、まだ細部を見きわめられない。しかしシェリュバンには、この情景はワンダの内面を反映して作られたのだという確信があった。

これが台本作家ワンダの、慾望の率直な発露なのだ。

「お茶するんですか、ここで。本気?」

ワンダは片手で一体の亞童をつかみ、かるがると持ち上げた。赤く濡れた亞童に頬ずりしながら、ワンダは婉然《えんぜん》と微笑んだ。

「あなたの体験を聞かせてよ。

第四類改変態《ジャリー・フォーム》の悲惨を教えてよ。

假劇の参考にするんだからさ」

18

「ぼくの……なんですって？」

シェリュバンは聞きかえした。

「聞こえてるくせに」

ワンダは首根っこをつかんだ亞童を膝の上に腹ばいで置き、その尻を爪の先でそうっと撫でている。亞童は、ぴくぴくっと身もだえする。

「それが假劇の参考になるんですか」

せいいっぱいのドスを利かせてみる。

「おおこわい。後生《ごしょう》だからそんな目で睨まないで」ちっともこわがっているように見えない。「あたしね、実はね、せっぱ詰まってるの」

「それさっきも聞きました。知りませんよ、できもしない注文を受けるからでしょ」

「でも断れる？　このあたしがよ？　假劇とサーガが好きで好きで好きすぎて、それが高じて美縟に帰化してしまったこのあたしがよ、こんな話断れると思う？

下調べはやりつくしたし、主題も構成ももう決まっている。あとは書き出すだけ。でもまだ何か足りないのよ。蹴りが」

「蹴り？」

「あたしのお尻をがつんと蹴っとばしてくれるような。あるいはあたしという歯磨きチューブを、こう、ぎゅっと絞り出してくれるような。刺激が足りない」

「はあ。刺激が、足りない……と」

シェリュバンは瘤のぬるぬる坂を登っているところだったが、さすがにあきれ、ワンダに取りすがっている亞童を指して、

「これで退屈なら手の施しようがないような」

「あっはは、御尤《ごもっと》も」

「亞童たち、あんまりですよ。ワンダさんには景気付けのちょっとした刺激なんですか？」

シェリュバンはあれ、と思った。あれ、ぼく、けっこう怒ってる？

「ならぼくの『経験』もその程度の扱いになりそうですよね」

シェリュバンは椅子の間近まで来た。ワンダは座っていたが、ふたりの目の高さはほぼ同じだ。

「ありがとうシェリュー」

体液で赤く染まった手で、シェリュバンの頬に触れた。顔をそむけると、その動きによって、女の指は平行な四すじの線を描いた。ワンダの赤い痕跡が付着した。

「ありがとう、こんなそばにまで来てくれて」

「あなたこそぼくが怖くないんですか？　第四類が本気で怒ったら、こんな部屋ひとたまりもないですよ」

なぜそんなことを口走っているのか、シェリュバンにもわからない。

「可愛い人、そんなことを言っては駄目よ。怖いことなんかあるもんですか。あなたを亞童といっしょに扱ったように聞こえた？　それは謝らなくてはね」

「ぜんぜんわかってないんだな。ぼくは——第四類は亞童となんら変わらない。あなたたちみたいな立場の人から、ずっといいように扱われてるという点で」


輸宇宙をわずかに外れた場所に、極寒の居住不能惑星〈霜だらけβ《フロスティベータ》〉を含む恒星系はあった。この地を全球開発《テラフォーミング》するために、莫大な予算を投じて人間を再構成した改変態、あたらしい種族、それが第四類だった。

〈行ってしまった人たち〉の技術は、輸の外では安定しない。人類は自前の技術を確立しないかぎりその外へは踏み出せない。広大な、もてあますほどの輸世界を持ちながら、無限とも思えるその広さこそが牢獄であった。〈霜だらけ〉の開発は、自前の技術群を形成することを目的のひとつとして着手された。

全球開発は数世代にわたる事業となる。そのあいだ過酷な環境下に住まい、子をなし、殖えて広がり、社会を作る。それが第四類に課せられた役割だった。しかし、この試みは数多くのむごたらしい犠牲を出して悲惨な失敗に終わった。〈霜だらけ〉からの撤退が決定されると、改変態たちは未来の故郷と、日々を生きる環境を共に失い、その絶大な能力の象徴であった姿――狼のような耳や尾、輝く毛並みもスティグマに成り果てた。

盛時に一万人を超えた第四類は、撤退時には数百名まで減り、開発事業体の残余財産を解体して造成した基金を与えられたのみで、事実上の放逐《ほうちく》の憂き目に遭った。

第四類は基金を原資に自らの保護団体を設立、共同生活を送りつつ、輸世界で生きられるよう、数代がかりの無力化措置を受けた。虹色に輝く高機能の毛並みを失い、天翔る豹と称えられた運動性能は萎《な》え、本来の姿とは較べようもなくみすぼらしい外見に――人間にほぼ近い形にまで落ちぶれた。

まだそれだけなら穏やかな没落で済んだはずだった。それが凄惨な悲劇に転じたのは、シェリュバンの両親の代になって〈霜だらけ〉開発にまつわる不正が露見し、いくつかの経済圏が破綻したことによる。どこでどう理屈がねじまがったものか、第四類への理不尽な憎しみと迫害が嵐のようにまき起こった。保護団体のコミュニティは武力部隊に制圧され、第四類たちは人身売買の対象となった。かれらは「損を取り戻す」ためと称して複雑な法的難癖をつけられ、挙げ句の果ては人間ではなく――財物として接収され法外な高値で売り飛ばされていった。

「たしかにね。あなたのいうとおりね」

ワンダは同意した。

売られた改変態はどうなったか。

ある者は、失われた改変技術をサルベージするために――いわばパーツを取るためのジャンク機械として――十数年も血や内臓を毟《むし》られつづけた。

ある者は魂を抜かれた上で、美貌と生まれながらの性的技巧を買われて愛玩生物として供された。

第四類はきわめて生命力が強く、容易には老いず、長命であったため、こうした過酷な状況を生き延び、生き延び、さらに生き延び続けて、やがて飽きられた。転売のたびに値段は下がり境遇は悪化した。やがて我に返り良心の痛みを感じた世界は、第四類の権利回復に取り組んだが、なにもかもが遅すぎ効果はあがらず差別はかえって強化された。

「ぼくにはセルジゥがいた。だから楽しく生きていられる。でもぼくがここでほんとうに怒ってしまえば、悪いけどあなたなんか――」

「ふふ」

シェリュバンは顔色を変え、身体を引く。

猫なら飛びすさっているだろう。動物的な勘だ。

ワンダはぬっと立ちあがった。しがみついていた亞童たちが滑り落ちると、逞しく豊満な巨軀が立っていた。シェリュバンの目はワンダの鎖骨の高さだ。淡紅色の液でぐっしょりと肌に貼りついた部屋着が、目の前で透けている。ワンダの体熱が感じとれる近さだった。

「ありがとう」

「そ……」

意表を突かれて、言葉が出てこない。

「化け物だと思うでしょ？　こんな部屋でど頭《たま》から血をかぶって、のべつまくなしに亞童たちを犯している」

視線をそらした自分を恥じて、シェリュバンは顔を上向けた。その頰に、四本の赤い線の上にワンダは手を副《そ》える。

「どうしてここまで上がってきたの？　会話なら、あの下にいてもじゅうぶんできたはずよ。ここへ来いなんてあたし、言っていない」

ワンダの手は頰から喉を過ぎ、胸を伝い降りる。

「あなたはね、あたしをそばで見たかったのよ。巨人のきんたまの裏側に巣くい、やばい妄想をぱんぱんに溜めて悶々としているあたしを、そういう化け物をあなたはすぐそばで見物したかったのよ。身体が触れそうな近さで」

ワンダはシェリュバンの耳元に口を寄せる。

「あんた、あたしに欲情したろ？」

ワンダの手は胸から腹へと降り、その先へ至ったところで、シェリュバンの身体は不規則な痙攣に見舞われた。小さな顔に、鋭く短い、苦悶のような表情が浮かんだが、むろん苦しかったわけではない。手を離し、目の前でその手のひらを広げ、一瞥したあと、ワンダは粘《ねば》いものをぺろりと舐めた。

シェリュバンは咳き込むような発作に襲われたが、どうにか胃の中身を吐き戻すことは堪えた。涙が滲み鼻水が垂れた。

「ふっ――」

ワンダの気配が変わった。

「ふっ、ふっ」

数歩さがって、ワンダ・フェアフーフェンは腹をかかえて大爆笑をはじめた。

「あーはっはっは――」

まだ咳き込んでいるシェリュバンを尻目に、ワンダはひとしきり笑いつづけると、

「あっは、あっは、あーあ」

身体を後ろに倒すようにして、背もたれの高い椅子にどすんと座った。

「いやいや参ったね……これはいいものを戴いた。ありがとうシェリュー。おかげで少しやる気が出てきたようよ。あなたに来てもらった甲斐があったなあ。

そう、あたしは罪深い。この亞童たちはひどい苦しみに苛《さいな》まれている。あたしはこの悪趣味に――いや、このおぞましさに首まで浸かっていないとインスピレーションを摑み出せない。この――」もどかしげになにか言おうとしてやめ、「この子たちを巻き添えにしなければね」

「巻き添えじゃないですよ。あなたは大して苦しんでないもの」

シェリュバンは突き放した。

「そうだね。あたしが浴びるこの血は無菌だ。清浄化している」ワンダは認めた。「そしてこの子たちの苦痛は本物だ」

赤く濡れた髪の下で、ワンダの目にはほの明るい光がある。おどろいたことに、その光はさみしさに見えた。

「あたしの台本は悪評紛々《ふんぷん》なの、班団の連中にはね」

「ふしだらだから」

「それもあるけど、サーガのオリジナルを歪曲しているからだそうよ、侮辱だってさ」

「苦蓮《くれん》と那貪の関係はワンダさんの創作なんですよね。やっぱり気持ち悪いです」

「よねー。でも、あたしにはそれが見えちゃったんだ。だから書く。これはもうどうしようもないことなんだ」

「開き直りです？」

「班団はね、のべつまくなしにあたしを罵《ののし》ってる。『これは〈サーガ〉ではない』『これは假劇ではない』……ってね。でも班団は、あたしに委嘱した。

あたしの台本《ホン》で美縛びとの大半は楽しんでいる。外国の客にも大受けしている。正調サーガ？　それがどうした、ワンダで行け、儲かるからな、という一派もいるわけ。断っとくけどパパがくる前からよ？

まあ、反対派があたしを無理やり排除しないのは、いつかあたしが大失敗すると見込んでいるからでしょうね。それみたことか、と大きな顔ができる」

「でも、危険ですよね。お父さんの暗殺とか、おかしな車掌亞童の件とか、反対派の陰謀だったかもしれないってことでしょう。よく平気な顔でいられますね」

「パパの生首が飛んだくらいであたしが筆を折ると、あんた思う？」

「……や、それはない」

「でしょ？　反対派も同意見かもね。あいつはどうしようもない。やらしとくしかない、と」

言うべき言葉もなかった。

「でも――」

「でも、なに？」

「でも、好きですけどね」

シェリュバンはさらっとそう言った。

「ふん？」

「ワンダさんの台本、興奮しました。濃ゆいけど、濃すぎるけどそれが持ち味なんですよね。好きに書くしかないんですよね」

「ありがとさん」たいしてありがたくもなさそうな顔だった。「あなたもたいがい苦労人ね」

「で、いま手掛けているお話も、やっぱり、ワンダさん流にあれしちゃうわけですか……」

「あんなもんじゃすまないよ」ワンダは、乳房を甘がみしようとした亞童の尻をぴしゃりと叩いて追い払う。いったん降りた亞童は、性懲《しょうこ》りもなくまた攀《よ》じ登ってくる。「もっと破天荒なことをやるね。二度とできないようなことを」

「あの、それは、やっぱその男と男が……?」

「あんたねえ、あたしはそういうの専門じゃないんだからね。今度のは、むしろ『女騒ぎ』になるよ。かしましいよ。班団のおっさんたちが揃って頭を抱えるような」

シェリュバンは首をひねった——女騒ぎ? はて、美縟五聯ってみんな男神《おとこがみ》だったはずだけど……。

しかし、ワンダの腕がぐっとのばされシェリュバンの襟を摑んだので、それ以上考え続けることはできなかった。そのまま、またぬうっと立ち上がる。シェリュバンのつま先が宙に浮く。

「うぐぅ」

「おい、なんであたしばっかりしゃべってるのさ。さあシェリュバン、あんたの番だ。話すことがないってんなら、せめて歌でも唄って聞かせなよ」

＊

〈クルーガ〉の売春宿に寄りつく男女は、人生のあちこちで拾ってきた小唄を、両替し損ねた硬貨のように落としていく。世界各地の音楽が雑居し、やがて混ざり合う。そうやってクルーガの音楽は出来ていった。小さな国の薄汚い町でも、たくさんの細い糸が世界と繋がる。シェリュバンはそんなふうに思いながら、その街で二十年を過ごした。トロムボノクと出会うまでの短い間だ。

「第四類はだれでも音楽の達人だとか、そういう色眼鏡は嫌ですよ」

「満更でもなさそうじゃん」

ワンダは鼻で笑いながら、ギターを抱えたシェリュバンを眺めている。

ワンダはいよいよ台本に取り掛かるべく書き物机の上をととのえている。古めかしい頑丈なタイプライター、まっさらなタイプ用紙、その上には大人の握り拳ほどもある金属塊が文鎮代わりに載せられている。

シェリュバンはデスクを挟んでワンダの顔が見られる位置に置かれた籐製のソファにすわっていた。

ちょこちょこと走り寄ってきた亞童から、ワンダは小さなカップを受けとる。漆黒の肌をもつ亞童の頭をなでなでして、下がらせる。ワンダはカップに口を付けた。悪臭に満ちた部屋の中、スパイスの効いた茶の香りがほんのひとすじ過《よぎ》っていった。飲みさしをデスクに置くと、ワンダは金属塊を取って手の中でもてあそぶ。

「すごい骨董ですね。それ、文字を打つ器械でしょ。面倒くさそう」

「このキーは重いよ。十本指でばっちんばっちん叩いて文字を打刻する。これで気持ちが奮い立ってくるのね。殴り合ってるみたいで」

「ぶっそうだなあ」

ワンダは金属塊をデスクにごとっと置いた。手のひらでごろごろと転がす。紙をくしゃくしゃに丸めたような形だ。

シェリュバンはワンダが貸してくれたギターを、耳だけを頼りにチューニングしている。シェリュバンが不平を漏らしたように、第四類にはさまざまな偏見がまとわりついている。その肉体自体が強烈な媚薬として働くだの、そうやって重要人物を籠絡《ろうらく》し世界の転覆を図っているだの、第四類どうしは轍世界のどこにいても自由に会話ができるだの、ばかばかしくてやっていられない。そんな中では、唄と楽器の天才だくらいは――いかにも紋切り型とは思うけれども――害のない部類だ。ギター――というにはネックは細く長いし胴は涙滴型だ――を膝にのせ、胡坐《あぐら》をかき直したところである。はじめてさわる楽器だったが、もう弾きこなす自信があった。

「何をやりましょう」

「いいねえいいねえ」ワンダは手を打って喜んだ。「じゃあそうだね……歌のない、静かで単調な曲をお願い」

「えー、ぼくの恋の唄はちょっとした聞きものですけど」

「そりゃそうでしょう。でも、いまはいい」

ワンダは金属塊から手を離した。シェリュバンはどきっとした。それは「圧縮された戦車隊」だった。地下から取り出された一切れの戦争。

「台詞の邪魔になるのよね、唄は」

そしてワンダは亞童の一人に目配せをする。

すると、雑音が途絶えた。

亞童たちはいっせいに黙り動作を控えた。体液が滴らなくなった。荒い息遣いも鎮《しず》まって、

「では、お耳汚しですが」

シェリュバンは指板をきゅっと鳴らしてから、ちいさく爪弾《つまび》きはじめる。そして目を見張る。

チューニングの時から気づいていたが、空気の反応が地上とはまるで違う。ワンダや亞童が騒ぎさえしなければ極度に静かなのだ。重い金属と土にぎっしりと包まれているから。

この静寂は——少し強すぎる。

そうか。ワンダさんは、ぼくのギターでこの暴力的な静寂をなだめてほしかったんだ。

シェリュバンは、ものさびしい調べを単調に繰り返しながら、部屋を押し包む静寂に耳をすました。自転車に乗るときは、だれでもペダルやハンドルではなく、道路やまわりの物に意識を向ける。それと同じだ。

「〈美縟のサーガ〉ってのは面白いんだよねえ。五百年の歴史しかないから神話扱いはできない。かといってだれか特定の人物やグループが創作した記録もない。その根っこがどこにあるのか謎なんだよね」

ワンダは机を片づけたり、道具をあれこれ移動させたりしつつ、だらだらと喋っている。

「そういや、ぼくも神話みたいに思ってました」

「神話とか宗教ってさ、よく終末の『絵』を見せるよね」

「最後の審判とか世界最終戦争とか？」

「信者を結束させるし、派手で盛り上がるし。でもサーガにはそれが無いんだよね」

ワンダはタイプライターにあたらしい用紙を挟み込むと、腕まくりをした。しかしまだ書きあぐねている。

「そのかわりに大定礎があるんだよ。終末戦争の代わりに開闢《かいびやく》戦争があるわけだ。世界は大定礎ではじまり、しかし終わりはない。神々の夫婦げんかや英雄の怪獣退治が、代替わりしながらえんえんと続く。えんえんと」

ワンダはようやくタイプライターのキーをバチンと打った。黒い文字が一個、紙に叩きつけられる。そして改行。チーン、ジャッ。

「中には何千人も死ぬエピソードもあるけどね、世界自体は小揺るぎもしないのよね。なんたって『大定礎』だもん。

そう。

定礎されてんの。

盤石《ばんじやく》の基盤があんの。

その上でお遊戯が展開されてんの。

ここでは！」

ひとしきり打鍵が続いて、チーン、ジャッ。

「この美綛では！」

チーン、ジャッ。

改行の前に、ワンダはかならず大きな声を出す。

「美綛のサーガには終端がない。枝葉末節が果てしなく広がっていく。毎週毎週、台本作家たちが過去の上演と首っ引きになって新しい台本を書く。その台本がまた枝や梢を繁らす。きりがない」

ワンダの話はとりとめがない。もはやシェリュバンに聞かせているのではない。いま書いていることとも関係ないだろう。これは言語的な貧乏ゆすりなのだ。シェリュバンは無言の相槌を打ちながら演奏を続ける。話題に関心はあるけれども、質問しなくても、多分教えてくれる。ほら――

「これねえ、とっても奇妙に聞こえると思うんだけど、あたしも含めた台本作家って、あれほんとうに『書いて』いるんだろうかっていっつも疑問なのよ。わ！　かんないかな。わかんないだろうね！　と」

ワンダは紙から目を離さず話しつづけ、チーン、ジャッと改行した。

「自分で台本書いてみるとつくづく実！　感するんじゃないかなあ。自由気ままに書いているつもりで、なんてんだろう、目に見え！　ない下書きをなぞっているだけ？　と思うときがあるわけ」

タイプの音、改行の音が快調に流れている。快いリズムが生まれ出している。シェリュバンは黙々と音の繰り返しを維持する――ワンダの足を引っ張らないよう気をつけながら。

「台本作家が十人いるとする。で、めいめいが別々に新エピソードを作るとする。もちろん示し合わせたりしない。しかしできた台！　本をつきあわせると、辻褄があっちゃってるんだよね」

　あっちゃってる、という言葉には「心ならずも」というニュアンスがあった。ワンダの実体験だろうか。

「どういうことかというとー、えーと……」しばし打鍵のみが続き、すっかり没入していたかと思うと、「えとなんだっけ、あそうそう――辻褄のことだったね」と戻ってきた。

　ワンダによればこうだ。

　班団は十人の台本作家にいっせいに新作台本を委嘱したことがある。題材に制約はないが、これまでのサーガを大きく変えてしまうような話にしてほしいというのが条件だった。假劇はたったひとつのサーガ世界を描くものだから、これは挑戦的な発注だ。作家たちは腕によりをかけて新機軸を試した。名だたる英雄の名家を廃絶させ、古《いにしえ》の都の半分を赤い苔《こけ》に貪りつくさせ、神の一族にそなわった能力を無効化する。

　できあがった台本を突き合わせてみて、作家たちは顔を見合わせる。別の土地、別の時代を舞台にした十の台本は、筋書きが矛盾しないどころか、つけ加えた設定までもが通じあい補いあっていた。さらに言えば、お互いに相殺しあって、結局新機軸はいままでのサーガにまるく回収され、波乱は収束してしまったのだ。まるで上位の監修者がいて緻密に調整したかのようだった。

作家たちは深い感動を覚えた。どんなに野蛮な展開を試そうとも、サーガの体系に矛盾なく包み込まれ、挑戦はやわらげられる。新作を書くことは見えざる紋様の上をなぞるかのようだ、と。

「冗談じゃねえってんだよ！　よ！　よ！」

三回改行。紙をジャッと抜きとると、ワンダは悪態をつく。

「そんな馬鹿な話があるもんかい。台本作家がひいこら書いて逸脱させても！　みんななかったことになっちゃうなん！　てさ」

ははあ。シェリュバンはうなずいた。そういうことですか。

「いたんだよ。あたしも十人のその中にさ」ワンダは白状した。「駆け出しの頃だ。ほんとは十人じゃない。コンテストだったから応募者は三百人はいたよ。上位十人だけでなく、三百人が勝手に書いたのがぜんぶ相殺されちゃってた。サーガは無傷だ。涼しい顔している。

なにより情けないのは！　他の応募者はだあれもこれに気づかなかったことだ。

――それからだよ……」

ワンダは紙の下端に行き着くまで空《から》の改行を連発した。

「……はい」

シェリュバンは弦をつま弾きつづけている。

「それでだよ。あたしは新作をやめた。過去の外題《タイトル》の書き直しをやろうと決めた」

「……はい」

サーガよ、あたしの書くものを簡単に受け入れるな。おまえの口に無理やり押し込むからな、おまえの目を白黒させてやるからな——それがワンダなのだ。

紙を抜きとりまた挟む。

シェリュバンは、ワンダの思考が躍動しやすいよう、音の方眼紙を作るつもりで演奏している。自分を出さない、正確な、刺し子の運針のような、規則的で細緻な反復。それが背景の無音と一体になって、ワンダに心地よい「静寂」になるのだ。しかし単調な作業を丹念につづけていると、ふと意識が動作から遊離する瞬間がやって来る。第四類の超人的な感覚の鋭さが首をもたげる。

デスクを挟んでワンダの向かい側にいるにもかかわらず、シェリュバンは執筆中の彼女を背後から覗き込んでいる気分になってくる……。

これは超自然現象ではない。肉書斎で生起するなにもかも——ささやかな空気の動き、キーを見ているワンダの視線の動き、そのすべてが意識することなく統合され、シェリュバンの中で結像する。シェリュバンには、ワンダがいま書きつつあるものが目の前に絵図が広げられるように、つまびらかとなる。

いちめんの黒と灰、
それが背景だ。

――掘り出したばかりの新鮮な石炭を積み上げたような、溶岩流が冷えた後のなめらかさと突兀《とっこつ》さが入り交じる景色のような、黒い油に濡れた金属の角柱（インクにまみれた巨大な鉛活字みたいだ）が何百本も乱雑に投げ出されているような――そんな暗く重い背景の手前に、少女がひとり、すっくと立っている。

全身、燃え上がるような赤だ。

大きな目は巴旦杏《はたんきょう》のかたち。つり上がった眦《まなじり》。赤珊瑚《さんご》の玉をはめこんだような眼球。その核心に金色の瞳が咲いている。

眼光に眉間を刺し貫かれそうな、痛覚に似た感覚に襲われ、シェリュバンはとっさに目をきつく閉ざす。するとソファでギターを弾いている自分に気がつく。

つま弾く指を止めないよう気をつけながら――シェリュバンは自問する。

いまの子はだれだろう？　小柄な、とても気性の荒そうな女の子。

朱と金のダマスク織の裲襠《うちかけ》には花と鳥がきらびやかに舞っていた。とてもきれいだけれど、あの子の美しさは花束のそれではない。

小さいが、烈しい明るさと熱さを放つ——松明《たいまつ》だ。

問うまでもなくシェリュバンには判っていた。

あれは紅祈だ。

美縟五聯の一角。

磐記で見かけた五聯の像は、どれもこれも逞しい男神の姿であった。紅祈は胸もとまで届く、緞帳《どんちょう》の赤い房のような髭を持っていた。それが紅祈の図像であり通念なのだ。けれども、ワンダはそんなの歯牙にもかけない。

タイプライターの向こうで一心不乱に打鍵しているワンダが、ほんの一瞬、ちらりとこちらを見たような気がした。口角が片方、にやりと持ち上がって、

（見たね？）

そう口が動いたようだった。

さっきの幻影に惑わされて、音が、精緻な方眼から逸脱していく。ちいさなくるくる回る音型が、あちらこちらに咲く。回転の速度は均質ではなく微妙な加速と制動があるため、メカニカルな音の律動というよりはなまなましい群舞となる。

これはもうれっきとしたセッションだ。お互いが触発しあってひとつのもの——台本の

内実を生み出す。ワンダはひとときも打鍵を止めない。シェリュバンも同じ。止めた方が負ける。ワンダの打鍵は軽快ではない。一打一打に杭を打つ槌の重さがあり、その重さを保持したまま打鍵の速度がぐいぐい上がる。押し負けないようにするだけでシェリュバンは精いっぱいだ――しかし反撃の隙を狙ってもいる。まだメロディは生まれていない。しかし情熱と官能の入り交じった、民族的音調が響き出ている。クルーガでシェリュバンはさまざまな調べを身につけた。さまざまな国の客をもてなした。その記憶がある。

旋回の音型。スカートをひらめかせる群舞。その踊り手の褐色の肌と体温がまざまざと感じられてくる。ワンダの指がはじき出す、次の人物が南国の色を帯びてくるのが、なぜかシェリュバンに伝わる。ワンダの影響を受けているのかそれとも逆なのかもうよくわからない。

芹璃。

もっとも優美な神。長身痩軀の中世的な立ち姿は唐草模様のようになよやかな曲線を描く。薄水色の裳をふわりと纏《まと》い、全身に纖《ほそ》い蔦《つた》を這わせ、蓮の葉と花が全身のそこかしこに咲いている。それが皆が思う芹璃の姿だ。

だから――いまワンダさんが書いているのは、それとぜんぜん違うはず。もちろん女の姿だろう。たとえば――そう、黒と緑の迷彩服を着込み、ごついブーツを泥にめり込ませながら気根の並ぶ密林を前進する。きついウェーブのかかった黒い髪がひと房、鼻の前で揺れている。眼はあざやかな緑。ずんぐりとした体軀、褐色の肌と太い眉、迷彩服の中で胸と尻がぱんと張っていて――

当たっているかはわからない。もう演奏に必死で覗き込めない。ワンダの指がキーを叩き美縟五聯を書き換えていく。見たこともない衣裳と意匠で染め上げる。五聯だけじゃない、假劇全体だ。牛頭の姿も大定礎の手はずもすっかり別ものになるだろう。

ワンダの口数は少なくなった。改行も無言で気合いを発するだけだ。没頭をじゃましないよう、シェリュバンは音楽のムードを宴の後へと移す。篝火《かがりび》を落とした庭。木立の陰でからみあう肢体。草いきれにしたたる汗。と、その中を突破して、

「黒！」

ワンダが声を飛ばす。例の金属玉をぶつけられたかと思うほど、重く、暗く、鈍い光を帯びた声。

「黒だよ、黒。早く！」

ふたつまばたきして、意味を理解した。昏灰を書き換えるための音楽をくれというのだ。次の一杯をバーテンダーに注文するように。

この懇請に奮い立ち、ががっとカデンツァを搔き鳴らして、夜の熱気を一掃する。何を

弾こうか、ええっと、黒、黒、黒黒黒っと。

カデンツァの尻尾をわざと引き延ばしてワンダがいらいらしたのを見計らってから、
バン！

平手でギターの胴を一発どついて、その途端、
千万の星がいっせいに瞬いた。

ワンダはとっさに上を見た。

流星の群れが降り注ぐ。そんな錯覚を強制的に喚起する音。

すでにシェリュバンは書斎の音響特性を手の内に収めていた。複雑な形状、高い湿度、肉と骨の反響の違い。それを把握しつくせば、音の雨が見えるよう弾くことなど造作もない。精密なコントロールでトレモロを幾条もたなびかせることも、そのからみあいで虹のようなハーモニーを描き、なおかつそれを絶えず移ろわせることも。シェリュバンの眼にはかすかだが戦闘色が灯っている。全身の運動能力が底上げされている。

——黒のリクエストに、光で応じるとはね。

ワンダはまた唇を舐める。

——わかるよシェリュー、あんたのいいたいことは。

螺鈿《らでん》は黒漆《こくしつ》に鏤《ちりば》められるから輝く。ならば楽音の背後に必要なのは？

沈黙だ。静寂だ。

ではこの書斎にその静寂をもたらすものはなにか。

――ほんと生意気だねえ。

ワンダは天井を見上げる。書斎にのしかかり、地上の雑音を遮断しているのは、膨大な土、圧潰《あっかい》した機械だ。ワンダは目をつむって、土の粒のすき間にたくわえられた闇、機械の皺にくるみ込まれた黒をしばし想像し、深呼吸をひとつした。深い淵に潜ろうとするみたいに。

こうして、ワンダは猛然と昏灰の書き替えにとりかかった。

そのあいだじゅうシェリュバンは細密な音のしぶきを振り撒きつづけた。精密機械の正確さを支える手指の持久力は、戦闘色を灯して底支えした。

ワンダの要求、欲望は底なしだ。昏灰のめぼしがついたが早いか、即座に「黄色！」と叫んで華那利のための音楽をまた一から作らせ、それまでの三色をすべて合わせたよりも長い時間を費やしたあと、まったくスタミナのおとろえを感じさせない声で「白！」と求めた。シェリュバンははんぶん気を失いかけている自分を意識しつつ、それでもけなげにカデンツァを掻き鳴らし、黄色のイメージを払拭すると、沈宮に鎮座してもらうためにあたらしい音楽を始めるのだった。かくして五聯のすべてが、ワンダの手の元でまったくあたらしい容姿と性格を得て、揃った。

「ありがとね」

タイプライターの向こうから、軽い調子の（まるでお冷やを一杯もらっただけみたいな）声を寄越してきた。

シェリュバンの笑顔はふらふらだ。戦闘色も尽きた。

「えへへ～、どういたしまして。お力になれて幸せです。いやいやお疲れさまでした。あー歩いて帰れるかなあ」

「ん？」

ワンダは首をかしげた。

「――ん？」

シェリュバンも同じ動作で応じた。

「シェリュー、あなたまさか……」

ワンダは、デスクから金属の球塊をつまみあげた。赤ん坊の拳ほどのそれを目の高さまで持ち上げ、

「あなたまさか、これで終わったなんて思ったり？」

「……はい？」

ワンダは表情ひとつ変えず、ぱっと手をひらく。金属玉は鉛直に落ちてティーカップをまっぷたつに砕いた。シェリュバンはとびあがる。

「このねぼすけ。こっからが本番でしょ」

「え、牛頭とかもですか。そっちはあんまり……」

「なにを言ってるの。主役、主役。あたしはこれから主役を書くんだよ」

「だって『大定礎縁起』の主役は五聯——」

「『あしたもフリギア！』。知ってる？」

「——？」

シェリュバンは首をかしげる。

「あっれー、聞かされてないの？　磐記にもけっこうサイネージやら像やらが置いてあったはずだけどね。気がつかなかったんなら仕方ない——」

ワンダはぬっと立ち上がった。

「ああ、さすがに肩が凝ったよ。ひと息入れるか。シェリュバンくんに遊んでもらおうっと」

大きなデスクをぐるっと迂回しソファに近づいてくる。

「ひっ」

「ひっ、たあ何だい。悪いようにはしないよ」

ワンダはシェリュバンの右に片ひざを置いた。そして左。体重でソファが軋《きし》む。ギターを取りあげ放り捨て、そのまま巨軀で覆いかぶさるようにする。ふたりは互いの視線から目をそらさない。

「き、き、き、訊いていいですか」

「なによ」

「なんでフリギアなんですか」

「あたしの話聞いてた？　サーガは難敵よ。めったためたに改変したって、目を離した隙にけろっと復元するに決まってる。だから異物を入れる。サーガを拒否反応で痙攣させてやる。

そうしてね——シェリューー？　美縟はそれを求めていると思うの」

「なぜ」

「五聯は假劇のクライマックスで巨大神体の眼窩に収まる。

でもね、神は五柱なのに、穴は六つあるのよ？

これはもうそこにだれか来てくれという合図に違いない」

ワンダはシェリュバンのシャツの裾をつかんだ。

「あ、わ、え？」

　そのまままぐいっと引き上げると、シェリュバンはバンザイの姿勢で上半身はだかになった。シャツはターバンに引っかかったので両手は拘束された。脚はワンダの巨大な尻で押さえつけられ、あわれシェリュバンは身動きとれない。

「でもでもでも、なんでフリギアを？」

「野暮なこと聞くんじゃないわよ。あたしがいちばん好きな番組だからに決まってるでしょ！　さあさああああたしといいことするかい？」

　シェリュバンは顔を真っ赤にしてイヤイヤする。

「ふうん、やっぱり操《みさお》を立ててるんだ。まあそれが正解だろうね。なぜかというと、磐記に戻ればすぐ判ることだから、教えといてあげよう」

　ワンダはひと呼吸おいて告げる。

「菜綵は生きている。会えるよ」

　シェリュバンの中で衝撃が乱反射する。そのようすを、目を通してひととおり観察したワンダは、やがて満足がいったのか、身体を離した。

「ぼくは――、ぼくが――」シェリュバンは何度か言い直したあとこう尋ねた。「ぼくはなにをすればいいんですか」

「そうね――」

驚いたことにワンダはちょっと逡巡し、あまつさえ頬を赤らめさえしたのだ。

「ちょっとスカートはいてみない？　あと、お化粧と……」

いつのまにかそばに控えていた亞童が、大きな平たいケースをひらくと、それは、小さな机ほどもあるファウンデーションのパレットなのだった。

第三章

19

磐記内陣の北面、昏灰地区の広場には、着飾った人びとがあつまっていた。広場で異彩を放っているのは、戸籍局別館七号——通称〈真空管〉である。その外壁は、なで肩のカーブを持つ透明な円筒形のエンヴェロープであり、それを透かして何十数層にも重ねられた内部構造がメタリックな輝きを乱反射させている。あふれんばかりに飾られたお祝いの花々と相まって見とれるほどの美しさだ。

古き地球の電気技術文化を知るものであれば、まさに始原のデバイス、真空管を思い浮かべずにはいられないだろう。

戸籍局の職員たちは一時的によそへ移っている。いわば本来の役目を取り戻したかっこうだ。

トロムボノクは広場にいて、聳《そび》える真空管の外壁を目でなぞっていた。間近で見ると、十階分の高さのある建物がそっくり継ぎ目ないガラスでくるまれている様子には圧倒されてしまう。まわりの街なみは、石造りのいかめしいもので、古い地球の美意識そのものだが、じつは開府のようすを伝える伝説によれば、磐記全体が一夜にして魔法のように出現したのだというから、その不自然さは真空管とどっこいどっこいだ。

「なんとも綺麗なものだねえ」

女の声に、トロムボノクはわれに返った。

「気後《きおく》れしないか、ヌウラ」

「なんで？　美玉鐘ぜんたいならともかくこれならまあね。ああ、ほんとに演奏できるんだねえ」

背丈はトロムボノクの心臓あたりまで。おかっぱ頭とどんぐりまなこ。つやつやの肌。大きな丸眼鏡。しゃきしゃきと歯切れのいい喋り。スモック姿なので、中年の画家のようにも幼児のようにも見える。ヌウラ・ヌウラは上機嫌で歩く。会衆にお愛想を振りまいている。

　ふたりは真空管に向けて敷かれた赤じゅうたんを歩いているのだった。前後には、タキシード姿の三博士、華々しいドレスの裾を引いて歩む咩鷺、班団のお歴々、外国からの招待客。ＶＩＰたち（ただしトロムボノクはヌウラのエスコート役）は近くで開かれていたレセプションを終えてここへ来ている。花道の両側には市民や観光客たちが見物にあつまった。

「もうちょっとゆっくり歩きなよ。あたしが主役だよ」

　晴れがましい場が苦手なトロムボノクは、ついついせかせかと歩いてしまう。

　入り口を通り抜けると——基底部のガラスは厚く、その厚みの中に複雑な密度の変化が作りこまれていて、それがこの巨大な一枚ガラスの強度を支える構造なのだとわかる——さあ、真空管の内部だ。

「ふわあ」

　ヌウラ・ヌウラは小さく声を漏らした。列の後方で次々に同じような声があがる。

　エンヴェロープの内側は、頂上までの巨大な吹き抜けだ。相続調整庁の別館とするために加えられていた十階分のフロア構造はほぼ取り払われており、そうやって生まれた空間すべてを使って、美玉鐘が組み上げられていた。

　大小あまたの鐘また鐘は、巨木から枝垂《しだ》れる花や果実のたわわな房のようであり、それらが集まった全容は黄金をふんだんにあしらった祭壇とも見える。曇りひとつないガラスを透かして差し込む外光や、内側にともされた灯りが、鐘の膚を、ある場所では鮮烈に、別のところでは柔らかく輝かせて、それらが反映と乱反射を繰り返しつつ、光は壮麗に飽和する。その隙間を赤、白、青、黄、黒の花々が埋めつくし、装飾のリボンが幾重にも張り渡される。

カリヨン全体は上から巨大なシャンデリアのように吊り下げられているため、フロアには何もない。今日はそこに、百人分の椅子が同心円状に並べられている。ほかには、壁ぎわに小さなステージがあるだけだ。そのステージにヌウラ・ヌウラと咩鷺《ちゅうせん》が登壇すると、待ちかまえていた招待客たちが席から立ち上がって盛大な拍手を送る。抽籤で入場を許された立ち見の客、関係者も含めれば、三百人近いだろう。

トロムボノクの目は、しぜんと同心円の中心近くにいるひとりの男に向けられる。男は立ち上がらず、しかしこちらを見て手は叩いている。レセプションで、咩鷺に引き合わされていた。フース・フェアフーフェン。パウルの子息だ。

拍手が少し静まると咩鷺が、一歩前に出る。ドレスは深夜のような青。手の甲の羽毛、孤空の假面。さすがかつての假劇のディーヴァ、身ごなしはすべて流れるように優雅で、歩み出たその姿だけで注目を吸い寄せる。すでにレセプションを済ませていることもあり、咩鷺のあいさつはごく短いものだった。

大假劇まで、あと三週間となったこと。

鐘の据えつけはほぼ完了し大聖堂の改装も大詰めを迎えていること。

そしていよいよ試験演奏にこぎつけたこと。美玉鐘が演奏されるのはこれが初めてであること。演奏するのは、世界屈指の特種楽器奏者、ヌウラ・ヌウラ氏であること。彼女は、大假劇本番では、全世界から集められる千人の演奏部隊の総指揮を執ること。

ここで盛大な拍手。

楽曲の考証を行った三博士の紹介、また拍手。

「ねえねえ、もうあがらせてよ」

ヌウラは後ろから咩鷺を突っつく。いつのまにかその両腕は、肘から指先までが厚いフェルトでぐるぐる巻きにされていた。

ヌウラは頭上を指す。美玉鐘が、逆さ吊りのウエディングケーキだとすれば、新郎新婦のミニチュアが飾られるべき部分に、パイプオルガンの奏者が座るような席が設《しつら》えてある。演奏卓だ。

「ヌウラさんはもう待ちきれないようですね。お席はあそこです。いま階段を下ろしますから」

巻き起こる笑いと盛大な拍手。それに合わせて金色の踏み板がらせん階段をなして降下してくる。咩鷺はヌウラにあいさつを求めた。ヌウラはけほんと咳払いをして、「ではひとことだけ。大假劇でどんな曲を鳴らすか、実は決まってないんです。この期に及んでね」肩をすくめて見せる。「それもこれもワンダの台本が遅れているからですけど」

くすくす笑いが広がる。フースはちっとも笑っていない。

「ですからきょうは、三博士が作ってくれた譜面で、ほんのためしに鳴らしてみるだけ」ヌウラはいつもの癖で髪を掻きあげようとしたが、手先が覆われていることに気づき、あららと呟いてみせて、「そう、この腕でいまからバトンを叩くんです。きょう鳴らすのは、実は音楽ではありません。假劇開幕まえのチューニングの部分です。ただの音合わせなんですが、これがけっこうむずかしい。たぶんみなさん、びっくりしますよ」

瓢屋は胸ふくらむ思いで簡素な折りたたみいすに腰をおろす。自分がかかわっておいてなんだが、これまでの假劇の鳴り物はしょせんまがいものだ。

しかし今日からは違う。都市全体を覆う音響体験をいち早く耳にできる班団の立場のありがたさをしみじみ感じる。ワンダの介入はいまいましいが、瓢屋には勝算があった。

美玉鐘が鳴り響きさえすれば、美縟の人びとはみな回心するだろう。假劇と美玉鐘がつくる完璧な世界の値打ちに気づき、他所者《よそもの》を追放するだろう。だから瓢屋は大假劇が待ち遠しくてならない。

鏑屋は胸ふくらむ思いで腰をおろす。大假劇さえ上演されればすべてが変わるのだ。苦労の甲斐あって、假面工芸の素晴らしさは轍世界に知られはじめた。わが鏑屋が代々たくわえてきた知識と技術が、これからは轍世界を席捲《せっけん》するのだ。美縟は大きな富を獲得するのだ。

だから鏑屋は本番が待ち遠しくてならない。

この国の精神に立て籠もるつもりは毛頭ないが、鏑屋のように浮かれるほど楽観もしていない。鳴田堂は両隣のふたりの気分を壊さないよう威勢よく拍手しながら着座した。

鳴田堂がいまひとつ気乗りしないのは、パウルの真意を測りかねているからだ。パウルは、かりにかれが死ななかったとしても、決して莫大な投資に見合うリターンは得られなかっただろう。なぜそこまで入れ込むのか。

多額の費用とはいえ商会が傾くことはない。しかし鳴田堂には、以前からパウルは自滅したがっているのではないかと感じることがあった。それを現実にするかのような、あの暗殺。

その衝撃はまだ癒えていない。刺客亞童を放ったのがだれかも未解明なのに大假劇を開催するのは、外の人びとには到底理解されない。

それでも、鳴田堂は、大假劇が待ち遠しくてならない。㕁鑑の制作を任せてもらえない屈辱も、その熱望を冷ましはしない。

美縟びとすべての心からの冀求《ききゅう》であり、この欲望に抗することはだれにもできない。

フース・フェアフーフェンはてきとうに拍手につきあい、自席でくつろいでいた。ざわついた環境の中では耳をそばだてるより、くつろいで、感覚を開放しておいた方が、人の動きや声がスムースに入ってきて状況をよく把握できる。

フースが把握した状況とは、次のようなものだ——

まず、だれもがヌウラ・ヌウラの演奏を心待ちにしている。そこだけは共通であとはバラバラだ。班団の中でさえ思惑は異なっている。美縟びとの願い、期待、戸惑いも一様ではないだろう。

ヌウラをエスコートしていた痩せの黒服、こいつは周囲とまったく馴染んでいない。むやみと反抗的な魂が感じられる。三つ首ホルンの徽章《きしょう》を四つつけた男、あれが三博士だ。ギルドの思惑はまったく見当がつかない。そして青ドレスの女――咩鷺。愛国と開明をうまくバランスさせているようで、なんというのだろう――とてつもなく危うい。

そしてここにはいない、パウル。親父どの、あんたはどう出るつもりだ？　フースは顔の上でざわざわと蠢《うごめ》く皺の奥で、そのことを凝《じ》っと考えている。


ヌウラ・ヌウラは階段を登り終え、会衆のはらはらした視線を受けつつ、作り付けの大きな椅子によじのぼった。演奏卓に向かうと小柄な背中に気迫がこもり、体がひとまわりふくれ上がったように見える。布を巻いた両腕がさっと持ち上げられる。それが振りおろされる瞬間を、トロムボノクは身構えて待つ。

しかし腕は振り上げられたままだ。会衆は固唾《かたず》を呑んでいる。

地球古式のカリヨンでは、バトン鍵盤で鐘を鳴らす。バトンは断面が四角い木製のバーで、ひとつのバーがひとつの鐘につながっている。奏者はこのバトンを拳で叩き鐘を鳴らす。

鐘の数が少なければこの仕組みでよいが、美玉鐘ではひとりが数百の鐘を操作しなければならない。バトンの幅を指一本半まで狭くし、演奏者を半円形に取り囲むようにして、七段六一六鍵を並べる。バトンの押下《おうか》は別の動力でサーボされ、鍵盤楽器のようなレスポンス性能が与えられている。

真空管は静まり返っている。

ヌウラの手はまだバーに触れていない。

すると無音の向こう、はるか遠くで小さく、ちりんと音がした。

この楽器が鳴りはじめたのかどうか、だれもがまだ確信を持てないでいる。


鳴ったか……？

フースは声に出さず、口の形を動かした。皺が追随した。

道をまがった先で、ひとりのお遍路が鈴を振っているような、ささやかな空気の震えが、ガラスと金とまばゆい外光が織りなす空間のどこか高いところで一閃し、長く尾を引いて消えた。

消えた……

またも口を動かそうとする前に、ヌウラの手がとうとう動いた。最下段、左側でバトンがはじかれ、さっきの音の数オクターブ下で地鳴りがした。

たった一個の単音だが、太く、重い音が、古代の墓から掘り出した金の棺《ひつぎ》のようにどすんと据えられた。

しかしフースはその音が鳴っている隙に、また別のか細い音が鳴らされたことに気づいていた。鍵盤群のほぼ対角線上で、ヌウラがふれてもいないバトンが動くのを目撃して、今度こそ小さく声を漏らさずにはいられなかった。

べつの誰かが演奏にくわわっている……？


ついに美玉鐘は鳴りはじめた。

すでにステージから降りた咩鷺は、立ち見のギャラリーにまじって、音を浴びている。カリヨンは、巨大な黄金の葡萄の房のようなフォルムをしている。その最上部で、葉擦れのような鐘のざわめきが巻き起こった。シャラシャラと鳴りかわす心地よいノイズが〈真空管〉の上部を満たす。

そちらへ耳を奪われていると、今度はカリヨンの左肩から、音の金砂銀砂が、数段構えの滝となって雪崩《なだ》れ落ちてきた。きらきらと粒立つ高音が幾度も幾度も音階を駆け降り、次第にその間隔が狭まっているると気づいたときには右でも同様な崩落が起こって、なにか大きな気象へ飲み込まれていくような感覚に咩鷺は襲われる。知らぬ間に響きの幅は両翼へ伸び広がっており、会衆は音響に抱きすくめられ、身動きもできず、祭壇にすわるヌウラの動作に魅入られている。

そうして、ついに真正面でも崩落が起こった。

垂直に落ちてくる光輝の瀑布。

それを受け止めるのは基底部が打ち鳴らす、岩盤のような重轟音だ。

会衆は音にまぶしさを感じ、目を開けていられない。

まだまだ、だ。

そう咩鷺は思う。

まだ演奏ははじまってさえいない。

これは小手調べ。音階をためし、楽器を温めているだけだ。

曲がはじまったときどうなるか。咩鷺は一応理解したつもりでもいる。しかし響きがどのようにこの膚《しゅったい》に触れてくるのか、それはわからない。この物量が性能を全開にしたときどんな状況が出来するのか、予測できる者などいはしないのだ。

ヌウラはおかっぱ頭を振り乱し猛然とバトンを打つ。しかし彼女が触れてもいないバトンが、ひっきりなしにあちらこちらで上下している。

バトン鍵盤をあやつりながら、ヌウラは球技に熱中するときのように白熱していた。ネットの向こうにボールを打ち込むように、この鍵盤のどこか奥にいる影たちに向け、音楽の技をつぎつぎ繰り出し、向こうが送り返すのを打ち返す。

六一六鍵は、二本の腕には多すぎる。かといって十人でかかればよい、とはならない。一本の篠笛を五人で吹けるか？　一丁のチェロは？

ヌウラとギルドが出した結論は人工知性による支援だった。この五つの人工知性とバー操作機構を一体化したユニットが演奏卓の裏側に配置されている。

ヌウラからすれば、自分と同じ音色やフレーズを好み、運動能力、構成力、即興性がつり合うパートナーが、見えない場所から自在に加勢してくれる環境ということになる。

ヌウラがどれだけ勝手にふるまっても影はぴたりと追随し、ときに思いも寄らぬ即興で追い抜いていく。それでいてヌウラのスタイルから逸脱しない。逸脱せず、拡張するのだ。

ヌウラは身体がほかほかしてきた。慣らしもそろそろ終わりだ。この躍動的なセッションを名残惜しく思いながら、来るべき音響に思いを馳せる。


トロムボノクは押し寄せる音響に圧倒され、真上を振り仰いだ。

黄金の葡萄を包む、透明な天蓋。

磐記の街に積載される鐘はすべて大聖堂で集中管理される。カリヨネアたちもそこに集う。

しかし、真空管はまったく独立だ。

それを示すために周囲とまったく異なる建築様式になっているのではないか。

異端の鐘。本番では、それがトロムボノクに委ねられることになる。

三博士は顔色を変えた。

響きの様相が変化した。上から下へと滝のように流れ落ちていた音が、上昇に転じた。これまでの音型がことごとく逆行に裏がえり、重轟音から超高音の鈴まで、すべての音域がひたすら駆け上がる。

この転回は一気に起こり、劇的な演奏効果をもたらした。音以外はなにひとつ動いていないのに、身体が上へ持っていかれそうな錯覚に陥り、とっさに椅子の座面をつかんでしまったほどだった。

美玉鐘の鐘体《しょうたい》は、ひとつひとつに制振機構を組み込んである。これを巧みに使うと鐘特有の余韻を自在に制御できる。これだけの鐘が鳴っても響きが混濁しない。音の動きがすべて克明に浮かびあがり、だからこそ、その総体が空めがけて駆け上がっていく印象を得られるのだ。いや、ヌウラ・ヌウラと五体の影は、鐘ひとつひとつの音色さえ思い通りにあやつっている。まるで鐘の一個一個が人格のある歌手となったかのような、無限のニュアンスと色彩が現出している。

三博士は緊張に身体をこわばらせている。まもなくこの上昇は断ち切られる。そのあと、全くあたらしい音楽の様相がたちあがる。それが実際にどのように聴こえるのかは、実は三博士でさえ予想しきれていないのだ。


譜面の第一ページを、ヌウラ・ヌウラは見ている。いままでの演奏は、記譜にない、ほんとうの腕ならしなのだ。

はげしく動きまわるほどに心が静まる。

目の前の譜面に飛び移る準備と覚悟ができていることを自覚している。

晴ればれとした嬉しい感情がある。

影たちもそう思っているだろうか。

きっとそうだろう。

私たちは、いま、そこへ跳躍する。

一瞬、

バトン鍵盤がひとつ残らず動いた。

すべての鐘体が鳴らされた。

そして、
トロムボノクは耳を疑った。
フースもまた耳を疑った。
班団も、三博士も、咩鷺も、そしてヌウラ・ヌウラさえも、ひとしく耳を疑った。
音が忽然と消えたのだ。

空気が振動で満ち満ちていることは分かっている。物理的な打撃と感じられるほど大きな音だとも分かっている。

しかし、どうしたことだろう。

それを音と認識することができない。

うるさいほどのこの音響を、だれひとり「音」として飲み込むことができないのだ。

逆位相の波形で消音しているわけではない。聴覚の認識メカニズムを直接いじっているとも感じられない。鐘は、ごくごくふつうに鳴り響いている。それだのに、自分が何を聴いているのか分からないのだ。

班団たちは身じろぎもできない。

フースは戦慄している。

そうして、トロムボノクは——

セルジゥ・トロムボノクは凝然と立ちつくし、フロアの端、会衆の向こう側にいるその人物を見つめている。

いつから会場にまぎれ込んでいたのか、なんの違和感もなくまわりの人々に溶け込んで、ヌウラの美技をただただ楽しげに見上げている。

ふと、その人物がトロムボノクの視線に気づいたようだ。こちらに目を合わせ、ていねいにお辞儀をした。深々と下げた頭をあげたとき、その人物の顔に浮かんでいるのは微笑みだった。

「こんにちは」

聞き覚えのある声だった。

遠くにいるはずの菜綵の声は、すぐ目の前で発せられたように、間近から聴こえた。

＊

これはもう音楽とは呼べないのではないか――音曲を生業とする瓢屋ではなく、書画工芸を活計《たずき》とする鳴田堂が、まずこう思い至ったのは、当然かも知れない。鳴田堂じしん、峨鵬丸も一目置くほどの画家、彫刻家である。だからこそ考えたのだ。

これは音楽ではない、と。

これは「彫刻」だと、直感が教えている。

音楽が「時間を追って変化を作り出して行く（形を作り出して行く）芸術」であるとすれば、彫刻は「空間の中に形を作り出して行く（変化を作り出して行く）芸術」といえる。裸体の男の塑像《そぞう》を考えてみよう。男の右腕を造形した時刻と、左脚を造形した時刻は同一ではない。ひとつの像とは、無数の異なる時点における作業の結果をひとところに積分したものなのだ。完成した段階で、塑像は時間の方向について対称となる。その形の中には微細なひとときひとときが集められ凝結させられている。

鳴田堂には、美玉鐘の音が、まさにそのようなものと感じられたのだ。

音楽とは時間を追ってしなやかに変化していくものだが、ここで鳴っているのは、無限の音のバリエーションをたっぷりと湛え、内部で無数の音が生まれては消えているが、全体としては何の変化も作り出さない――時間方向に対称な音響だ。

音響彫刻。「音を発する彫刻」ではなく「ただ音のみで成り立つ彫刻」。そのとき、音は音として働かなくなるのではないか。人の耳ではとらえられなくなるのではないか。変化のない音——ただの正弦波やトーン・クラスターの持続音——でも、ひとはそれを音として認識できる。しかし音のみで成り立つ構造体があって、かりにその中から「時間」を排除できたら、あるいはかぎりなく小さくできたら、そのとき音は聴こえなくなるのではないか。なぜなら、音楽とは、時間について非対称であることにその本質があるから。

かつて鳴田堂はそんな着想をもてあそんだことがある。食後酒と葉巻を楽しみながらの、観念的な遊戯として。

しかし、いま、それを目のあたりにしている。

「こんにちは」

耳を疑う、という経験がセルジュ・トロムボノクにはない。技芸士は自らの耳を原器とするよう訓練されており、いちいち耳を疑っていては仕事にならないからだ。

だからその心境を正確に表現すれば、「自分の耳を疑えたらどんなにいいだろう」というところだった。

顔が見分けられるかどうかというほど遠くにいる女が、轟音の中、そっと囁くとする。その声がくっきりと聴き取れたら、だれであっても自分の耳を疑うだろう。

菜綵の声は、すぐ耳元でつぶやかれたようにくっきりとしていた。かたまりから切り取ってきたばかりのバターのような、肉感的な厚みさえあった。

「おひさしぶりです。聞こえますか」

「聞こえる」

トロムボノクはできるだけそっと、声を出した。あまりにひそめたために自分でも聞こえないほどだった。しかし会衆の向こうにいる菜綵は、こちらに向けていた顔をぱっとほころばせた。

「聞こえたか、俺の声が」

菜綵はうなずき返した。

「わたしの声も聞こえていますか」

なんて頓珍漢な会話だろう。

トロムボノクは菜綵から見えるようにはっきりとうなずいて見せ、すこしためらってから意を決したように——こう囁き返した。

「きみは死んだはずだ」

遠くから菜綵はこちらを視ている。

返事がない。

遺影のように明るい笑顔。

「菜綵――きみは死んだはずだ」

そうくりかえす。

やはり返事はない。

トロムボノクは不安になる。ただの空耳ではなかったか。

「もしもし？」

「はい」

会衆の向こうで菜綵の口が動き、ほぼ同時に声が届いた。

呼びかけへの応答であると同時に質問への回答でもあった。トロムボノクは、こう続けた。

「〈美縟〉にはずっと違和感を覚えていた。假面の行列に加わったときから、こうと指摘はできなかったが、いいようのない違和感がつきまとっていた。しかし最近ようやく気がついた」

「はい」

「ここには、子どもがいない」

「はい」

「大人は子どものなれの果てだ。子どもがいないなら、大人もいるはずはない」

「ですね」

「それで俺は思ったんだ。なあ菜綵さん」

「はい？」

「あんただけじゃないだろう。美縟びとは、おそらくひとり残らず死んでいる。美縟は死者の星なんだ」


轟然たる静寂に、瓢屋はただ耳を傾けるばかりである。

瓢屋はかつて喇叭《らっぱ》隊の名手として名を馳せた。それでも内心では、喇叭隊は邪道、間に合わせだと思っていた。求めあぐねたその音がいま鳴っている。瓢屋はあっさり脱帽した。無念どころか、これまでのお粗末な喇叭がただただ申し訳なかった。

それにしてもこの音はどうだ。

はじめは何も聴こえなかったのに――いや聴こえないことには変わりがないのだが、いまでは、この音響の内部で無数の生成と消滅が繰り返されているのがわかる。そこに整然とした音の組織があることが分かる。

音の組織でありながら、時間に隷従しないことによって、「音楽」であることから解き放たれ、もしかしたら「音」でさえないものがうち立てられていることが分かる。徹頭徹尾、音に依《よ》りながら、なにかまったく別のものが。

班団の一員であり美縟びとのひとりであるからこそ、この音響組織が假面の連合とどこかで通底しているとわかるのだ。――假劇にはこの音が必要だ。


「わたしはこのとおり生きていますよ？」

菜綵はフロアの反対側にいるが、声はすぐ目の前から聴こえる。

「生きている……それはたしかにそうかも知れん。たとえ身体の大半が梦卑の成分でできているのだとしても」

「よく分かりましたね。びっくりしました」

「びっくりはこっちだ。俺はこの目で見た。倒された君の顔半分が挫滅《ざめつ》しているありさまをな。肝が潰れたよ。

話を戻そう。この星には子どもがいない。子どもがおらず、大人を補充できないのに、磐記の人口は変化していない。都市の規模と人口はよいバランスを保ちつづけている。

どうやって？」

「どうでしょう」

菜綵は小首をかしげてみせる。

「大人が死なないからだ。

もしきみらが不死性を帯びているなら、梦卑の能力と関係があると考えた方が自然だ。現に俺の身体はステム・フレッシュで補綴《ほてつ》されている」

「わたしは即死ではありませんでした。虫の息ではあったけれど」

菜綵は伏せていた目を上げた。

「だからわたしは死人ではありません。わたしたちは死者ではないのです。──でも、それ以外は、仰《おつしや》るとおりです」

おっしゃるとおりです、という言葉にはしっかりした存在感があった。まるで、水を満たした錫《すず》のコップがテーブルに置かれたような、ちょうどよい重みが。

「わたしたちの身体には梦卑の微小組織が大量に含まれています。血液にも筋肉にも神経にも──骨組織の中でも。どんなところでも。わたしたちは梦卑と共存しているのです」

「きみらの身体のいくばくかは梦卑でできている、と？」

「間違いではありませんが、正確でもありません。われわれと梦卑は別の生き物であり、その状態はやはり『共存』としかいいようがありません。数個から数十個の細胞からなるきわめて小さな梦卑の組織片が、わたしたちの身体の中を、あるところでは浮遊し、またあるところでは定着していて、体温や体内の化学物質を利用して生きているのです」

「小さな梦卑を、大量に飼っている。身体の中に」

「ええ」

「その見返りに、死後の生を恵んでもらっている？」

トロムボノクのしつこさに、菜綵は微笑んだ。

「いいえ。わたしは死んでいません。それはあなたが死んでないのと同じくらい」

菜綵はしばらく無言を保った。

返事を待ちながら、トロムボノクは声が伝わる仕組みを考えている。

この不可思議な対話方法と美玉鐘のサウンドが無関係なはずはない。この轟音が――この轟音こそが、かそけき囁きを送り合うための媒質となっているのだ。

どういう仕組みかは分からない。しかしトロムボノクが思い描くイメージはこうだ――砂でつくられた大きな球体があるとする。乾いた、さらさらの砂で、家一軒ぶんの大きさがある。その傍らに立ち、手のひらを球面に当てて手形を捺《お》す。

菜綵は球の反対側、こちらからは見えない位置に立って砂の表面を見ている。と、その一角がそっと盛り上がり、手のひらの形が正確に浮かびあがる。

もちろんそんなことはあり得ない。現実には、手の圧力は砂の中で散らばり、摩擦が微量の熱へと転じて情報は失われる。

しかし、美玉鐘の音響体は、静まり返った砂場ではない。

美玉鐘を作動させるためには膨大な動力が注ぎ込まれている。そしてヌウラ・ヌウラと影たちは、卓越した音楽知と技巧のかぎりを尽くして演奏をしている。この音響体にはエネルギーと情報がたっぷり含まれている。そうしてその本体は「空気」だ。音の媒質だ。それが、会話の伝達を助けている可能性はないだろうか。この音響体が、ささやきの伝送路として機能する理由をそこに見いだすことはできないだろうか。

「……」

そのとき、会衆の向こうで、口を結んでいた菜綵の表情が変化した。トロムボノクは答えの出ない自問を打ち切り、彼方からの声にそなえる。

「わたしの頭蓋骨は大きく陥没しました。脳内で激しい損傷や出血が起こり、脳幹の機能はおおきく損なわれました。

でも、わたしは死んでいなかった。

虫の息だけれども、死んではいなかった。それはたしかです」

　トロムボノクはとっさに答える言葉を持たなかった。

「わたしは記憶してないんですけど」くすっという笑い声が混じった。「こういう場合、梦卑の微小組織たちはまず肺と心臓に取りつきます。筋肉を強制的に動かして、全身に酸素を供給しつづけます。わたしの重要な組織を壊さないためでもあるし、梦卑組織が活動するためにも必須ですから。そうしておいてから、徐々に代謝のレベルを落としていきます。ダメージを最小に抑えながら、体温を下げ、脈拍と呼吸を緩慢にし――」

　大量の寄生虫を体内に飼っておき、肉体が死んでも虫が身体を動かしてくれる――トロムボノクは自分の印象をそのまま伝えた。

「それがトロムボノクさんの印象なのですね。菜綵は否定はしなかった。その比喩は間違いとはいえませんが、わたしたちには受け入れ難い」

『わたしたち』。ひとつの惑星の住人の、おそらくは全員がこの仕組みで生きている、それこそ「受け入れ難い」ぜ、とトロムボノクは思う。考えてもみろ。人類の肉体なんていかに再生能力を温存しても二百年かそこらで摩滅するだろう。もし、菜綵や咩鷺や、班団のおやじどもが五百年からこっち生きているとしたら、どこかの段階で人の身体ではなくなっているだろう。それは死体として生きていることにほかならないが、何百万人の『わたしたち』全員が五百年以上もその状態を遂行しているというのは、正気の沙汰ではない。こんな無茶を受け入れたのは、どんな動機からだ。いつはじまったのだ。菜綵は、咩鷺は、何歳なのか。結婚したことはあるのか、どのような仕事をしてきたか、そもそも顔や名前はずっと同じなのだろうか……。

菜綵の声はあいかわらず目の前から聞こえてくる。

「微小組織はまずそうやって足場を確保してから、わたしの身体の分解にとりかかります。当座は使わない内臓や骨格を少しずつ削りとり、アミノ酸やミネラルに分解し、体内に構築した補給ネットワークを使ってこの物資を輸送するのです」

トロムボノクはありありと想像することができた。傷ついた部分に梦卑の微小組織が取りつき、無数のマイクロ工場を立ち上げただろう。頭蓋の陥没した部分はいったん素材に分解され、健常な部分の縁から再構築されただろう。薄い網目状の仮設頭蓋がすこしずつ架け広げられていっただろう。その内部では脳の再構築が進む。もともと脳の中に潜んでいた微小組織は、周囲の組織構造を記憶しており、そのとおりに補綴し、再造設しただろう。

「……」

トロムボノクはヌウラのいる演奏卓を見上げた。

静かな轟音。この音響状態は少々の外乱にはびくともしない。

しかし、永遠に続くわけでもない。

だれもが内心気づいているだろう。あるいは無意識に予感し、期待しているだろう。この状態が破れることを。まもなくその瞬間が訪れるということを。

「訊くが――」

トロムボノクは問うた。

「あんた、首を刎ね飛ばされたらどうなる」

「かなり深刻ですね。自分だけでは対処できません。適切に処置してもらえればどうにか」

「では、牛頭に踏んづけられて頭からつま先までがぺったんこになったら？」

「破壊の度が過ぎればそこで終わりです。梦卑と共生していても、これは」と胸に手を当てて、「人間の身体でしかないですよ。ああ、わたしは少し話しすぎてしまいました。ほんとうは、シェリュバンがどうしているか知りたかっただけなんですよ。でも、曲も終わりそうですね」

「おい――」

声を発し、その声の手応えに変化が感じられた。「砂の球の向こうまで手の型が届く」

という確信はもう持てなくなっている。

菜綵は小さく微笑んで首をかしげた。（聞こえませんよ）と口が動いたような気がする。そのまま二、三歩下がると、人の陰にかくれて彼女の姿はもう見えない。

周囲の人びとの表情をみると、音響体の変化に、多くの者は気づいているようだ。

トロムボノクはヌウラ・ヌウラを見上げた。


ヌウラ・ヌウラは、常人には不可能な集中を続け、五つの影とともにバトン鍵盤をあやつっている。鬼神のように動く彼女の頭の中は、ほとんど無だ。思考力のほぼすべては音への反応と動作に費やされている。とはいえ、ヌウラのチェンバーは広大だ。人間ひとり分程度の思考ならゆうゆうと動かせる。

だからヌウラは全身全霊をあげて演奏すると同時に、いま鳴っているこの音についての思索をめぐらすことができた。彼女は畏怖すべき耳で、この空間の音すべてをあますところなく掬《すく》い取り、「聞こえない轟音」のレシピをほぼ理解するとともに、千人を超える腕達者をどう使うか見通しも立てつつあった。

ヌウラ・ヌウラをもってしても、ひととおりの思索を遂げるのに十五分の時間を要した。予定より五分も多くかかったな、とヌウラはあせる。体力や集中力にはいくらもゆとりがあるが、所期の目的を達したからとっとと演奏を終えよう。無防備な聴衆を、こんな危険な音に暴露させるのはあまりよくない。

ヌウラとて、この怪物的音響をすっかり手なずけているわけではない。それどころか、この音は勝手に鳴っていると言った方が正しい。人は独楽《こま》を回すことはできるが、独楽の回転の一瞬一瞬をコントロールしているわけではない。ヌウラがしていることもその程度にすぎない。摩擦係数の小さな独楽ならばいつまでも回ろうとするだろう。減速させるのは、回しはじめるよりも難しいことなのだが、さらに、ヌウラは独楽を倒さずに止められないかなと考えている。

成功する自信はない。それだから楽しい。

きれいに終わらせたいね。

困難さを存分に味わいながら、ヌウラ・ヌウラは美玉鐘を鎮《しず》めにかかる。

会衆は身じろぎもしない。

膨大なエネルギーと音楽知とを絶え間なく注入して、かろうじて成り立つ音響体。ヌウラはそれを瓦解させることなく停めようとしていると全員が理解しており、その至難さも熟知して、この完璧な音の宇宙がどう鎮まるのか、固唾を呑んで見守っている。

会場の隅で、老婦人がちいさくくさめをした。

ヌウラのおかっぱ頭の、髪という髪がさあっと逆立った。

完璧無類の音響体。織機《しょつき》から吐き出されたばかりの純白の絹布のような、付け入る隙のないテクスチャに、そのくさめが小さなとっかかりを作った。

ヌウラはそのくさめの場所に楔《くさび》を打つつもりで、バトンに最後の一打を振り下ろすと、そこでぴたりと動作を止めた。

影たちもつぎつぎに演奏をやめた。

音は鳴り続けている。

鐘だから。

ヌウラはすべての鐘体を制動から解放していた。鐘体はその物理実体が許す限りの余韻を鳴らしている。

だからそこにはもう「時間」が生まれている。

会衆の耳に、音が返された。

全員が総毛立っていた。

なんという美しさだろう。

導入部の派手さに釣り合う劇的な終止ではない。拍子ぬけするのも無理はない。しかし、トロムボノクは、ヌウラの仕出かしたことの凄さに腰を抜かすところだった。

バトン鍵盤から手を離したが最後、演奏者は何もできない。聴衆に分からないよう制動を効かせたり、そっと音を添加することもヌウラはしない。

手を離すときに、すべてが完全に成し遂げられていたのだ。すべての音が息絶える末期《まつご》の瞬間から逆算した、完璧な一打はもう打ち終わっている。

しかしヌウラ・ヌウラの思い描いた音が中空に描き出されるのは、これからなのだ。

鳴田堂は、鏑屋は、瓢屋は、そうしてフース・フェアフーフェンは、見た——いや正確には（当然のことながら）聴いた。

会場を埋めつくした音が弱まるにつれ、露光オーバーの映像が適正露出になったときのように、そこにはじめからずっと絶えることなく鳴り続けていた音の姿が浮かびあがってきた。

清浄な鐘、そのたなびく余韻はたがいに打ち消すことも溶けあうこともなく、数百の響きの層がきれいに分離していくと、そこに巨大な純銀の球を中心部まで彫り抜いてつくりあげた、数百層にもわたる透かし彫りのような音像が出現した。

層のひとつひとつは他と独立して動き、ある層は早朝の湖面のように凪《な》ぎ、あるいは微風にそよぐようにさざなみを立て、ある層は砂丘の風紋を走らせ、その全体は見事な調和の総体となって微速度で回転している。

会衆は言語に絶する美にうたれ、またこの響きを濁らすことを畏れて、言葉もない。まさに独楽を直立したまま静止させるような芸当だ。

音は、弱まるほどに美しさを増し、その美しさには限界がないように思われた。

層のひとつひとつが絹地のように――霧のように儚《はかな》くなり、彫り模様は葉脈のように繊細な音の網となり、それが末端から徐々に空気へ漂いだし、溶け出していくに及んで、会衆はことごとく涙を流した。

演奏卓の上で、ヌウラ・ヌウラはようやく身体の緊張を解き、立ちあがってこちらを向いた。まだ響きの銀糸は中空に何本か架かっている。ヌウラが両腕をうごかして、聴衆にうやうやしく礼をする。

その動作が、蜘蛛の巣を払うように、最後の音をぬぐい去った。

やがて拍手が起こるだろう。

歓声がエンヴェロープを揺るがせるだろう。

しかしまだ音の名残りを惜しんで、だれも身動きしない。

20

「お砂糖はいくつにします？」

紅茶のセットをテーブルに運ぶ菜綵の声は明るい。

「なし——ふたつ——ひとつ半」

三博士がまじめくさった顔で冗談を言う。菜綵はだめですよ、と取りあわない。なにもかもが彼女の「生前」——パウル暗殺の前と変わらない。

「トロムボノクさんは？」

トロムボノクは菜綵の笑顔をまともに見られない。手をかるく振って砂糖をことわる。

紅茶は素晴らしい香り。一口飲んでようやく顔をあげると、菜綵は盆を向こうに持っていくところで、ちょっと安堵する。

「幽霊でも見たような顔色だな」

トロムボノクは三博士をにらみつける。試験演奏が終わったあとトロムボノクはすぐに三博士をとっつかまえ、こう訊いた。

「何でここが死人の国だと教えてくれなかったんだ。一番大事なことだろう」

「一番大事なことだからさ。わしらは着いたその日に気づいたぞい。おまえの目は節穴か」

ひとことも言い返せなかったくやしさを反芻《はんすう》しているうちに菜綵が戻ってきた。

商会ビルの円形会議室は、きょうは、頭骨も片づけられて広々としている。五、六人用の小さな会議テーブルが部屋の隅に出してあり、三人はここで打ち合わせをしていた。菜綵は咩鷺のアシスタントとして、三博士にかかわる一切を任されていた。

「それでは今日のご報告から。まだ来ませんね……ワンダさんの台本は。本番まであと十五日を切ってます。ほぼ絶望的状況といえます」

「べつにいいさ。大假劇がなくなれば俺は楽できるからな」

「甘いな。ワンダは絶対に間に合わす。もうだめだというぎりぎりで届く。そうなったらあとは不眠不休、突貫工事で突き進まないといかん」

「真空管の調整の話をしたいんですが、台本が届かないともう話すこともないですからね。きょうはお休みにしましょうか」

「お嬢さん、こいつをぼんやりさせておいて、いいことはひとつもないぞ。頭が回らない、気が回らない、先回りできないの三拍子そろった奴だからな」

「あははは。——あっ、ごめんなさい」

菜綵は快活で真空管での様子とは別人のようだ。

「お嬢さん、この男はたぶん何の予習もしとらんぞ」

「何もって」

「たとえば〈大定礎縁起〉の筋書きも知らないとか」

「まさか。そんなことはないですよね——」

隣りから顔をのぞきこまれ、しかたなく白状する。

「いや、まったく」

菜綵は笑顔を凍りつかせたがすぐ気を取り直し、

「それなら、やっときましょう」

どこかでかちりと音がし、灰桃色のフロア素材から同色の微粒子がわき上がったが、今日は自立式スクリーンのような一枚の垂直な面になった。灰桃色のスクリーンは微細な凹凸を無数に描き出し、その細かな陰影の集積が大きな図柄となる。

野外の光景がスクリーンに浮かびあがる。

下手《しもて》から上手《かみて》へ、手前から向こうへとゆるやかに低くなっていく地形。それが美しい田園都市であると気づいた途端、画面はすみずみまで総天然色に染めあげられる。喬木と灌木、芝生と花々の中に、黄色みのある道が行き交っている。低い家々の屋根には、赤、緑、青の艶やかな瓦。白い壁。なにもかも心地よいながめだ。

ただひとつ、その風景の奥にいる巨大な牛頭を除いては。

「『番外』の開幕の場面、これは大定礎よりも前の世界です。美しい町でしょう。華那利が領する町です。これからまもなく滅ぼされます」

牛頭は、短い四つの肢《あし》で平たく蹲《つくば》っている。両生類を思わせる全身像で、頭部はシャベルのような、扁平の五角形だ。

「……」

菜綵がなにかを言おうと息を吸うあいだに、次のことが起こった。

牛頭が口を開けた。あまりの大きさに狼狽《ろうばい》するような口で息を吸う。町の一角が——十数軒の家が、敷地や植木やその他なにもかもがフライパンをあおるように空へ飛ばされ、吸い込まれて消えた。

「……いま、来ました」

そう言うあいだにさらに三つ、四つと区画が消えた。

「なにが」

と問う前に、町をはさんで牛頭と正対する位置に、人のかたちをした巨大な存在が忽然と立っていた。

　華那利。

　全身から黄色のまばゆい光を発するその姿には、神々の中でも格別の存在だと思わせる尊さがある。髪を伸ばし美髯《びぜん》をたくわえ、薄くしなやかな革のよろいをまとった若武者、なかでも風になびくように躍る黄金の髪と若葉色の瞳は、華那利のシンボルそのものだ。すらりとした少年のような全身像を黄色が――たんぽぽの、檸檬《レモン》の、あるいは金糸雀《カナリヤ》の黄色が、軽く透ける布地のような多層の光となって包み、たえまなく泳動している。しかしこの優雅な姿に安心して、華那利の力を見誤ってはいけない。

　長い腕を背中に回し矢筒から一本の矢を抜き取り弦に番《つが》えると、強弓《ごうきゅう》は引かれて満月のようになった。びん、と音が耳を打つ。どのような早わざか、一射としか見えぬ動作で、三本の矢が一列に牛頭を襲っていた。

　矢は牛頭の頭部に達したが、残らず弾かれたようだった。神力を帯びた矢だ。本来ならかるく山ひとつを消し飛ばす。しかし――

「牛頭のおでこには、傷ひとつ付いていないぜ」

「あれは試射です。華那利の一射。さあ、ついに『番外』が開幕しました」

*

鳴田堂の私邸、二階の大きな客間である。

窓の外は鬱蒼とした夜の森。大きな暖炉で薪が燃え、フース・フェアフーフェン、ザカリ、そして咩鷺に鳴田堂を加えた四人は食後酒を楽しんでいる。

かれらが眺めているのは、壁ぞいに並ぶ陳列ケースだ。その中には假面が並んでいる。

「これらはみな自家用です。私の分、代々の当主の分。実際の假劇で使うために誂《あつら》えたものので、班団の者にしては少なくて恥ずかしいくらいです」

整然と配列された百枚以上の假面は、ひとめで別誂えとわかる品ばかりだ。骨董品には古さびた味わいや骨太な迫力があり、新作からは感覚の冴えと作者の野心が伝わってくる。ひとつひとつが美として完結しており、しかし並べてみれば配列によって別の美に気づかされる。

「これは……壮観としかいいようがないです」

ザカリはため息をつく。

「たしかに――いつまで眺めていても飽きないですね？」

フースは振り返り咩鷺に声をかける。咩鷺は軽くうなずいただけで――無言だ。フースはいぶかしむ。咩鷺にも万全の調子でいて欲しいものだが。

フースは、ケースの上に目を遣った。大きなタペストリが掛かっている。〈番外〉のさまざまな名場面がびっしりと刺繡されていて、あまりの密度に、ちょっと見ただけでは描かれているものを数えつくすことはできない。

「そろそろはじめましょうか」

咩鷺にうながされて、フース主従はさきほどまで晩餐を囲んでいたテーブルに戻った。司会役は咩鷺だ。テーブルに置かれた手は、肘までが美しい羽毛におおわれ、優雅な長手袋を着けたようにみえる。

「今夜のこの会合を呼びかけてくださったフース・フェアフーフェン氏は、わたしに申し出られました。この四者で共有したい情報があると。それは、パウル・フェアフーフェン氏の死後にかかわる重要な情報だと」

鳴田堂はフースと咩鷺に問う。

「おふたりはいつからお知り合いに？」

「父が存命の頃から」フースは肩をすくめた。「彼女から連絡をいただいて」

「それはそれは。さて、せっかくの機会ですから今夜は腹蔵なく話をさせていただきたい。

まず……お父上がいまも『ご存命』であること、これはまずわれわれの共通認識としてよろしいのでしょうな」

フースは片手を挙げて、鳴田堂の発言を制した。

「その前にこちらも確認しておきたい。咩鷺さん、鳴田堂さん、あなた方は、本当に父を殺したのが誰か御存じないのか」

六体の刺客亞童をだれが差し向けたか、フースはこれを問うている。

「班団は手を出しておりません」

鳴田堂が答えた。

「確かですか？」

「われわれの相互監視を見くびってはいけない。仮にこの私がパウル殺しの犯人なら——あるいは咩鷺さんが黒幕だというなら、ほかの連中がとっくにあなたに耳打ちしている。密告はありましたか」

フースは首を横に振る。すると咩鷺が発言する。

「わたしはまず、ワンダか——あるいは貴方の仕業ではないかと疑いました」

「私が？」

フースは目を真ん丸にし、それから顔中の皺を愉快そうに揺り動かした。

「六体もの亞童を改造し、牛頭に仕込む。他所者の私が！　そんなの無理に決まってますよ。鳴田堂さんとワンダが結託したという方がよっぽど現実味がある」

　鳴田堂は手を振って否定した。

「こう言うと奇妙に聞こえるかもしれないが、美縟びとはとても正直者なんです。言葉どおりの意味で、われわれは否応でも正直者にならないではおられない。私たちは事実上の不死を得ている。いいですか、五十年、百年という時間に耐えうる『嘘』などこの世にないですよ。嘘を言っても得をしない社会ではですね、殺人や暗殺という慣習そのものがない。まあ、信じられないかもしれないが」

「だから私かワンダをうたぐったと。しかし私でないのは言った通り。ワンダにも積極的な動機はない。すくなくともこの大假劇が終わるまでは。

　となると、まだ結論は出せないようだ。なら話をもとに戻しませんか——そう、だれも異論のないことでしょう。『父』は生きている」

「誓って申し上げますが、班団はあの夜以来、パウル氏から一切連絡を受けておりません。そちらは？」

「商会にはなにも」と、咩鷺。

「私にも」と、フース。

「残るはワンダさんでしょうか。あるいは技芸士ギルド」

「私にない以上、ワンダにも連絡はないでしょう。ぼくが贔屓《ひいき》されてるという意味ではないですよ。ただ単純に、父はおそらくその方が面白がるでしょう」

みなが感じていた。パウルは楽しんでいる。彼が抜けて世界が右往左往しているのを。とはいえ、それだけのために死ぬはずはない。

「最初に事が動くのは遺言状開封のときでしょう」フースが言った。

「もう、来週となりましたか。しかしワンダさんも台本ができなければ磐記に来られまい」

「手は打ちましたけどね。執筆がはかどるように」これは咩鷺だ。

「第四類の坊やでしょう？」鳴田堂が応じた。「咩鷺さんも人が悪い。そのあなたでもパウルさんの考えは読めない？」

「まったく」

「班団の者ならだれしも、これはパウル殿が全轍世界相手に一芝居打ったのだろうと思いますな。我々が不死であることは、他国の方々には慎み深く隠している。だから一般世界には、パウルの死は動かせない事実として確定する。と同時に、美緯の秘密を知っている者は、そこに死と引き換えにするほどの――途方もないメリットがあるのだろうと勘ぐる。

さて、そろそろ――」

　鳴田堂は両方の肘を天板に置いた。身体がそのぶん前に出て、声もひそやかになる。

「フース殿の情報とやらをお聞かせいただきたい。その情報は――お父上の真意を解き明かすのに役に立ちますか？」

「まあ、とにかく聞いてください。そしてご意見をうかがいたい」

　フースは、ザカリを促した。ザカリは片方の手を水平に開き、何もない手の平からなにかを吹き飛ばすようにフッと息を吹きかけた。と、テーブルの上に、緑のかけらがあらわれ、くるくると回った。回転が止まると一枚の紋章であるとわかる。由緒あり気な図像が嵌《は》め込まれている。

「『多文化に亘るマスク造形多様性の収集』」フースが諳《そら》んじて見せた。「愛称が『假面同好会』だっけ？」

　ザカリはひとつうなずいて続けた。

「これはパウル様が理事になっておられた、ある財団のロゴマークです。生前、パウル様は数多くの財団の理事となっておられました」

　何百というロゴマークがいっせいに出現した。

「これらの財団は、じつはフェアフーフェン商会の活動とひとつながりになっています。

この『假面同好会』はもっぱら〈美縟〉の假面文化の研究振興を目的としています。まず商会から財団に文化支援《メセナ》を名目として大量の資金が提供され、それが班団をはじめとする美縟の各界各層、あるいは技芸士ギルドへと流れている。もっとも多くの予算が組まれていたのは、〈鋳衣〉の開発と無償配布の費用です」

緑のロゴの隣りにふわりと現れたのはよく似た図案の、しかし赤い紋章だった。

「こちらは『カリヨン型特種楽器の演奏再現』。いうまでもなく美玉鐘再建と演奏にかかる天文学的経費の過半を負担しています。このあいだの『試験演奏』やレセプションの費用、咩鷺さん、あなたの報酬もここから」

「存じています」

「でもね、これらの出費も父の道楽ぜんたいから言えば、ほんの端《はし》た金《がね》でしかない」

「フース様は、遺言状開封にそなえてお父上の遺産を調べよと命じられました。むろん財産は専属の会計士集団が管理していますが、そこに載らないものもたくさんございます。たとえばこうした法人です。お父上は生前、私財の少なからぬ部分を寄付して数多くの財団を設立されました。寄付した以上それは私財ではありませんが、実態は財団そのものがパウル様の私物です」

「蓄財や節税が目的ではない。父は——なんていうか、財団マニアなのですよ」

フースは、ほの明るい表示体を指先でつついた。ロゴたちは小さな熱帯魚のように光の中を泳いでいる。

「父が、たとえば、蝶に興味が湧いたとする。するとまず捕虫網と三角紙を携えて採集旅行を二、三回楽しむ。さてそのあとどうすると思いますか？　いきなり財団を設立するのです。輸世界を網羅する最高のコレクションを作れ、と命じて。財団は専門家チームを組成し、豊富な資金に飽《あ》かせて、名だたるコレクションを買いあさります。必要があれば博物館の運営団体ごと。こうした財団は枚挙にいとまがありません。

〈プロスペロー〉の森林土壌に生息する微生物を保護、研究するもの。

〈パッパタ―チ〉の毒蠅を活用した医薬品の開発をするもの。

『地平線を絨毯のように巻きとる』と評される〈カイマカン〉の横倒しの竜巻――数千年も続く竜巻の内部にはそのエネルギーを利用する組み紐状の生物が棲みついています。

そうした個別世界特有の生物や鉱物、気象現象、しかもその有用性を息長く探求する財団が数としてはもっとも多いのですが、これらは、有望な投資分野を開拓してもいて、財団の活動の成果は、最終的には商会へ経済的に還元されるのです」

鳴田堂が口を開いた。

「さて、それがきょうの本題と、どのようにつながるのでしょう」

「父は亡くなりました。すると何百という財団の理事席が、ひとつずつ空白になります。そう思うでしょう？」

「それは——そうでしょう」

それ以外の答え方は思いつかなかったが、しかし鳴田堂はフースがにっこりと笑うだろうと予想し、その予想は的中した。フースはにっこり微笑んでこう続けたのだ。

「残念。そうはならなかったのです」

＊

視界の上半分は朝焼けの空。下半分を黒く塗りつぶすのは、なだらかな丘。

夜明けの空気はひんやりとしている。

朱金にかがやく雲を逆光に従えて聳えるのは五台のクレーンだ。

絞首刑の架台のように高く、黒い。

峨鵬丸は、丘のふもとからそのクレーンを見上げていた。

「どんななの？」

背後から声をかけてきたのは、ワンダである。

「万事順調、心配なし」

丘の上からは湯気のまじった空気が立ちのぼっている。峨鵬丸はさっきまでそこにいて、丘の上にあけた大きな穴のふちに立っていたのだ。クレーンの索条は、穴の中にまっすぐ垂らされている。これから重量物の吊り上げがはじまる。

「おはようございますう」

早起きをしたシェリュバンは、寒そうに、シャツの襟をかき合わせながらやってきた。

「あら、よく起きられたこと。間に合ってなによりだわ」

「うう……ついいましがたまでぼくを付き合わせていたくせに……。ワンダさん寝てないでしょう」

「あれくらいでへばったりはしないの。大変なのはこれからよ」

「はいはいワンダさんは凄いです。一日半で台本完成させちゃうなんて、天才です。尊敬してます」

とはいえ、その感想は嘘ではなかった。血と漿液で濡れた書斎で半日、別の快適な書斎で半日、そのあとは風呂、寝室、庭のベンチとタイプライターを抱えてうろつきながら半日、文字どおりひとときも休まずワンダ版〈磐記大定礎縁起〉を書き上げてしまった。

単に休まなかっただけならまだしも、そのあいだ一瞬も霊感を枯渇させず、むしろ尻上がりに調子を上げ、例の五聯女性化などほんの序の口で、旋妓婀《フリギア》の登場、巨大な敵の機構《からくり》の発動、五聯+旋妓婀連合と時計との闘争など、盛り上がりはとどまるところを知らず、大観衆の紅涙を一滴残らず絞りとるかのごとき結末を一気呵成に書き上げるまで、ワンダは、合間合間に亞童の分厚いステーキを挟んだサンドイッチをむさぼり、梦卑の乳で作ったチーズの塊を丸かじりし、ついでにシェリュバンにちょっかいを出したりもしながら、けっして髪振り乱したりはせず、やつれもせず目を吊り上げることもなく、たのしげに、らくらくと、ハミングまじりにタイプライターを叩きつづけた。書き進むほどに、やつれるどころか身体はふっくらとし、肌は艶を増し、瞳は澄みわたって、その底知れぬスタミナと驀進《ばくしん》っぷりに、シェリュバンはもしや戦闘モードのじぶんでも敵《かな》わないのではと恐怖を覚えるほどだった。

しかし、真に天才というなら、むしろ峨鵬丸かもしれない。

台本が書き上がった後、わずか一日で、峨鵬丸は上演に必要な新作の假面をすべて打ち終えていた。女性化された五聯も、フリギアを翻案した旋妓婀も、それぞれのご贔屓筋を裏切らず、かつだれにとっても斬新な造形を——假面における造形とはその内面の複雑な構造の造形にほかならない——ほどこすだけで容易ではない。しかもワンダはふたつの原典を徹底的に換骨奪胎しながらも、二回転してそれぞれがもとの筋に収まるような難事をなしとげているが、その筋書きにぴったりあった役柄を相対能に刻みつけねばならないのだ。

「おまけに、特大の装置も作らされたからなあ」

峨鵬丸は大きく伸びをし、腰をとんとんとたたいた。

「しかし、さすがにくたびれた。この吊り上げが終わったら、ひと眠りさしてもらおう」

クレーンの操縦席や丘の要所要所では、強化亞童たちがいそがしく立ち働いている。

「あんたその草履、気をつけて。そこらへん蹴つまずく物がごろごろしてて、危ないわよ」

ワンダがいうのは、かれらの足元にころがっている大小さまざまな金属の塊だ。それは戦車隊の残骸、とワンダが呼んだものだった。ワンダと峨鵬丸はその堆積を小さく切り分け、掘り出し、取りのけた。平坦な土地に忽然とうまれた「丘」は、掘り出した土とこの機械とでできている。その稜線の向こうから、いましも、曙光が差し初《そ》める。ひややかな空気を震わせて、クレーンの腕木がうなりをあげた。索条がゆっくりと巻き上げられていく。

ごぼり、ごぼりという音がきこえた。

湯気が濃くなり、臭いがただよってきた。ワンダの書斎で嗅ぎ、あとでさんざん身体を洗わなければ落ちなかった匂い。

足もとに転がっている、枕ほどの大きさの金属塊がぴくりと動いた。それを合図に無数の金属の切れ端たちが、その場で小さく動き出した。まわりと触れ合ってカチカチと鳴る音が、丘を取り巻くように広がっていく。

「動いてますけど」

「喜んでいるのよ」

「歓迎しているのさ、あいつの復活を」

五本の索条は、負荷に震えながらも重量物を引き上げつづける。クレーンは心配なくとも、引き揚げられる方がもろくなっているおそれがあった。組織の結合に見えない傷があれば、そこから一気に全身が裂ける可能性もある。

「ほうら、よく見とくんだよ。今度の敵はあれがいなくちゃ倒せないからね」

シェリュバンは、原典版の「大定礎縁起」の中身はすっかり見せてもらっていた。ワンダは自宅から至須天《しすてん》のライブラリが自由に読めるのだ。

そこに〈鐵靭〉が登場したときシェリュバンは大変驚いた。鐵靭といえば、北の渓谷の干し肉のことではないか。鐵靭は、大定礎で封じられた牛頭の名前でもあったのだ。

いま、その鐵靭が——巨大人型生体兵器が、地下から引き上げられている。

「さあさあ、さあさあ」

　ワンダがうれしそうに手をもみ合わせる。濡れそぼった巨人の身体が、五百年ぶりに地表に戻ってきた。

「さあさあ、盛りあがってまいりました」

＊

　ふたつめの角砂糖を紅茶に投じ匙を回しながら、トロムボノクは〈大定礎縁起〉の展開に目を奪われている。

　華那利は次々と矢尻を替え、番《つが》え、放った。

　爆炸《ばくさく》の矢尻、氷結の矢尻、鑿岩《さくがん》の矢尻、腐食の矢尻、溶解の矢尻——

　華那利は最初の単射で体表の性質を読み、それにあわせて射る順を処方したのだが、結局何ひとつ傷つけられなかった。

　いつの間にか、華那利の隣りにもう一柱の神が顕現していた。

　紅祈だった。甲冑は金属に赤漆を施したような輝きがある。兜の面頰《めんぽお》が両側に開いて、あらわれた顔貌には焔を模した隈取りがほどこしてあった。

街々を食べるほどに牛頭の胴はふくらんでいった。両生類のようだったのが、いまは大亀のようだ。胴の中心部が巨大なカマキリの卵のような形状と質感を呈していて、よく見ればそこには小さな窓が無数に開いており、砂岩を掘り抜いてできた街のようなのだった。

するとと紅祈は、赤い珊瑚玉を長くつらねた輪をどこからともなく取り出した。

輪の一部を摑みちぎって投げつけた。玉はみるみる明るさを増し、逆巻く紅蓮《ぐれん》となって牛頭を焼き尽くそうとしたが、牛頭が大きな顎をバクバクと動かすと、焔はその口の中に飛び込んで消えた。

「なあ、あれは五聯の神々なんだろ。いくらなんでも弱すぎないか」

「ああ見えてあの牛頭は、途方もない相手なんだよ。〈街食い《まちぐ》〉という超巨大な牛頭なんだが、あそこに見えているのはほんの一部にすぎない。五聯の視力を持ってしても、目にいいい見えない場所に、〈街食い〉の本体がいる。何十という触腕《しょくわん》をもった蛸のお化けがいるとして、その腕の先端だけがこっちの世界に突き出していると思い浮かべてみろ。それが〈街食い〉だ。いまこのときにも、サーガ以前の広大な世界の、遠く離れた何十という街に、さまざまな姿の〈街食い〉の『端末』たちが出現している」

「華那利も紅祈も弱くありません」菜綵が凝《じ》っと画面を見ながら言った。「気がつきませんか？　実はもうあの牛頭は何度も破壊されているんです」

　これには三博士も驚いたようだった。

「先生がたの比喩で言うなら触腕の本体が向こう側にいるかぎり先端部がどれだけ損耗してもたやすく再生できる。それがあまりにも速いものだからまったく傷ついているように見えないんです」

「あのふくれた胴はな、まもなく一箇の街になる」三博士が説明を入れる。「街食いはいったん食った街を徹底的に咀嚼して、ああいう『街もどき』をこしらえる。そしてそこら中に排泄していく。世界中を糞の山にしていくんだ。

〈大定礎縁起〉が番外になるのも当然だ。こんな場面、天蓋布やこういうスクリーンで観る分にはいいが、じっさいに假劇として上演するのは至難のわざだで。しかも災厄はまだ二つある。ひとつが〈鐵靭〉、もうひとつは〈梦疫《むえき》〉。この三つを封じなければ大定礎は成らん」

＊

　フースや鳴田堂は、こちらの不調に気づいている。それがわかっていても咩鷺はどうすることもできない。

今夜はいつものように流暢《りゅうちょう》に話せない。きょうは大切な日、この三者が手を結ぼうという日なのに。ワンダに対抗することだって夢でなくなるのに。

咩鷺は、大假劇にワンダを引き入れてしまったことに悔いがある。なるほどワンダ以上の台本を書ける者はいまい。しかし彼女の創作意欲は破壊衝動に限りなく近い。そして峨鵬丸はそれを面白がり、けしかけている。

要は——咩鷺は恐れているのだ。大假劇は假劇とサーガを破壊してしまうのではないかと。


だから早くからフースと連絡をとった。鳴田堂と対面する機会もお膳立てした。

ワンダ抜きに大假劇は上演できない。

それを認めたうえで假劇を保護するしくみも組み込んでおかねばならない。

今夜が大切、というのはそういう意味だった。

咩鷺は陳列ケースの上に掲げ出されたタペストリに目を遣る。

タペストリは、一点透視の遠近法ではなく、複数の視点から描かれたたくさんの小景を複雑に組み合わせたものだ。表現も写実的ではなく様式的、紋様的で「昔のお話」であることを強調している。

画面の右端、上寄りに、雲が抽象的な紋様になって棚引いている。その雲の一部だけが禍々《まがまが》しい色で渦巻いている。

これは梦疫のエピソードのはじまりだ。

芹璃の領地にあやしい群雲《むらくも》がわき立つ。その雲がさし掛かると木も草もたちまちにして枯れ、鳥は落ち、けものは倒れ、川も井戸も血のように濁った。その雲こそが梦疫、可視サイズを下回る牛頭で、その名の通り感染症として蔓延《まんえん》したのだ。

タペストリの下半分を埋めつくしているのは、青海波《せいがいは》のように様式化された兵士たちの姿だ。芹璃が生み出したこの兵団の名を〈鋳衣〉という。鋳衣の一人ひとりは全身を黒のスキンスーツと覆面で覆っている。

そして画面中央で後光を背負って並び立つのは二柱の神、芹璃と昏灰だ。芹璃の顔はけわしく戦いの意欲がみなぎっている。いっぽう昏灰の表情は弱々しく大粒の涙を流している。

二柱の神は、別の時点にいる。

芹璃は梦疫との戦いの前であり、昏灰はそのあと、すなわち鋳衣の兵団が梦疫によって全滅させられたあとの顔だ。兵士たちの覆面に髑髏《どくろ》、スキンスーツに骸骨が描かれているのは、この大量死を表現するためだろう。

咩鷺はこの膨大な死に強く惹かれる。ついつい会話から意識が逸れて、耽《ふけ》りそうになる。

咩鷺は自分を叱咤し、ザカリのことばに意識を戻そうと努力する。

「パウル様が亡くなる直前、財団の多くは定時総会で理事を改選しています。不測の事態のはずなのに、事前に、です。パウル様の名が何百という財団の理事名簿から一斉にかき消えたのです。

調べてみて驚いたのは、数年前からこの前兆が認められたことです。商会からの資金援助、研究・開発の委託費として受けていた資金が予算書から徐々に消えていたのです。どの財団も判で押したように、財源の多様化や独立性の確保を理由として唱えていました。そんなことが可能なのは――」

「父以外にはいません」

フースが答える。

「どの財団も、外部監査からも利害関係者の監視からさえも切断されて、完全にお父上の管理下に入ったわけだ。いかにもお父上らしい。パウル殿は、財団の刈り入れに入られたのですか？」

「これが刈り入れだ、という心証を私は持ちません――」

フースは、鳴田堂の呑み込みの早さに舌を巻きながらも、かれの推測を修正してやる。

「財団の調査研究活動はむしろ強化されているからです。異様なほどに予算額を増やしている。鳴田堂さん——これは収穫ではなく、播種《はしゅ》だと私は思うのです。これからようやく父は事を起こそうとしているのではないか、と」

「だからといって、なぜお父上は死んで見せる必要があったのですか」

フースはかぶりを振った。

「わからない。死ぬことによって、死以外に起こる決定的な変化ってありましたっけ」

——フースの言葉は咩鷺の意識の上《うわ》っ面《つら》を通りすぎていく。

いや、大丈夫だ。これからきちんと話をすればいい。どうすればワンダに対抗できるかを、この三人で。まだ会談は始まったばかりだ。

あのタペストリには、もう気を取られないようにしよう。

どうせ、すぐにこの目で見ることができる。

三大災厄すべてを。

＊

鐡勒が一体、〈沈宮〉の大路《おおじ》を這っている。

繊細な巻き貝の内部の美を取りだし、その美意識で構造と景観を織りなしたような純白の都市。白き神、沈宮が住まうみやこを巨人型兵器が身をくねらせて匍《は》い進んでいる。干からびた死骸ではない。四肢は伸縮自在で、すべての関節に無限の可動域があるかのようだ。

顔には目も鼻も口もなく、黒一色の上に、指紋に似たゆがんだ渦がふたつ描かれている。赤い線条でかかれた紋様。

渦のふたつの中心が赤熱し、それが白熱に変わると二筋の光条がほとばしって、あっという間に沈宮の居城の大門が灰燼《かいじん》となった。

もう一体。青黒い渦がひとつ。

また一体。三つの渦を逆三角に。

鐵勒の数は五体となり十体となり、さらに増えて大路に犇《ひし》めきあう。

居城の奥から沈宮が姿をあらわす。白ずくめの装束。

――シェリュバンは目をぎゅっと瞑り、ゆうべワンダに見せられた番外の一場面を記憶から追い払おうとする。

ズ……

ズズ……

しめった擦過音を立てながら、いま、五台のクレーンに吊り上げられて、ワンダの書斎そのものであった、半生《はんなま》の巨人——まさにこれも鐵靭だ——が湯気とともに坑《あな》の口から姿をあらわす。

黒い索条を幾重にも巻き付けられた姿は、漁網にからまって引き上げられた海獣のようでもあり、捕縛された預言者のようでもある。シェリュバンの位置からはすぼめた肩と丸めた背中が見える。意外にもその皮膚は腐敗しておらず、なめらかで、そして白い。どこか濁った白さだ。

「目をそらすんじゃないよ」——ゆうべワンダに叱咤されながら、シェリュバンは沈宮の絶望的な闘いを見せられた。たったひとりで鐵靭の群れを食い止めようとし、沈宮は瀕死の重傷を負う。ずたずたに裂け、真っ赤に染まった白装束。

ズズズ……

腰までが見えてきた。吊りあげられた鐵靭の身体がぐるりとまわり、シェリュバンに正面を向ける。

その首はすっぱりと切り落とされていた。

＊

三か所で戦端がひらかれた闘いのすべてで、五聯の神々は敗北した。

華那利と紅祈は街食いの一端末さえ倒せなかった。街食いは世界全域に数十の端末を出現させ、数百の町を食い尽くして、変わり果てた街を排泄した。

芹璃と昏灰の鋳衣の兵団は、梦疫の雲が降らす霧状の針に打たれて全滅した。

沈宮は、かろうじて一体の鐵勒を倒したが、多数の鐵勒に取り巻かれて絶体絶命の状況に追い込まれた。

「なあおい、早送りってのはないのか」角砂糖をもうひとつ追加し、トロムボノクはぼやきながら紅茶をすすって目を剝いた。「甘！」

「いまので六つ目ですよ」

菜綵がそっけなく指摘する。

番外があまりにも鬱々としているものだから、一口飲むごとについつい追加していたのだった。

「反転攻勢することは分かりきってるんだから」

「だからもうすぐですよ」

五聯はどうにか戦場から離脱し世界の中心部で集合した。

そこでそれぞれの収穫を照合した。

華那利と紅祈は、不可視領域にいる〈街食い〉の全体像と端末体の分布マップ、組織サンプル、その細胞から抽出した〈街〉生成アルゴリズムを。

芹璃と昏灰は病原体〈梦疫〉の遺伝情報と作用機序、雲状マテリアルの作動原理を。

沈宮は鐵勒の顔面の図形の解析結果を。

かれらは集合するまでにそれらの解析を最大深度まで完了していた。互いの情報を統合し、その結果に深く満足した。

そして牛頭を封じ込める兵器、六つの眼窩をもつ巨大神像の建造に取り掛かる。

＊

いま、フース・フェアフーフェンが眺めるタペストリの中心に、五聯が作り上げた巨大な神像が雄々しく立っている。

銀色のなめらかな肌につつまれ、六つの目を持ち、耳まで裂けた口とびっしり並んだ歯、猛禽のような手首と爪、そして胸には赤い紋様が描かれ、その中心から真っ赤な心臓が露出している。心臓はタペストリの中で規則正しく脈搏《みゃくう》っていた。タペストリは、梦卑由来の繊維素材で織り出されており、このように生々しい肉組織を描き出すこともできるのだ。

　フースは壁掛けから目を離し、咩鷺に言う。

「父が国籍をここに移したことと、『死んで』みせたことに関係があるように思えます。心当たりはありませんか」

「おそばにいるくらいでお考えがわかる方ではありません。でも仰るように、わざわざ国籍を取られたことには、深いお考えがあったのでしょう」

「ふうむ。まあいずれにしても、美縟の不死化技術が目的だったことはたしかでしょうね。父はこちらの不死化措置は受けたんでしょう」

「え？」「え？」

　咩鷺と鳴田堂は顔を見合わせた。

　ためらいがちに鳴田堂が答えた。

「フースさん、この国に不死化の措置というものはない」

「……」

「考えても御覧なさい。美縟びとは五百年も前からだれひとり死なないのだから、そんな技術を使う機会はない——だれもそんな措置のやり方は知らない」

「いやいや、そんなの信じられませんよ。では、あなたたちはどうやって不死になったんですか」

　咩鷺と鳴田堂はまた顔を見合わせた。

「さあ」

　とぼけているだけなのか、それとも（まさか）本当なのか。首を刎ねられた父は生きているのではないのか。しかしこれ以上考えても詮ないと気づき、フースは判断を保留した。

「では本題に戻りましょう。咩鷺さんが望むとおり、大假劇に安全装置を仕掛けることには同意しますよ。で、実際には何をするおつもりです？」

「大假劇を構成する要素の中に、ワンダたちにコントロールできないものを送り込みます。複数」

「たとえば鳴田堂さんが納品する牛頭に……？」

「それも考えています。でもワンダや峨鵬丸の統制に屈してしまうかもしれない。もっと自発的にワンダやお父様の意思をはねのけるような仕組みが必要だと思います」

「私に期待してもむりですよ。ワンダと対等にやりあえるのは相続問題くらいですから」

「ええ。でも心当たりがあるんです。ワンダは番外を大きく改変しようとしているでしょう。そこにつけ込む余地が――」

　そこまで言ったところで室内に涼やかなチャイムが鳴った。

「私かな」鳴田堂はふところから情報端末を取り出した。

「こっちにも入ってます」咩鷺も同様にした。

「ワンダからだ」ふたりは声を揃えた。

「噂をすればなんとやらだ」フースが身を乗り出した。「で、なんて？」

咩鷺は表情を変えない。

鳴田堂は目を真ん丸に見開いている。

「おふざけにもほどがある」

鳴田堂はしかめ面でかぶりを振ったが、そのくせ画面から目を離そうとしない。

フースは横から画像をのぞきこみ、絶句し、やがて肩を震わせはじめる。笑いを堪えながら、こう言うのがやっとだった。

「なるほど、親父殿がわざわざあの二人と面接をしたのは、こういう理由があったからか」

「思ったとおりだけど……でも」咩鷺がぼそっと呟いた。「似合ってる。想像以上に」

＊

トロムボノクの目の前で〈大定礎縁起〉は終盤を迎えようとしている。鐵勒、街食い、梦疫の三大災厄は、一地点で合流し、あたりを跋扈《ばっこ》していた無慮数千の牛頭をも吸収して、漆黒の卵と化していた。〈忩籃〉である。

周囲の地面はすり鉢状に陥没している。ひとかかえもある水盤に、赤ん坊の頭ほどのぼた餅が載っている——たとえればそんな眺めだ。ただしその水盤は、控えめに言ってもおおきな都邑《みやこ》をそっくり仕舞っておけるほどもある。

五聯の乗った巨神像は、この全景を見渡す高さから急降下するところだった。

しかし忩籃は、球面をへこませ、搗《つ》きたての餅のように薄く薄くひろがって巨神像を包《くる》み込む。その「皮」は、何百億という黒亞童がつながりあってできたシート状構造物だ。

「なんだ、饅頭《まんじゅう》の中はすっからかんじゃないか。三大災厄はどこに行ったんだ」

「この段階では三大災厄は吽霊に還元されたと考えられます」菜綵が説明をする。「牛頭たちは、ここが五聯との決戦場だと心得ている。いったん根源的な形態を取り、多能性を温存しているんです」

なるほど、シートには全面にわたってありとあらゆる牛頭の姿が浮き沈みしている。この皮膜はついに巨神像を完全につつみ込んでしまった。しかしスクリーンには忩籃の内部空洞にうかぶ巨神の透視像が見えている。巨神は全方位に断続的な光条を連射している。

しかし忩鑑のダメージは軽微だ。

トロムボノクはすっかり退屈しきって、淹れ直してもらった紅茶を、今度は何も足さずに啜った。

「見え見えなんだよ。五聯は内壁の体組織をスキャンして、その内在可能性を——牛頭が取りうる態様のバリエーションを暗算してるとかじゃないのか。どっちにせよ、なんとかしてあの外に出て、饅頭を拘束して封印して一丁上がり、てな流れだろう」

「まあ、ここまでくれば予想はつくだろうさ」

三博士の——バートフォルドらしき皮肉さに、しかしトロムボノクは反応しない。憮然として言うには、

「ぜんぜん気にくわねえ」

「……とは？」

「これは八百長じゃねえのか？」

三博士は真顔になった。

「言いすぎか？　なら『茶番』だ。封印が完全でないにしたって、あれだけ沢山の演目があるってことは、こっそり牛頭がこっちへ抜け出せるようにしてあるんじゃないか？　たぶんそれが五聯にとって——あるいは五聯が象徴している何かにとって——都合がいいこ

となんだろ」

菜綵と三博士が答えられないでいると、三人の情報端末に涼しい着信の音が鳴った。

真っ先に画像を見たのはトロムボノクだった。

そのまま腰がぬけたようにへたり込み、

「なんだこりゃあ！」

残る二人は顔を見合わせ、こらえ切れず、とうとう笑いだした。

＊

半生の鐵勒はほぼ全身が吊り上げられている。後ろ手に縛り上げられ首が切り落とされたさまは、危険な犯罪者の処刑が終わったばかりのようだった。

「あのう……」

シェリュバンはおそるおそる口をひらいた。ワンダは苦手だが訊かないわけにはいかない。

「ぼく、いつまでこ、この格、格好してないといけないんですか。撮影はきのう終わりましたし。きょうここでこの扮装する理由もないですし」

「あん、理由？」

ワンダは腕組みしたままぎろっとシェリュバンを見下ろした。

「理由なんかいるかね。あたしが見たいんだ。そんだけだよ」

「そうは言われましても、やはり心がつらくって」

「さあ」

「誰かに見られるかも知れないですし」

「見せたよ」

「え？」

「画像を送った。おまえの保護者やら知りあいやらに」

「はい？」

「ほらそんなこたどうだっていいだろ。きょう中にはあれを貨車に移す。あしたの始発で磐記に出発だよ」

「いまあの、送ったっていいましたよね。えっと、誰に」

「おまえの想像する、最悪の状態だ」

「きゃー」

＊

「ご感想は？」

「……」

「可愛いですよね」

菜綵は目を細めて言う。

艶やかに結い上げた髪に美しい簪《かんざし》、笄《こうがい》を挿され、胸元、うなじから額の生え際まで板刷毛《いたばけ》で練白粉《おしろい》を施され、目には目張り、脣《くち》に紅を差したシェリュバンは、半分涙目だった。

キモノ装束は絢爛たる刺繍に彩られ、豪奢な帯を境にその下からは装束が切り替わって、薄い生地を幾重も重ね、きらめくレースのフリルで飾られたスカートになっている。重い珠をつらねた首飾り、スカートからすらりと伸びた脚をぴっしりと覆い尽くすリムーバブルタトゥ、足先には三枚歯の花魁《おいらん》道中下駄。

あまりに変わり果てた出で立ちを見ていられず、トロムボノクはまず目をそむけ、次いでながながとため息をついた。

「だれが……こんな目に」

「ワンダ様しかいませんよ、シェリューに言い聞かせられるのは」

「基本的なことを訊くぞ、……この格好はいったい何なんだ？」

「何って、これはフリギアですよ。なきべそのフリギアです」

「聞き覚えがあるな」

「そりゃそうですよ。今度の大假劇の主人公なんですから」

「ええっと、人気番組から移植するってやつか」

「でもこれは初回放送のコスチュームよね。きっと本番ではまた別の格好をするのよね、うん」

これを聞いて、トロムボノクはがばっと立ち上がった。

「待て待て待て！……まさか此奴《こいつ》を本番に出すつもりじゃあるまいな」

「そのとおりですよ？　だって大假劇のあいだ、シェリューは暇ですもん。いい想い出になるでしょう。〈なきべそ〉はかっこいいですよ。必殺技もいろいろあるんです」

「必殺技……」トロムボノクは棒読みで遠い目をした。

「格闘技は基本ですね。まずは回し蹴りで岩を砕いちゃうとか」

「この格好で回し蹴りかいな」三博士が割り込んだ。

「世も末だ」トロムボノクは天を仰いだ。

「ほかにもいろいろ。手のひらから光線を出したり……それから」

「もう言うな」

「それから、あと、たぶんあれも。ロボが」

「言うなったら……ロボ？」

「はい」

「ロボ」

「ロボです。巨大ロボットです。わたしの予想だと、ほらこのあたりに——」とシェリュバンが腰にさげた小さな巾着《ポシエット》を指さした。「コントローラーが入っていますね、うん。それで操縦するんです。だって基本ですよロボ」

トロムボノクは椅子に崩れ落ちた。

「しっかりしてくださいよ。大假劇はこんなものじゃすみませんから」

微粒子のスクリーンから〈大定礎縁起〉の画面がかき消えた。

代わって、磐記の雑踏が映し出される。菜綵が情報端末から送っているらしい。

「街なかですよ」

中央登記所に向かう途中の繁華街の大きな交差点のようだった。遅い午後が夕方に移行する時間帯。五本の大通りが交わる交差点に面して、ひときわ高い建物が聳えている。石造りの壁のいちめんを覆うスクリーンが明るく輝いて、シェリュバンの晴れ姿を描画している。

トロムボノクは顔を覆った。しかし指の隙間から見ずにはおれなかった。

「これは悪夢か……いやこれはこれで……なかなか結構」

三博士の中でも意見が一致しないようだ。

通行人が足を止め、口々に何か言いながら、輝くフリギアを指さしている。

「班団……の一部は大喜びで、さっそく公開したそうです。大評判ですよ。みんな公式の情報に飢えていましたし。ああ、それにしてもシェリューって、かわいい」

「こいつが五百年に一度のイベントの主役を張るってか」

五百年分のやる気が消えたとでもいうように、トロムボノクは長々と——ほんとうに長いためいきをついた。肺の空気を全部追い出したあと、なけなしの空気で一言つぶやいた。

「これが歯痛のお告げだったのかもしれん」

第三部

第一章

21

ワンダと峨鵬丸《がほうまる》、そしてシェリュバンがいるのは、ぴかぴかの客車の中であり、窓の外では轍《わだち》世界の新聞社・通信社が派遣したカメラマンが手に手に写真機をかまえ、こちらに向けてフラッシュを放っている。

プラットフォームには雨除けがないから、上空の無人取材機からはワンダ一行の乗った専用列車の全容を収めることができ、カメラマンの撮った写真とともに轍世界に配信されている。列車は十輛編成。機関車が一、客車が三、厨房兼用のスタッフ用車輛が一、その後方に連結された五輛はすべて貨車である。中でも目を引くのは六輛目で、屋根も側壁もなく、平たい車台に低い柵がめぐらせてあるだけなのだ。濃いオリーブ色の防水シートで覆われ、オレンジ色のワイヤロープで縛り上げられているが、貨物がなにかは分からない。残る四輛はなんの変哲もない四角四面な貨車だ。しかし、七輛目からは何本もの太いチューブが前の車輛に伸びている。


「あ、これおいしい！」

シェリュバンは目を丸くし、それからにっこりと細めた。

彼の手には新聞紙を折った袋があり、そこにあつあつの揚げ物がどっさり詰め込まれている。厨房車から届けられたばかりのそれは、亜童《あどう》の皮をぱりぱりに揚げて塩と粉砂糖とシナモンをまぶしたものだ。

「お、おいっしーな……（ほうっ）」

たて続けに三枚、五枚と食べ、シェリュバンはため息を漏らす。亜童の皮チップスをかじると、ぱりっと割れ、さくさくと歯で砕けるのに、食べているうち皮ぎしの膠《にかわ》の粘着質が滲みだし、そこに塩味と甘味がからんでやみつきになる。

「こういうのもいいんだぜ？」

峨鵬丸はチップスで冷え冷えのカスタードクリームをディップする。ヴァニラの香り、

卵の甘さ、あぶら甘じょっぱいさくさくチップ、その取り合わせを想像したシェリュバンは、

「ぼくもぼくもー！」

「あんたらいいかげんになさいよ。もう出発なんだから」

ワンダは長いすでゆったりとし、紙の大判雑誌をぱらりぱらりとめくりながら言う。たっぷり十人が座れる大きな応接セット、同じ人数が食事をとれる大テーブル、ホームバーが配置され、目がさめるような赤と金で彩られた豪勢な空間だ。

「それとシェリュバン、なんでもかんでもオーダーしないように。うちの人みたいな太鼓腹になっても知らないよ」

「だいじょうぶです。ぼく、基礎代謝を好きに上げたり下げたりできるんで」

「チップス、それお肌の大敵。大假劇《かげき》の主役を張ってもらうんだから、我慢してもらわなきゃ」

「はいはい……（ぽりぽり）」

「返事は一回！」

シェリュバンを静かにさせると、ワンダは雑誌を放りだした。大あくびをして、

「だいたいこのあたしに待ちぼうけ食らわすってどういう了見？　もう出発しましょ」

車掌を呼ぼうと卓上のベルに手を伸ばしたが、それを鳴らす前に入ってきた。

「お約束の方がお見えです」

車掌のうしろに立っていたのは、派手なピンクのツーピース・スーツを着た女性だった。

「おじゃましまあす。わたし、〈時《じ》艦《かん》新聞〉の鎌倉《かまくら》ユリコと申します。みなさん、素晴らしい朝ですね！」

轍世界最大の部数を誇る超時空新聞の記者は、両腕を芝居がかったしぐさで広げて、底抜けに明るい声を放った。栗色の髪を女執事風に高く結い、眼鏡のフレームは細い赤珊瑚《さんご》、一重瞼《ひとえまぶた》の切れ長の目、細い唇がきゅっと弓なりの微笑を描き、そして砂時計型の迫力満点のプロポーション。

「誠心誠意をこめて、取材させていただきます！」

横に広げた両腕をザッと前方に差し出す。

「……」「……」「……」

三人は反応に窮した。

「よろしく、ね」

さしものワンダも鎌倉ユリコを直視するのははばかられるようで、キューポラのように高くなった髪型の天辺《てっぺん》あたりを見ている。

「おはようからおはようまで、時艦新聞社は〈輸〉の世界認識を統合しています」鎌倉記者はお決まりの文句を唱え、「いよいよ磐記《ばんき》めざして出発ですね。取材をお受けいただき感激です」

輸世界が人類社会として統一感を保つために、ア空間航法や超慣性制御技術と同様に、あるいはそれ以上に重要なのが報道と言論、そして芸術と娯楽の共時化であり、それを一手に担うのが〈時艦〉である。

〈時艦〉はア空間のとある「一点」に泛《う》かぶ巨大な放送出版管制基盤であり、その地／時点は、輸領域内のありとあらゆる場所へ通じて情報の送受を可能とするネットワークの交点である。ア空間内において無限小のサイズであるこの「一点」には、全輸世界にちらばった数十万の新聞社と放送局、数億の出版社が時差なしで同居できる。輸世界が、ひとつの人類社会でありつづけることができているのは、〈時艦〉あるがゆえだ。その存在を指し示してくれたのは、やはり〈行ってしまった人たち〉である。

時艦新聞社は、特種楽器を専門とする記者の中でもずば抜けた実績を誇る鎌倉ユリコを選び、特派《とくは》した。鎌倉記者は班団《はんだん》と商会、そしてギルドと交渉し、この列車でワンダに独占インタビューする権利を得た。

「意気軒昂ねえ。どうしてそんなに」

記者はワンダに正対してソファにすわり、メモ帳と鉛筆を取り出し、こほんと咳払いしてから、とつぜんがばっと立ち上がり、意を決したように言った。

『仙女旋隊《せんにょせんたい》 あしたもフリギア!』。わたし小さい頃、かじりついて見ていました」

ワンダはうっと声を詰まらせた。

「……わたしとわたしの友人とわたしたちの——なんていえばいいか——子ども時代を代表して、ええもう、代表してと言いますけど、お礼を申し上げたかったのです。先生、ありがとうございます」

鎌倉ユリコはふかぶかと頭を下げた。

「ほほう?」

峨鵬丸は面白そうにワンダを見ている。妻の目がちょっとたじろいだように見えたからだ。

「まあ、掛けて」

「はい!」

鎌倉ユリコはふたたび腰を下ろし、メモを脇へおいて、膝に手を置いてきれいなお辞儀をした。

「改めてご挨拶いたします。わたくし、時艦新聞社で文化面を担当しております鎌倉ユリコと申します。専門分野は、舞踊、演劇、特種楽器音楽など。お忙しい中、お時間をいただけましたこと、ほんとうにありがとうございます」

シェリュバンは鎌倉ユリコの顔を気づかれないようにちらちらと見ている。まだ気づかれていないのかな。……だったらいいんだけどなあ。

「……先生には、いよいよ十二日後と迫りました美玉鐘《びぎょくしょう》再建演奏会で上演される『大假劇』の筋立てをご紹介いただき、台本執筆に当たってのご苦心などお聞かせいただけましたらと思います。どうぞ、よろしくお願いいたします」

そうそう、ぼくの聞きたかったのもそれなんだ……と、シェリュバンは声に出しそうになる。あたりまえのことだが、〈大定礎縁起〉の原典にはフリギアの出番はない。シェリュバンは、まだ、大假劇はおろか元番組のフリギアについてさえも知らないのだ。

でもうかつに声を出せない。だってこの記者さんは――

「それとシェリュバン!!」

鎌倉ユリコに両手の人さし指を突きつけられ、シェリュバンは飛び上がる。

「こんな至近距離で見逃すはずないでしょ」

「あら、あんたら知りあいだったの？」

シェリュバンは顔をそむけ無言をつらぬく。

「ふふふ、あなたはあとからたっぷりとインタビューしたげる」

「因縁がありそうねえ」

「誤解なさらないでくださいね。わたしが狙っているのは、この坊やではなくって、同伴の彼なの」

「ワンダさん、あの、心から忠告しときますけど、この記者さんには気をつけてください。特に興奮させすぎるとちょっと変わったことが起こるかも……」

「第四類がよく言うよ。それならこっちだって先生に、あんたの弱点をお話しするからね。――たとえばお尻には……」当人が顔を真っ赤にして両手をふり回しているのを確認すると、「あーさすがにかわいそうか、それはまた別の機会に。さあてそれでは」

ぽんと柏手《かしわで》を鳴らすと、鎌倉ユリコは改めてワンダ・フェアフーフェンを正面から睨んだ。それに合わせたように、ゴ、ゴン。車台が揺れた。

「それでは、先生にお尋ねいたします」

機関車に牽引《けんいん》されて列車が動きはじめ、小気味よく加速していく。

「先生は今回の大假劇で、番外を大きくアレンジすると公言されていました。潤色にあたって、『仙女旋隊　あしたもフリギア！』をマッシュアップし、美縟《びじょく》五聯《ごれん》にも新たな役柄、『旋妓婀《フリギア》』を加えると。伝説的楽器の復活にあたり、この発表は大きな驚きと一部の反発を招いています。

　先生に、まずお尋ねします。

『フリギア！』を採用された理由は？」

「ふん――」ワンダは鼻を小さく鳴らし、彼女にしては珍しいことに、即答するのではなく、やや遠回しに話しはじめた。「あなたおいくつ？」

「三十四歳です」

「あたしとだいたい同じね」

「はい」

「『フリギア！』は観ていた？」

「わたしも、友だちも、観ていなかったものなんていません。ひとりも」

「あたしもそうよ。テレヴィのスクリーンにかじりついて、ぜったいに離れなかった。十シーズンも続いたけど、四歳から十五歳まで、ずっと観続けた。

　――時艦があたしたちを作っている。パパは生前よくそんなことを言ってた。

　あたしたちは〈輸〉に散らばっている。光の速度で何万年もかかる深淵で隔てられている。ア空間移動の交通機関を利用できる人は、ほんのひとにぎり。でも、時艦を利用したメディア・ネットワークがある。人類の進出から長い年月が経ち、万を超える世界で生きているけれど、言葉は通じるし、世界認識は驚くほど同じ。地球でくらしていた時代と大差ない。なぜ、希薄化、散逸しないでいられるのか。ひとえに時艦のおかげ、そう言ったのね、パパは」

「身に余るお言葉です」

「なかでも子ども番組が重要だ、と父は言っていた。

人類は、誕生から第二次性徴の完成を見るまで、どの国でもだいたい同じ年月をかけている。むりに加速、減速した国はたちまち衰退し滅びさった。私たちは生物的に、同じ分量の『子ども時代』を必要とする」

「ええ」

シェリュバンはちょっと居心地が悪い。自分はその原則の外にいるのだ、と改めて思い知らされるから。

「その子ども時代に、だれもが時艦テレヴヴィの子ども番組を受け取る。あなたとあたしは轍世界の端と端にいて、気が遠くなる距離を隔てていたかもしれない。でも、三歳のとき、七歳のとき、十歳のとき、私たちは同じ番組を見ていた。フリギアの仙術に魂をうばわれ、ダイラーの機行《きこう》にあわせて身体を揺らし、アストラ兄弟の十字光砲《じゅうじこうほう》に鼻息を荒くした。こうして会話が成り立つのもそのためよ」

鎌倉ユリコは真剣に相槌を打つ。

「先生、でも假劇は美玉……いえ美羇の中に閉ざされていますね」

「そうよ。だから班団は、私をえらんだ」

「あまたある子ども番組の中から、ずいぶんむかしに終了した『フリギア！』を選ばれた理由は」

「好きだから。私が大好きだから。いつまでも忘れられないから」

「はい……はい」とうとう記者は両の目をぬぐいはじめた。「フリギアは長寿シリーズでした。フリギアはたんなる称号で、主役は次々と入れ替わっていきます。先生はどのフリギアを選ばれるのでしょう」

「議論の余地はないでしょ。〈霆《いかづち》のフリギア〉でも〈驥足《きそく》のフリギア〉〈香呂《こうろ》のフリギア〉でもない――**〈なきべそのフリギア〉**よ」

記者は手をとめ、居ずまいを正した。

「そうよ、大假劇では、シリーズぜんたいの最終回『**まじょの大時計**』をやります」

「はい」

鎌倉ユリコの声は感動で震えていた。

シェリュバンと峨鵬丸は顔を見合わせる。そもそもかれらは「フリギア！」を知らないのだ。シェリュバンはその境遇のため観る機会がなかったし、美縟びとはもっぱら假劇だ。男ふたりは（やれやれどうしたもんかね）と目配せしていて、ふと気づくと、ワンダとユリコがこちらを無言で睨んでいた。

「……お、おう。どうした」

「あんたたち、知らないんだ。フリギアを」

「だ、だとしたら？」

よせばいいのに峨鵬丸が開き直る。

「いい機会だ。とっくり教えてやるよ」


轍世界を縦横に駆け巡るお助け隊《トラブルバスター》〈仙女旋隊〉。

本拠地を星系〈旋都〉に構え、超常的能力〈仙力〉の蓄蔵から、加工、可搬化、発揮までを技術体系として統合した〈仙術〉を独占し、その使い手である〈仙女〉を育成し、三人から十人ほどの旋隊《チーム》に編成して轍の各地に派遣し、世界の平安と均衡を守護している。

「フリギア」は各旋隊のプリマドンナを意味する称号であり、つまり仙女の中でひときわ抜きんでた仙力を帯びたヒロインということになる——これが物語の背景だ。

時艦テレヴヴィの一大シリーズ「あしたもフリギア！」はこの基本設定を堅持しながら

も、その可能性を極限まで追求し、シーズンごとにまったく別の番組と見まがう多様さ、振れ幅を見せて絶大な人気を博した。
極彩色の衣裳に身を包んだ四十八人にも及ぶ大旋隊が、毎回別の国を訪れては、その地の械獣《カイジュー》相手に演舞と音曲で戦うシーズン、はたまた一都市の地味な陰謀が露見し犯人が処断されるまでをひたすら暗くリアルに追ってゆくシーズン。
長寿シリーズが少女たちの心をとらえて離さなかったのは、シーズンを重ねるごとに背景世界の謎が明かされては覆《くつがえ》される驚き、その反転の重ね合いが示唆する世界の複雑さと苦さ、そして見え隠れする終末の影や甘美な恐怖のゆえである。
謎——
旋都とはどのような街か、
かつて起こった〈遠目《とおめ》・近目《ちかめ》〉対〈かがみのまじょ〉の決裂と闘争とは、
仙力と仙術の秘密を一個の結晶実体に凝縮した〈仙核〉とは、
そして各シーズンの最終回で旋隊と別れて旅立つフリギアたちが赴く先〈旋都〉で待ち受ける運命とは……。
峨鵬丸は指先でもみあげをいじりながら、退屈そうに聞いている。

シェリュバンは、こくこくとうなずきながら興味津々で耳を傾けている。

輸世界の秘匿された圏域に存在する〈旋都〉、それが仙女のふるさとだ。

旋都は一個の惑星であり、仙術の奥義を独占する巨大組織〈仙女旋隊〉が本拠を置く。

仙女の養成学校や、旋隊の兵站を担う実務部隊もここにある。

仙女を育てることができるのは旋都だけである。仙女の学校があるのもここだけだ。あらゆる仙力の根源である〈仙核〉が、旋都の核心部に埋まっているからである。

すべての力の源泉はこの仙核である。

「あしたもフリギア!」は、最終シーズンにいたって、はじめて旋都を舞台とし、初の学園ものとして開始される。成績最下位、おっちょこちょいの泣き虫でありながら、学園創立以来最高の資質を開花させるであろうと予言され、やがて史上初の「校内旋隊」の末席に加わる少女、御神本《みかもと》螢《ほたる》が主人公だ。

プリマでない——つまりフリギアでない者が主人公となるのははじめてのことだった。

螢はいつも旋隊の下っ端でどじを踏み続けていた。シーズンの——つまりは全シリーズの最終盤で、思いもよらぬ形でフリギアの称号を授けられるのである。

鎌倉ユリコは、最終シーズンが始まったときの驚きと感動をワンダに訴える。

「最後の最後まで『学園もの』を取ってあったのに、まず痺れました！　なにもかもやり尽くしたと思っていたけど、そうだ、まだ学園ものがあった、と。そこへあれですよ、これまでの数々の最終回で旅立っていった先輩フリギアたちが、先生や部活の顧問や先輩になって登場してきたときの感動。もう胸がいっぱいになって」

ワンダも目を細めてうなずいている。

「そしたら、そういう安っすい『感激』をねらったんじゃないってわかって、ほんとにもう二度びっくりですよ」

「ただのサービス、おもねりではなかったよね。差別、病い、対立、貧困、強欲、性愛、友情、そして権力。一話一話に深い問題意識があり、それをためらいなく子どもに突きつけた」

「はい。そのひとつひとつに、先輩フリギアたちがからみ、いままでのシーズンで得られた結論がさらに深められていく」

「どこまでもほがらかでね」

「観ていて背筋が伸びるような、自分が鍛えられるような」

「主人公がプリマじゃなかったから」

「ええ、ええ。だからこそ素敵だった。あれが――」

鎌倉ユリコは息を吸って吐いた。

「あれこそがわたしの学校でした」


最終エピソードは、シーズンの後半三分の一をまるまる使った長大なものとなった。

仙核に異変が起こるのである。

旋隊の、仙女の、仙術の根幹を支える仙核――旋都の地下に収められた巨大な結晶実体〈仙核〉が、最悪最大の敵〈かがみのまじょ〉に知らぬ間に支配されていたのだ。

数千数万の仙女は、あるものは活力の源泉をうばわれ、またあるものは制御を失ったみずからの仙力に牙をむかれて瀕死の状態に陥る。さらに旋都の地殻を掘り抜き、数百階層もの居住空間を展開していた脆《もろ》い構造――ありえないほど芸術的なその構造は仙力で支えられていたのだが――もまた次々と崩壊する。教師、顧問をはじめとする栄光に彩られたフリギアたちは次々と命を落とす。


特別列車は進む。峨鵬丸の地所への引き込み線から三十分ほどで本線に入り、ほどなく最高速度に達した列車はなめらかに驀進《ばくしん》する。速度がもたらす昂揚のせいか、シェリュバンはフリギアの話にのめりこんでいく。

仙女らは仙核との接続を回復しようとするが、抗性仙術の呪文層に阻《はば》まれ、内奥をうかがうすべがない。たまたま惑星を離れていたために難をのがれた〈遠目の仙女〉たちが仙視を執り行い、それぞれに得た視覚像から抗性仙術の影響を慎重に排除し、相互に重ねあわせて精緻な観察像を描き出した。

仙女たちは目をみはった。仙核は直径十キロメートルにも及ぶ巨大な結晶体であり、表層から中心まで一様な結晶構造が続いているはずだ。しかしいまやその内部に人為的な、不均等な構造ができあがっている。

その描像は、機械式時計の機構だった。金属製の精緻な歯車が動きを受け渡して刻む律動。それが何を意味するかは〈近目の仙女〉たちが総掛かりで分析することでようやっと判明する。

結果は驚くべきものだった。この内部機構は大小三百六十の別々の時計機構が相互に連結しながら動いているが、それぞれの時計が刻む時間は別のものだというのだ。機構ごとに時計が進む速度が異なっているのである。

その秘密は時計の機構にではなく、仙核自体にあった。

最高難度の仙術には――それは秘術中の秘術として口伝《くでん》でしか継承されないが――時を操るものがある。いまや仙核は内部にいくつもの時間の異なる小領域を内包しているのだった。

シェリュバンは、がまんしきれなくなって口をはさむ。

「その時計って迷路みたいですね。だれかを誘い込んで迷わすための」

ワンダと鎌倉ユリコはにやりと笑い、口をそろえて、

「分かってんじゃん！」

〈遠目〉の究極の視力でさえ、時計機構の攪乱《かくらん》的な動作や、錯綜する時間の切断面に阻まれる。そこで〈近目〉の出番だ。彼女らは周辺との仙力収支を計算し、仙核内部で理論値をはるかに上回る仙力が消費されていることを知る。〈近目〉は、仙核が、近傍宇宙の構造を陥没させア空間に貫通するほどの被害をもたらす可能性を指摘する。

つまり爆弾の製造とその秒読みが同時進行している状況だ。

ア空間貫通が、登場人物と、視聴者たちにもたらす衝撃は大きかった。それは世界の転覆にも等しい事態なのだ。

どうあっても秒読みを止め、仙核の制御を取り戻さなければならない。旋隊代表部は、決死隊の派遣に踏み切る。並大抵の部隊では、核心への到達はおろか時間防壁の第一層を突破することさえかなわないだろう。

代表部の出した結論は究極の臨時旋隊を編成することであった。

過去のシーズンでもっとも実力があり視聴者の人気も高い、五人のフリギアが選ばれた。あるものは仙女養成学校最強の教師であり、ある者は旋隊代表部直属の強襲執行部隊のリーダーであり、あるものは代表部のひとりであったりさえした。

旋隊代表部は五人に告げた。君たちの中からプリマを選べと。

五人は首を横に振った——とてもそんなこと考えられませんわ。プリマはあの子に決まってます。

指名されたのは「校内旋隊」十人中最下位の、冴えない、おっちょこちょいな、螢だった。

「ふうーむ」

鼻先を撫でながら峨鵬丸が言った。ここへ来てとうとう黙っておれなくなったのだ。

「だんだん分かってきたぞ。つまり、鉄砲玉になってくれる人物を假劇に導入するつもりなんだな」

すかさず反応したのは鎌倉ユリコだ。

「これは聞き捨てなりませんね」

「おっ？」

峨鵬丸は鎌倉ユリコの瞳に生じた変化に気づいた。瞳孔が高速で拡張と収縮を繰り返す。唇も小さく震えている。震顫《しんせん》ではない。なにかを呟いているのだ。

「あーあ、だから言ったのに」

「美玉鐘……大假劇……美縟五聯……五柱の神……美玉鐘……街食《まちぐ》い……梦疫《むえき》……鐵靭《てつじん》……美玉鐘……大定礎縁起……首都の地下……」

これまでの取材で仕込んできた情報が鎌倉ユリコの中で、高速で結合しつつあり、それがつぶやきとして漏れてくるのだ。声はどんどん大きくなる。

「おい……」

心配になって峨鵬丸が声をかけるが、シェリュバンは無駄ですよとたしなめる。何を言っても聞こえてないんです。これがこの人の特技なんです。集めに集めた情報がある限度を超えると、とつぜん思考が異常亢進《こうしん》して——ときどき真実を言い当てちゃいます。

「仙核……仙女養成学校……旋隊……強襲執行部隊……旋都の地下……かがみのまじょ…

「……仙核……惑星の地下……決死隊の派遣……あっ！」

鎌倉ユリコは棒立ちになった。

「鳥肌、立ちました」

「うん」

「あなたは、零號琴《れいごうきん》を鳴らしたいのですね？」

「そんなのみんな知ってるわよ」

「はい！」満面の笑み。

「すわんなよ」

「はい!!」

おやつを放ってもらった犬のようにうれしそうだ。

「先生は、『美縟五聯と旋隊を溶けあわせたチーム』を作るつもりですね。サーガ世界を知り尽くし、なおかつ死をも恐れず仙核に突入する動機を持っている。そういうチームなら行ける。サーガと假劇の精神的な地下のいちばん深いところまで」

「そうそう」

「そこにあるんですね――秘曲、零號琴が」

「そういうこと」

「言い伝えにあるような『おのずと鳴り響く』――そんなまどろっこしいことじゃ気が済まないんでしょう。押しかけていってがんがん鳴らしたいんでしょう」

「よくわかってるじゃないか」

「はー」

鎌倉ユリコは腰を下ろし、両腕をソファの背に回すと天を仰いで、温泉に浸かったような声をあげた。とても記者とは思えぬ横柄な口調で言い放つ。

「あんたもう最高」

あっはっはとワンダは笑って応じた。


さらに二時間インタビューを続け、聞きたいことは残らず聞きましたといわんばかりのさっぱりした表情で、鎌倉ユリコは去っていった。また磐記でお目にかかりましょう、とさわやかに言って、列車のデッキからぴょんと飛び降りたのだ。時艦新聞社が差し向けた大型宇宙バイクが彼女をピックアップしていった。

「あんなに何もかも話して大丈夫なんですか？」

「大丈夫よ。当たり障りのない記事しか書けないように話してるし。そこはお互いわきまえた上でのインタビューだもん」

「でもワンダさん、筋書きをけっこうバラしてたでしょう」

　ワンダはふっと笑って。

「あんたには悪いことしたね。取材より前に知っておきたかったろ。まあ肝心の中身は口や文字じゃあ伝えきれないから」

「それはいいんですけど――あの人ってほんと失礼ですよね」

「あれの親父は時艦のお偉いさんだからね。うちのパパも化け物だけど、あっちも引けを取らない。こわいものなしさ」

　峨鵬丸はにやにやしながら顎をなでている。

「ま、似た者同士だな。あの姉ちゃん本番を引っかき回すぞ。気をつけろ」

「どえらく勘が働く子だったね。でも、本当にじゃま者になる可能性があるのは、やっぱりお兄ちゃんのほうかな」

「磐記に着いたらさっそく遺言状の公開なんだっけか。楽しみだな」

　峨鵬丸は言った。ひどい遺言であればあるだけ、ワンダは闘志を燃やすだろう。

「楽しみですね」

　ワンダは苦笑した。目尻のあたり、パウルとよく似てきた。

「そうね、楽しみ。磐記に着くのが」

＊

夜半――。

まっくらな個室の中でシェリュバンはふと目覚めた。身体を起こして車窓の外を見る。人家ひとつない、真暗な平原。遠い稜線はねむる犬の背に似て、その上に――

星は金。

夜は黒。

轟音を立てて特別列車は夜の底を疾走している。シェリュバンは枕元の合切袋《がっさいぶくろ》から取り出したものをかすかな星の光りに翳《かざ》した。

泥王《でぃおう》の假面《かめん》だ。

菜綵《なづな》は生きているのだとワンダはいう。この目で見るまではなにひとつ信用しないのが第四類の習い性《しょう》なのに、自分でも不思議なくらい自然に感じられる。

これを持ち主に返せるんだ――手渡すときの菜綵の指先の感触がなまなましく想像される。

シェリュバンは薄いシガレットケースを手にとる。

めったに吸わないんだけど、今夜は……そう思いながら七宝《しっぽう》で飾られた蓋を開け、一本取り出してくわえる。ターバンに挟み込んでいた燐寸《マッチ》を抜き出し、窓枠に擦って火をつけた。煙りをふかぶかと吸い込むと、シェリュバンの中に音楽がくゆり立つ。〈クルーガ〉の売春窟の職人が巻いてくれた音楽煙草だ。この煙草はウーデルスの曲を、シェリュバンの中に掻き立てる。そのように調合されている。

ウーデルスを知らないか――暗い目の男がやって来てそう問うたとき、知らんぷりはたやすかった。でもしなかった。

音楽は太陽神経叢のあたりで鳴っている。旋律になりそうでなりきらない、明るいようでさみしいような、そんな音の起伏だ。しごく単純に聴こえるが実は超絶的技巧を要する曲だ。なにしろ聴き手によってリズムも主旋律も調性もまるで別の曲に聞こえる、だまし絵のような曲なのだ。ふしぎなことに録音すると音数が半分くらい消えてしまう。だから煙草に巻いてもらったのだ。

二口だけ吸い、ていねいに消して、またケースに戻す。音楽は消えた。

まぶたが重くなる。シェリュバンは身体を寝台に横たえ毛布を首まで引っぱり上げた。

夜。

假面は、かばんの奥で、音もなく息づいている。

持ち主の手に戻る時をただ待っている。

22

さて、特別列車出発の日のこと。

磐記では、フース・フェアフーフェンがザカリと向きあって遅めの朝食を摂《と》っている。

「ついに出発なされましたそうな。ご到着はあすの朝と。いかがなさいます」

「なにも。自然体だよ」苦笑しながら、フースはパンケーキにシロップを落とす。パンケーキの肌を流れる蜜に朝の光が射している。「親父どのが何を狙っているのか分からない以上、それしかない」

パウルの遺言は二通あった。

最初の遺言状は和紙に墨でしたためられていた。長々としたものだったが、せんじ詰めればひと言である――遺言状開封は一般公開する、それだけだ。

すべてはもう一通に書かれている。探りを入れてみたものの、遺言状は美縟びとの管理人が厳重に管理しており中身をうかがい知ることはできなかった。開封に立ち会えるのはフースとワンダだけだ。しかし――

「それだけで相続できるなんて思うのは甘い」

フースは梦卑のベーコンにナイフを入れた。厚い切り身はこんがりと焼けている。梦卑のことだから肉の断面にはなんの模様もないのだが、口に運べば豚肉よりも複雑なテクスチャと風味がある。雑穀を混ぜて焼いたパンケーキはがっしりした重さと酸味があり、シロップの甘み、肉の薫香や脂、塩味と組み合わせつつ食べ進むのが心地よい。花の種を焙《ばい》煎《せん》したコーヒーを含み、熱と苦みで口中の感覚を収斂《しゅうれん》させると、フースは続けた。

「親父どのは假劇になにを見ていたのか、ということをずっと考えていてね。あのひとの美意識と鑑識眼は卓越していたけれど、美縟への関心はちょっとニュアンスが違う」

「むしろ……プロスペロー、パッパターチ、カイマカン」

「そう、そちらに近い。父は假劇に有用性を見ていたのだろう。だからこそわからない。假面の技術は凄いが、首を刎《は》ねてまで追求するほどとは思えない。ならばてっきり不死化が狙いだろうと思っていたけれど、それもちがうっていうんじゃね」

フースは目玉焼きの黄身を崩しベーコンにからめた。美縟に卵生の生物はいないが、ステム・フレッシュは万能だ。

「こちらの考えすぎで、お父上がもうお亡くなりになっているということは」

「首が飛んだのは間違いない（ぱくっ）。影武者の線もない。しかし、それだけでは死んだとは言えないよ。むしろそういう死にかたは、親父どのの美意識とは相容れないと（もぐもぐ）」

「……（もぐもぐ）」

「遺言状開封が、偽装死にはじまるたくらみの一部であることは間違いない。でも、報道を入れて一般公開までする理由は読めない」

タンニンが効いたお茶を喫していると、デザートが出てきた。

梦卑の皮をぱりぱりに揚げたチップを、オリガミふうに組み立てたものだ。一口大のオリヅル、セミ、カブト……。

ひとつつまもうとして、フースは動けなくなる。

「どうかなさいましたか」

ザカリの声も遠く聞こえる。

オリガミの小さな蟹が皿の上にいたからだ。

泥濘《ぬかるみ》のような――にぶい鉛色。

びっしりと生えた短い毛。

蟹って蜘蛛みたいだなと幼いフースは思った。器に山盛りされた蟹が、脚や鋏を鈍く動かしていた。十歳の時の思い出だ。惑星〈ショナン〉、パウルのプライベート・ビーチだった。

早朝からひとしきり泳いだあと、パウルとワンダ、フースは昼食をとることにした。大きなテントにしつらえられた食卓の真ん中に、深みのある青をつかった大きな鉢が据えられている。湯気を立てているのは茹でた蟹の山だ。子どものてのひらを二つ並べた大きさ。加熱されても赤くはならず、泥団子そっくりな色だった。蟹は茹であげられて、それでもなお動いていた。幼児がかじかんだ手を動かすのに似た、ぎこちない動きだった。

「生《なま》なの？」

そうではないと知りつつ、フースは訊いた。パウルは微笑んで首を横に振った。

「死んでいる。死んでいても動くのだ、こいつらはな」

フースは、死んだのなら動かないんじゃないかな、と首をかしげる。

「パパそれ変！　死んだら動かないよ」

大声で指摘したのはワンダだった。いつもそうだった。何かを思いついたら（いや、思いつかないうちから）とにかく動く。走り出し、手を出し、怒り、賛成し、頭ごなしに否定する――アクションが先行するのだ。それがワンダだ。父はすまし顔だったが、口の端に満足げなほほえみがのぞいていることをフースは見逃さない。

　ワンダは父のお気に入りなのだ。

「この蟹は違う。生きているうちは狸寝入りを決め込み、死んではじめて筋肉を活発に動かす」

　父は饒舌だ、ワンダには。

　フースは口ごもる。死んでから活発に動くというその機構が不思議でたまらなかったが、父に尋ねてよいかわからなかった。するとワンダが例によって先に動いた。

「じゃあパパ、どうしてこの蟹は死んでから動くの」

「その質問には二つの疑問が含まれているね」

「そうよ。死んだのに動くのはどういう仕組みか。そして、死んでから動くことで蟹はどんな得をしているのか」

「蟹の棲む海底には、肥沃な泥がぶあつく積もっている。蟹の好む栄養素が大量に含まれていて、蟹は腹部にあいた広い口で泥を掬《すく》い養分を濾《こ》し取る。この泥の層は〈行ってしまった人たち〉の気まぐれで敷設されたものだ。蟹は〈ショナン〉の別のエリアに原産地があるが、なにかの拍子にここへ移動したあと、泥に適応して大繁殖し、定着して独自の進化を遂げた特異な一群だ。海底にへばりつき、自分の腹の分だけ面積を獲得したものが生存競争を勝ち抜く。そういう、実になんと言うか、どんくさく排他的な世界を作り上げた。この蟹の行動様式と生活環はおもしろい話が満載だが、とびぬけて興味深いのは死体を排除する方法だ」

「ああ！」フースは思わず声を上げた。「そうか、それで死体が動くんだ」

パウルはフースの反応にはそっけない。何ごともなかったかのように説明を続けた。

「この蟹は海底を覆い尽くしている。蟹一枚分の厚さで広がっている。死んだ蟹がへばりついていたらそこの泥がむだになる。若い蟹を食わしていくためには、死んだ蟹に退《ど》いてもらわなければならない。しかし生きている蟹がうかつに動けば食いぶちを――腹の下の面積を奪われてしまう」

「ああ、それで死んだ蟹は自分で移動するのね」

フースは、さっきぼくが言ったろ、と口にしかけて、パウルがにっこりとうなずいたので押しだまる。

「そのとおりだ。死後、体内のバクテリアが異常増殖し蟹の筋肉を猛然と食いはじめる。そのとき発生する微弱な信号が筋肉をはげしく痙攣させ、脚という脚がばらばらに踊り出す。それ自体はみさかいのない動きだが、たまたま甲殻の形状がそれを整然とした動きにととのえてしまうのだ」

湯気を立てる泥色の蟹の脚を、パウルは、一本もぎとった。なかにはぎっしりと身がつまっていた。いかにもおいしそうだったが、やはりぎぐぎぐと動いていた。

「本来はもっとはげしく動きまわる。生きたまま茹でれば、バクテリアの活動を抑えられる。身は痩せず美味が保たれる」

パウルは蟹の本体をワンダの鼻先に突きつけた。脚の先端は、園芸用の小さなシャベルを鉤状に曲げた形になっていた。

「どうだ、この蟹の脚は海底にしがみつくことに最適化している。筋肉量はじっと動かない生活に対してあきらかに過大だ。なぜそのようなコストが許容されているかといえば、死んだのちに自分を片づける——同類の邪魔にならない場所に移動する必要があるからだ」

「面白いね」父には相手にされないことを覚悟しつつ、フースは口にせずにはいられない。

「こいつが生きているあいだに一生懸命食べたものは、死んだあとに使われるんだ」

「そうだ」

パウルは軽くうなずき、フースはちょっとどきっとした。忘れもしない、その直後にワンダはこう言ったのだ。

「でもそれは、ほかの生きものも同じだよ？　わたしたちの死体だって、生きてるあいだにつくられたものでしょ。それは死んだ後にものこる。虫やバクテリアやネズミさんに食べられて、利用される。別の物質に変わってどこかへはこばれていく。ほら同じだ。ええと、だからね？　生き物は死体を作るために生きているんだよ」

ワンダはこのような警句をとっさに放つ。どきっとするような鋭さがある。幼いワンダの言葉はつたない。彼女は考えていることのほんの数分の一しか言葉にできない。しかし聴き手にはわかるのだ。ワンダが、言葉に出した以上の膨大な思考をしているのだと。

「ああ、そうだ」

パウルは目を細めた。父が心から目を細めるのはワンダの聡明さに触れたときだけだ。

「あれ、わたし変なこと言ってる？」

「いいんだ。きっとそうだとも」

パウル・フェアフーフェンは実にうれしそうな顔で幾度もそう繰り返した。フースは強く手をにぎりしめた。それほど口惜《くや》しく悲しく、胸が燃えるような気分になったことはなかった。

「いままで気がつかなかったよ。なるほど、生は『生の残骸』を作るためにあるのだ。生とは死の製造工程にほかならない。すばらしい」

そしてパウルは――

デザートを下げさせ茶を飲んで、フースは平静を装うが、幼い日の記憶が圧倒的な生々しさでよみがえってきたことに当惑していた。なぜこの記憶がいま読み出されるのか。

そしてパウル・フェアフーフェンは、ぎぐぎぐと動く大ぶりの蟹、泥色の死んだ蟹を両手でにぎると、甲羅の中央部にぐっと指をめり込ませて、ふたつに割った。白濁した肉汁がぴゅっと飛びだし、だらだらと流れ落ちた。

「おまえたちにこれをやろう」

まっぷたつに割れた蟹を、フースとワンダは受けとった。

ワンダは手にした蟹の殻をべりべりと剥がし、甲羅の裏にぎっしりと詰まった赤と白の組織の層にちゅっとキスをした。バクテリアの侵襲を受けてかすかに痙攣しつづけていた肉は、ワンダの唇が当てられたことを感知したのか、身もだえするように大きく震えた。

「ワンダはキスをした——フース、おまえはどうする？」

どうする？

ぼくはどうしたのだっけ……。

23

「今日もよい天気になりそうですね」

ザカリは、さりげなく窓の外へと主人の意識を逸らそうとした。

「ああ」

生返事をかえして外を見たフースは、目をみはった。

朝の光が古色蒼然とした街を、斜めに差し貫いている。

美玉鐘復活演奏の準備はほぼ終わっていた。

石造り、瓦葺《かわらぶ》きの屋根屋根の上には、臨時の架台が張り巡らされ、その上には見わたすかぎりに鐘、鐘、鐘が設置されている。

新鮮な光を浴びて、鐘という鐘が、白、黄、赤、ありとあらゆる種類の金の輝きを放っていた――いや、光を打ち鳴らしていた、そう喩えたいとフースは思った。

ワンダ、はやく来い。はやく来てこれを見ろ。父さんがまた謎をかけようとしているぞ。

おまえはまたためらいなく謎の甲羅をはがすだろうか。

謎にキスをするだろうか。

ワンダ一行の臨時列車は、出発の次の日、首都磐記に入る手前で停車した。この駅は貨物集散や車輛整備の役割を持ち、一般の旅客の乗降は少ない。停車をした表向きの理由は祝賀用の飾り付けをするためだが、十輛編成の車輛は中ほどで連結を切り離され、後半の五輛は別の機関車に引かれて貨車専用の区域へと運ばれていった。この切り離しは報道されない。時艦テレヴヴィの視聴者が気がつくのは、列車が終点の磐記中央駅に到着したときだろう。

貨車は押されて巨大な倉庫に進入した。内部は船のドック様の巨大空間となっている。この建物は大假劇のために作られたものだ。所有者は例によってパウル系の財団で、管理は、いま靴音を立てながら近づいてきた男、鳴田堂《なるたどう》が請け負っている。鳴田堂は恰幅のよい体を揺すって乗降口のそばまで来た。貨車の戸が開き旧知の友人、峨鵬丸が降りてくる。

「厄介になるぜ」

「ずいぶん待たしてくれたな。一週間でどうにかせんと間に合わんぞ」

「承知の介《すけ》さ。頭部はもうあるかい」

「どうにか間に合った。間際になって急に寸法を変えるのには弱ったぞ」

「台本が仕上がってみたら、合わなかった。俺が悪い。見積もりが甘かったんだ」

「あいかわらず奥方の悪口は絶対に言わないんだな」

「愛だよ愛」

「匂うな」

悪臭はモスグリーンのカバーシートの中からだ。その中身はいうまでもなく半生の鐵靭である。

「なあに二、三日もあればいい匂いになるよ。食いもんをたっぷり用意しといてやってくれ。まあ、まだ食うための口がないけどな」

ふたりは足を止め、コンテナ車の中に入っていく。細長い車内に明かりが灯る。

鐵靭のために打たれた巨大な假面が、いくつかに分割され梱包されていた。

「運び出してくれ。近くに積んどいてくれればいい」

ドックはにわかに活気づいていた。ヘルメットと作業服に身を固めた鳴田堂の社員が立ち働き、体格が常態の三倍もある強化亞童が列をなして動き、クレーン、リフト、自走台車が縦横に走りはじめる。鐵靭の梱包がほどかれ、貨車の床ごとプラットフォームに迫《せ》り出す。その下には自走型の台架が待ち受けており、がちりとかみ合って移動式の巨大手術台ができあがった。後方のコンテナ二輛は両側面を全開にされ、積荷——書斎の地下に埋められていた圧縮機械群の立方体が次から次へと降ろされていく。

「〓鑑《ぼうらん》の假面は？」

鳴田堂が心配そうに訊くと、峨鵬丸は凄みのある笑顔で応じた。

「さっきの貨車に積んであるよ。注文どおり、ちょっと変わった形だが」

「胸をなで下ろしたよ。そっちは明日でもいい」

この建屋の隣りに同規模の建物がある。〓鑑はそちらで組みあげることになっていた。〈大定礎縁起〉の敵役《かたきやく》、鳴田堂一世一代《いっせいいちだい》の腕の見せどころだ。

「安心するのは早いが、まあ恩に着てくれるのはご自由に」

ドックの中は騒音で飽和している。数えきれないほどのチューブが鐵靭に挿管され、ポンプが唸りをあげて薬液を送り込む。半分ジャーキー化しつつある首なしの体軀はその勢いにぶるぶる振動する。圧縮機械の立方体のなかには自ら展張をはじめるものもあり、単位部品がプラットフォームを勝手に動き回るさまは子犬の大群を放ったようなもので、強化亞童たちはおろおろとたたらを踏んだ。

峨鵬丸はこの大騒ぎを楽しんでいる。鳴田堂も同じだ。

むりもない。かれらは〈番外〉上演にかこつけて、前代未聞の大事業をやろうとしているのだ。ひとつは鐵靭の再生、もうひとつは大量の黒亞童を原料にした〓鑑のフルスクラッチ。

ゴゴン、と特大の音がして、倉庫の床全体ががくんと揺れた。ついで振動と低音が響き、床が、地面全体が沈んでいく。ドックの内部設備がそっくり地下へと降りていくのだ。それにあわせて上屋《うわや》の支持構造も斜めに折り畳まれて、屋根がしずしずと下がってきた。

かくしてドックは地下に収納され、建物が蓋をする。

峨鵬丸は作務衣《さむえ》のポケットに両手をつっこみ、折り畳まれる建物を見上げたまま、こう問うた。

「ところで、なあ鳴田堂の。おまえは咩鷺《みさぎ》の肩を持つのかい？」

「早耳だな」鳴田堂も同じ姿勢だ。ふたりは目を合わさない。「そうだ。ワンダの兄上ともな」

「ちっ」

峨鵬丸は歯を剥き出す。苦笑したのだ。

「勝手にしやがれ。どうせ本番は世界中の有象無象が集まってくるんだ。そうやって固まってってくれた方が、分かりやすくていいや」

「ただ事じゃあ済むまいなあ。どうせあれだろ、きみの細君は地下のいちばん奥で『零號琴』を鳴らすんだ、と息巻いてるんだろ」

「おや、鎌倉ユリコに聞いた？」

「なんだそれは」

「いやこっちの話。それ、咩鷺に話したか」

「とんでもない」

「それはなにより。そちらも呉越同舟だなあ」

降下の速度が鈍り、上屋もすっかり平らになった。頭上の空間がぶ厚い遮蔽板で何層にも閉ざされていく。これから何が起こっても外へ漏れないように。

ごん、ごん、と物凄い音がしてふたりは飛び上がった。寝台の鐵勒が、薬剤への反応か、手術台の上で背中を弓なりにして跳ねたのだった。頑丈な結束帯でどうにか繋ぎ止めている。

「くわばらくわばら、俺らこそ『定礎』されんように気をつけねばなあ」

「まったくだ」鳴田堂は応じる。「ぺちゃんこにされたら、俺らでも死んじまうからなあ」

「――――」とつぜん峨鵬丸は押し黙った。

「どうした」

「いや、例えばの話なんだが、俺たちが五体ばらばらにされ、そのうえ細切《こまぎ》れにされたとしてだよ、生き延びられるかね」

「そりゃあむりだろう」

「だろうなあ」

「何が言いたいんだ？」

「何でもないやね。さて、仕事仕事」

バンダナで頭を巻き作務衣の袖をまくり上げると、峨鵬丸は積み下ろされた巨大な假面の方へと歩いていった。

24

その前夜——すなわちシェリュバンが列車の個室で泥王を撫でていた頃。

首都の中枢、磐記内陣。真空管はエンヴェロープを鏡面にして静まり返っている。映り込むのは窓の暗い庁舎、夜空、わずかな街灯のみ。人気《ひとけ》の絶えたなか、街灯がひとりの影を石畳に描き出す。その人物が真空管の通用口に立ち認証パッドに手をかざすと、カチリと解錠の音がした。

トロムボノクだ。解錠に用いたキーは、商会と班団がそれぞれに発行したものを複合してあって、いまトロムボノクは真空管の全機能の権限を持っている。中から扉を閉め、トロムボノクは真空管を起動する。照明を入れると黄金色に輝く壮大な吹き抜けが出現した。光を外へ漏らさぬようエンヴェロープの内側も鏡面としてあって、そこへカリヨンを構成する鐘が映り込んで光の洪水となっている。この鏡面は音を封じこめる作用も持っていた。完全な防音環境である。

美玉鐘がブートを終えるまでの間に、トロムボノクは小さなライブラリ・ルームに入った。ヌウラ・ヌウラが公開試奏でどのバーをどう叩いたかの正確な記録をひらき、さっと一瞥してすぐに閉じた。公開試奏のとき、トロムボノクは耳ですっかり採譜していた。身体がついていくかどうかはまた別の問題だけれども。

さて、本番、ヌウラ・ヌウラたちはどのような演奏をするだろうか。トロムボノクとしては心身の調子を完全に整えて、かれらの繰り出す音を待ち受けることになる。

ここで。この真空管で。

大假劇の伴奏は、極大と極小、二つのグループにわけて行われる。大聖堂に陣取ったヌウラ・ヌウラと一千人のカリヨネア。対して真空管にはトロムボノクひとり。

「大概にしてほしいもんだ」

思わずぼやきが口に出てしまうが、むなしくなるだけなので、もうしゃべるまいと決めて、操作卓へ一段一段登って行く。

　真空管だけは、ヌウラ・ヌウラの差配を外れる。そこでなにを演奏すべきかは、トロムボノクにすべて任されている。かれに与えられた指示はただひとつだけだった……。


「ヌウラが鳴ラシた無音の音響体な、あレは音を別の音でマスクシたものではないぞ」

「音を奪い情報を極小化するのではない。音を極大まで飽和させ結果として情報を喪失させるのでもない」

「七十万余の鐘は、ただカリヨネアに従っているだけではない。あれらは各々、原始的な自意識を持っている」

　三博士の言葉をトロムボノクは反芻《はんすう》している。

「ひとつひとつが発音と制動の機構を持っていて、その集積が――情報処理装置として働く。美玉鐘は演奏されることによって作動する計算機なのだ」

「それが分かったのは、ヌウラ・ヌウラの試奏の時だよ。真空管の内部に大量の音響センサを取りつけ記録を解析したんだ」

「とても解析しきることなどできなかったが、興味深い結果が出たのだ」

「あの音響体の中では、局所局所で、立派に楽曲演奏が成立していたのだ。細かく裁断され、音響体の中のかけ離れた場所で鳴っていたんだが、つなぎあわせてみると『メリーさんのひつじ』とか『茶色のこびん』の手の込んだ即興演奏になっている。面白いのはここからだ。その即興っぷりがヌウラ・ヌウラにそっくりだったのだ」

「ただ、もちろんヌウラはそんな演奏はしていない」

「これは美玉鐘のしわざなのだ。あのとき出現した音響体は、ヌウラの楽曲解釈能力、作曲能力、身体性能——いわば音楽的知性ともいうべきものをそっくり取り込んでいたんだ」

「練習くらいはしておかないとな。あれは結構手こずりそうだ……」

俺は技芸士で、演奏家じゃない。美玉鐘をうまく作動させるのがつとめだ。俺でなきゃ、大假劇が成立しないわけでもあるまいに——そう訴えても三博士は取りあってくれなかった。複合認証鍵も、むりやりおしつけられたようなものだ。

ようやく操作卓まで上がりきる。六一六本のバトン鍵盤が七段に分けられ、半円状に演奏者を取り巻く。

まずは「あの音」を鳴らせなきゃ、スタートラインにも就けないわけだ——トロムボノクは黒のジャケットを、椅子の背に掛けた。草臥《くたび》れた襟に、融かした金を一滴落としたような点がある。三つ首ホルンの襟章《バッジ》、ギルドの紋章だ。

加盟宣誓式のはるか前から、トロムボノクはこの襟章を渡されていた。十歳の誕生日に授けられたと記憶している。

「セルジゥ、ソレをおまえにやろう」

「おまえはギルドとともに生きてゆくしかないのだ」

「わしらはきっとおまえを捨てぬ。約束の印としてそれを付けておけ」

三博士は、トロムボノクにそういって襟章をくれた。小さな手で受け取り、上着の襟に自分で付けたその夜のことを、トロムボノクはいまもよく覚えている。

しかし、さらにそのはるか前、物心のつく以前からトロムボノクはこの紋章とともに育ったのだ。ベビーベッドの毛布の端には、この紋章の縫い取りがあった。おぼつかない両手でさいしょにつかんだミルクのカップにもこの紋章があしらわれていたし、はじめて握った鉛筆の尻にも三つ首ホルンが金色で刻印してあった。

宇宙船事故の、ただひとりの生き残り。

リュート属の大きな楽器の胴に閉じこめられた形で発見された、血まみれの、虫の息の乳児。船客名簿にも名前がなかった。

ウーデルス。

それが、その楽器の名だ。

大量の血とともに、楽器の腹から取りあげられた嬰児《みどりご》。

名簿のどこにも名前のなかった子。

三博士はその子に、セルジゥ・トロムボノクと名をつけ、特種楽器技芸士ギルドがその養育を引き受けた。


「トロムボノクよ、おまえ菜綵と話をシとったろう。あレもソうさ」

「いったん音響体が成立すると、その中で発せられた音は、データとして取り込まれ加工される」

「おまえさんと菜綵のあいだには、声を掛けあいたいという思いがあった」

「音響体はその思いを汲み取って——美玉鐘がというべきなのか音響体を主語とすべきか、まだ迷っているのだが——おまえたちの言葉を配達した」

「同じような事象が、あのとき真空管の中で何十と起きていた」

「なにより面白いのは——」

「それさえも『ヌウラ・ヌウラの演奏』として行われていたことだ。おまえさんが聞いとった菜綵の声の抑揚には、ヌウラの癖が混じっていてな。音響体という計算機は、ヌウラの音楽的知性を借用していたわけだ」

「加えていうなら……おまえと菜綵の声に含まれる音楽も、あの音響体は取り込んでいただろう」

「さて――」

「さて――」

「さて、そこで本番だよ。今度は磐記全体が発音体となる。演奏者はヌウラが全輈世界から選抜した一千人のカリヨネア――つまり世界最高のパーカッショニストたちだ。かれらが血の出るような訓練で鍛え上げた音楽的知性を、美玉鐘はそっくりわがものとする」

「そこに、サーガの世界も流入する」

「何が起こるかのう」

「――というよりも……何を起こそうとしているか、だ」

「ワンダが」

「いや、パウルだ」

「脇から引っかき回そうとする奴も、きっと出てくるぞい」

「そこでだ、トロムボノク――」

掛けたジャケットの上に、黒いシャツをふわりと乗せた。

上半身の浅黒い肌があらわれる。

長い両腕にも、胸や腹にも、鉄線をかたく縒《よ》り合わせたような、強靭な筋肉がするどく彫り出されている。その身体を白い線が寸断していた。傷跡だ。瀕死の赤ん坊の身体はずたずたに裂けていたという。この線を見れば、トロムボノクがどこでどう裂けていたかが分かる。

トロムボノクは深呼吸する。

幼い頃から、この身体で不自由を感じたことはなかった。

だれよりも運動が得意だったし、病気らしい病気もしたことがない――歯痛以外は。

とつぜん、何の脈絡もなく、ひとつの情景が記憶から浮上した。

夢。菜綵の顔を裏側から食べた夢。蟹の甲のように面を外し、頬肉をかじり、舌と唇とを喉の奥の側から嚙みちぎった夢。

トロムボノクは目を閉じ、頭を振ってその感覚を振り払う。楽譜を架台に立て、両肩を回して体をほぐした。架台の下のディスプレイは、美玉鐘がブートを終え、演奏支援用知性――五体の「影」もスタンバイしていることを示している。

――おまえはギルドとともに生きてゆくしかないのだ。

まったくそのとおりだ。

そうやって、俺は生きてきた。

毎月のように国から国へ移動し、汗と埃にまみれて特種楽器を整備してきた。周りにいる者は（シェリュバンでさえも）超人ばかり。しかし自分は凡庸だった。


「そこでトロムボノク、おまえの仕事が出てくるわけさ」

「真空管の存在意義は何だと思う？」

「独立していることだ。他の鐘とまったく別に動かすことができる」

「大假劇は、予測不能な事態を引き起こす可能性が大きい」

「そのときおまえは、安全装置となる」


拳をにぎりしめると、小指の付け根に肉の堅い盛りあがりができる。トロムボノクは、そこを使ってバトン鍵盤をひとつ叩いた。頭上の輝く房のどこかで、鐘が鳴った。まだ、どこかよそよそしい。美玉鐘の鐘が持つ「原始的な自意識」とやらは、俺を警戒しているのだ——とトロムボノクは思った。

ならばじっくりと温めてやろう。

鞄をあけ、用意してきた道具を床に並べた。布、綿、革、コルクの薄いシート、そして革ひも。あらかじめ考えた順に重ね、肘から腕に巻き、手《て》っ甲《こう》を仕立てる。ティンパニストが撥《ばち》の頭《マレット》を自作するように。黙々と手作業をすすめるうちに、心の暗騒音がなだめられ、やがて思考の水面は平らかになる。

楽器を演奏する前は常にそうなのだ。

思考と意志の一切がきれいさっぱりと消える。不自然なほどに。

トロムボノクが立ち上がったとき、その目から、自意識はほぼ消えていた。堅く巻かれた腕を拳闘士のように構え、次の瞬間、風圧を感じさせるほどの速度で伸びた右腕がバトンのひとつを打つ。カリヨンが鳴る。次、また次と腕が繰り出され、目にもとまらぬ速さとなり、それがさらに加速したとき、いきなり、あの音なき音響体が完全な形で現出する。

超人ヌウラ・ヌウラが、重い荷物を引きずるようにしてたどりついた状態に、あっさりと到達した。それほどの驚異的演奏を遂げつつあることを、しかしトロムボノクは自覚していない。演奏をしていることさえ、おそらく気がついていない。

いまトロムボノクのチェンバーを計測したら、ギルドの三つ首に肉薄しているかもしれない。これは修業や鍛練のたまものなどではない。ある種の天分だ。ただ、演奏の最中じぶんが何をし、どういう音が生起したか、トロムボノクはあとで思い出すことができない。

才能を自覚できないよう呪縛されている。ギルドが——三つ首や三博士が、強力に干渉しているのだ。

鏡のエンヴェロープにとらわれて、トロムボノクは黙々と、音なき轟音を鳴らしつづける。

25

列車から降りたシェリュバンは、つばの大きな帽子でターバンごと顔を隠していたけれども、旋妓婀役の少年が乗っていることは知られていたので、あっというまに報道陣にもみくちゃにされた。ワンダははじめ苦笑していたが、自分よりも注目を集めていると分かって機嫌が悪くなり、やおら人垣に歩み寄るや、記者たちをひとりずつ引っぺがしていった。

「あんたたち、会見場は駅舎の中よ。ほうらほら、うちの子が立ち往生してるじゃない」

キャベツの葉を剝くように最後の一人をむしりとると、シェリュバンはターバンがほどけかけ、シャツのボタンが三つはじけとんでいて、誰のしわざか首すじにはキスマークさ

えついているありさま。ワンダは一喝、

「ぼやぼやしないで！」

「はいいっ。すみません」

涙目なシェリュバンの耳に、ため息まじりの声が——久しぶりに聴く声が届いた。

「やれやれ。相変わらずだな」

うなだれていた後ろ頭がぴくっと動いた。ぱっと上げた顔はかがやいていた。シェリュバンの目は声の主を探し、そしてトロムボノクのとなり、無言でにこにこしている人物の上で動かなくなった。

「……」

口が半開きになって、その先が出てこない。仕方なく人物が声を発した。

「シェリュー、前よりお肌のつやがいいよ。ご馳走食べたね。よかった」

「……」

特別列車を歓迎する花飾りやリボン、吹き流しでにぎやかに飾り立てられた磐記中央駅のホーム。シェリュバンが手を伸ばせば届くところに、セルジゥ・トロムボノクと三博士、そして菜綵が並んで立っていた。

「おどろいた？」

知ってはいたのだ。ずっと期待していたのだ。そうでなければとても信じられまい。おそるおそる伸ばした手で、菜綵の肩にふれ、笑おうとしたシェリュバンの表情が決壊した。

「ふええーん」と大きな声で泣き出したのだった。

＊

「いいかげんちゃんとして。男の子でしょ」

会見場の控え室、簡素な椅子でまだべそをかいているシェリュバンの横にしゃがみ込み、菜綵はハンケチで美少年の顔を直してやっている。壁には、会見場に姿を現すワンダが投映されていた。

「そんなだから会見に出られなくなったでしょ。ワンダさん、あとから怖いわよ」

「そんなこと言ったってさ……ひゃっく」

しゃっくりもようやく数が少なくなっている。

「……もう。ふふ」

ソファではトロムボノクが（やっとれん）という表情ですわっている。

班団や商会、そしてギルドの報道担当者が並ぶ会見のテーブル、ワンダはその中央に着席した。隣席が空いている。空席をそのままにして会見は始まっていた。

　列車での成り金趣味の部屋着とはうって変わり、落ちついた色味のスーツと目元に刷《は》いたハガネ色のメイクが、知的な錬磨と感情の収斂を印象づけている。手をテーブルの上で軽く組みあわせると、シルバーのブレスレットが重く揺れる。その揺れ方に不穏な、いや不吉な印象を受け、トロムボノクはなぜかと考える。それは、ワンダがこの出で立ちで意図的に作り出したものだ。華やか一辺倒ではない会見にしたいのだ、とトロムボノクは気づく。

　鎌倉ユリコの会見記事はとっくに配信されていて、記者たちは〈なきべそのフリギア〉や〈まじょの大時計〉、〈零號琴〉を前提に質問を投げてくる。ワンダは要領良く、しかもていねいにつぎつぎと答えていく。しかし言葉の抑揚は殺されて、声は冷え冷えとしている。

　その声でワンダは「地下」と答えた。

「〈零號琴〉はどこにあるとお考えですか」という素朴な問いに対する答えだった。ワンダは続ける。

「〈大定礎〉は、ありとあらゆる牛頭《ごず》を——尋常ならざるものを地下に封じるみわざでした。〈美縟〉において、あるいは〈美玉〉において、もっとも尋常ならざるものと言えば、ワンダは、司書が本の置き場所を教えるような、こともなげな調子で指摘した。

「そして思い出しましょう、美玉鐘を構成する七十万個の鐘、そのほとんどは掘り出されたものであることを。長い間どこにあるかも分からなかった鐘が、次から次へと無傷の状態で、見つけてくれと言わんばかりに姿をあらわした。美玉鐘が置かれていたのは——隠れていたといってもいいですが——美縟の地下です。

それから、これも言い添えたい。〈大定礎縁起〉のクライマックスは美縟五聯が、巨大神像に乗り込む〈合身《がっしん》〉が成し遂げられた時点から始まります。われわれは大假劇でこの巨人を用意しました。使用に堪《た》える鐵靭が見つかったので……」

記者席が大いにざわついた。ワンダは片目をつぶってそれを抑えると、

「おどろいた振りしなくても、皆さん貨物列車の空撮映像でお気づきになってるんでしょ？　峨鵬丸の地所の地下から、半生の鐵靭を掘り出しました。そして同時に、前の戦争の遺物もたっぷりと」

こんどのざわめきはなかなか収まらなかったが、だれひとり正面切って質問するわけでもなかった。トロムボノクはそれらの言葉の背景を知らなかったが、それでもワンダが美縟の禁忌に踏み込んだことは分かる。なるほどそれであんな制圧的な態度だったかと納得

して、ワンダの次のことばを待つ。

するとワンダ・フェアフーフェンはくすっと笑ったのだ。

「ふふ、おかしいですね。そもそも質問がおかしいのです。秘曲〈零號琴〉は、もしそれがふれこみどおり『曲』であればですが、ただの音楽なわけだからどこにあるというものではないはず。でもとても適切な質問でした。地下、地下、地下……。それはただの比喩です。でもそれが大事です。とても大事なのです。私はこの台本を、地下に潜るようなつもりで書きました。シャベルを振るう墓盗人になったつもりで、あるいはもぐらになって前肢で泥を抉《こじ》るつもりで書きました。おまけに、そう、実際に地下深くもぐって書いていました。

これは地下から——言葉どおりの地下ではなく、皆さんの中にある『地下』から何かを取り出すお話です。

そしてその『地下』からなにものかが出てくるお話でもあります」

記者の一人が手と声をあげた。地元の者だろうか。表情は不機嫌という段階を超えて、いまにも噛みついてきそうだ。

「つまり、地下と地上とのへだてを乱したいと、そうお考えですか。外国の子ども番組を取り入れたり、外国のしろうとを起用するのも、そのためのようです。大定礎は、美縟びとがよって立つ心のいしずえですよ。その礎石を取りのけてよいのですか？　あなたが愛しているという假劇を、むしろ損なうように思われませんか」

記者席には同調も反発もある。空気が落ち着かなくなる。ワンダが口を開く。

「愛している——そう、私は假劇を愛しています。とても。でもそれは假劇やサーガのいまの姿が私を満たしてくれるからではない。私を『完成』させてくれるからでもない。サーガは完成しすぎている。だれが何を書いても顔色ひとつ変えないのだから。

では、なぜ愛するのか」

淡々とした語調は、まわりのざわめきを鎮め、やがて会見場はワンダ以外の声を失ってゆく。

「記者さん、あなたの言うとおりですね。たとえ假劇とサーガを損なうことになっても、そこに不可逆な——あともどりのできない変化を起こしたいのです。私は。

そうでなくて、どこに新しい假劇を書く意味があるの」

ぬけぬけと——ただし態度は冷徹に——そう言い放つと記者も二の句が継げない。

「ワンダさんってさ——」

シェリュバンのささやきにトロムボノクがふり返ると、もうべそはかいておらず、壁に映るワンダを一心に見つめている。

「サーガの役柄を読み替えて人気が出たんだよね。でもそれは、あざとい受け狙いじゃなくて、心底そういうのが書きたかったからなんだよ」

ワンダは語り続ける。

「新作を書き下ろすに当たって、ひそかに期すところがありました。サーガの発端、あらゆる物語の源泉である〈大定礎〉にさかのぼっていこう、と。

あなた(と、れいの記者に手を向けて)は、まさにいまおっしゃった。そこには『へだて』があるのです。仕切りがある。壁がある。

私たちがそれ以上さかのぼっていけないように、サーガは〈大定礎〉という物語でそこを封じている。

壁のこちら側には〈美縟〉があり、あちらには〈美玉〉がある。

美しい珠玉にさわることができないのは、いったいだれのしわざ?」

記者たちは凍りついている。なにか言えばたちどころに禁忌にふれると知っている。五百年にわたる秘匿は長すぎて、それが解除されたときなにがどうなるのか、だれも知らない。そこに触れて無事でいられる保証はない。

と、ワンダはにっこりとほほえみ、あっさりと話題を変えた。

「ふふ、でも、みなさんがほんとうに心配しているのは、フリギアを持ち込もうとしていることでしょう？　分かっていますよ」

　会見場にほっとした空気がながれた。緊張をしいられる話題から解放されて。

「でも心配ご無用、大假劇の筋立ては〈大定礎縁起〉の原典に、おどろくほど忠実になります。フリギアたちはほんの表面的なかざり。假劇の魂はいっさい損なわれません。私を信じていただくほかないのだけれど——いかが？」

　うまいものだ。ワンダはかれらを少し脅してから、もっと盛り上がりやすい話題にみちびいたのだ。それ以上の追及はなかった。

「あれ、嘘だよ」

　シェリュバンがトロムボノクにそっと耳打ちする。

「嘘？」

「台本をもらったんだ」

「で？」

「ワンダさんを信じちゃだめだよ……」

「まあそうだろうな。で、仕切りとやらをぶちぬくための、鉄砲玉をおまえがやらされるんだろう？　お気の毒」

「図星……」

「いいな。きれいな衣裳とお化粧、髪かざり、香水も」

「ううう……」

「美縟――」

ふと、トロムボノクは遠い何処かをながめる目をした。

「美しく、しかし縟《わずら》わしいもの、か。いったいどういう意味だろう。そもそもこの国を美縟と名付けたのはいったい誰だ？」

＊

壁の画面で会見は続いている。会場から上がる質問にワンダが答え、班団の役員が答え、ギルドが、商会が、そして磐記市庁が答える。この問答を通して、開府五百年祭の仔細が明らかにされていく。

美玉鐘の再建演奏会は十日後の夜に開催される。むろん大假劇も同時に初演を迎える。

――その日から数えて七日のあいだ、美縟の大半の事業所は休業となり、昼夜を問わず、假劇の代表的な八十演目が市内各所の会場で休みなく上演される。千秋楽にはワンダの新作がもういちど演じられ、それでこの巨大イベントはしめくくられる。期間中、地上の道路は假劇の会場となるから、最低限の交通や生活物資の輸送は、地下に網の目のように配された通路で確保される。磐記の地上と空中は、くまなく假劇と美玉鐘のためにだけ使われるのだ。

――通常、假劇に参加する假面は、どんなに多くても五万枚だが、史上最大の参加者が予想される上に、この一週間ではひとりの人間が幾度も假面を取り換えることも考え、じつにのべ二千万枚の假面に一意《ユニークな》のＩＤを振ることが可能になっている。瞬間最大で千五百万枚、美縟の全人口と観光客のすべてを余裕でまかなえる。この巨大な処理を支えるため、鋳衣《いい》の着用が推奨されていた。鋳衣の相対能はこの新作に最適化されてあり、おまけに無償なのだ。

「ふう……」

延々と続く会見はたしかに興味深いものだったが、さすがに疲れを覚えて、トロムボノクはため息をついた。そしてふと、あることを思い出して、横に立っているシェリュバンを肘で小突いた。

「なにさ」

「おまえ、忘れていないか。彼女に返すものがあるだろう」

「忘れるわけないじゃない。二人きりになったら……」

へいへい、とトロムボノクは肩をすくめる。久しぶりに会ったというのに愛想のない奴だ。

「シェリュー……」

控え室に咩鷺が入ってきた。トロムボノクの向かいに腰を下ろす。

「がんばってね、旋妓婀役。あなたにぴったりだもの」

「ぼくをワンダさんのところに預けたのは、このためだったんですね。ひどいこと考えるなあ、咩鷺さんは」

「わたしじゃないわ」

「え?」

「ふふ、なんでもない。稽古はすすんでるの」

「とんでもない。台本をみせてもらったばかりです。ワンダさん、のんきなんだ。練習なんかしなくてもあんたなら心配ないわ、なんて適当なことばかり言ってて。——ねえ、咩鷺さん?」

「うん?」

「ぼくを択《えら》んだのはなぜです——ぼくがワンダさんのもくろみを妨害してくれる、とでも思ってますか。そんな顔してとぼけてもだめですよ。咩鷺さんは、さっきワンダさんに嚙みついた記者さんと考えが似てるでしょ」

「そうね、そのとおりね。でも仕事に私心は入れないの。パウル翁が考え、班団が合意したことを忠実にやる。ワンダが台本を書くことも、峨鵬丸が假面を打つことも、なにひとつじゃまはしない。でも――」

「でも？」

「ワンダは、仕事と遊びのけじめがないからね。假劇やサーガは身震いするほど好きなおもちゃで、でも大切にするつもりはない――そういうとワンダは怒るでしょうけど、あの人は『自分のおもちゃ箱』しかない環境で育っているもの。みんなが使うおもちゃだから、終わったら元どおりにするという発想はないのだと思う。いちばんだいじなのはぞんぶんに遊ぶこと。それだけ」

「うまいことといいますねえ」

「あの夜、気をつけなさいって念を押したはずだけど？」

「ぼくを送り込んだ張本人のくせになに言ってるんですか。言っときますけど、ぼくに期待しないでくださいね。ぼくはもうすっかりワンダさんの信奉者になってるかもしれませんよ」

「それならそれでいいのよ」

「あやしいなあ」

「ワンダはたしかに傑物だし、今回の布陣は盤石《ばんじやく》ね。でも——それでもわたしは」

咩鷺はそこで言葉を切り、立ち上がった。咩鷺——孤空《こくう》の、詩人としての威厳にシェリュバンは息を呑む。

「——それでもわたしは、抵抗する」

「言い切りましたね」

「——だって」

その時、会見場で何かの動きがあった。「おっ」とトロムボノクも身体を起こす。シェリュバンに寄り添っていた菜綵も顔を上げ、あ、と口を開いた。

会見場の入り口のあたりからざわめきが波紋をえがいて広がる。ドアから踏み入ってきた男は杖を突いている。

フース・フェアフーフェン。

ワンダの兄はにこやかに微笑みながらすたすたと会場を横切り、彼の席へ——ワンダの隣りの空いていた席へと向かった。

「——だって最後の最後までなにがどうなるかわからないもの」

ワンダも立ちあがった。それまでの抑制した表情が、あかるい笑顔となった。兄を迎え撃つように大きく腕をひろげ歩みよっていく。会見場が総立ちとなって見守る中、兄妹はついに再会を果たし、かたい抱擁をかわした。

ふたりは腕をほどいて両手を握りあい、その姿勢で記者席を向く。

パウル・フェアフーフェンの莫大な遺産と「商会」の継承者と目されるふたりは、あらためて見るとそっくりなのだった。

「ご静粛に」

口々に質問を投げようとする聴衆を、会場の袖にいた司会者が制した。

「ご静粛に。皆様ご着席をねがいます。

ただいまより、先頃逝去いたしました、私どもフェアフーフェン商会の創業者であり、ここにおられるお二人のお父上であられた、パウル・フェアフーフェン氏の遺言状を公開いたします」

会場は一瞬静まりかえり、ついで蜂の巣をつついたような騒ぎになった。

「おふたりはテーブルの中央へお進みください」

司会者の声はかき消されていたが、差し伸べられた手の仕草で意味は伝わった。

あらかじめ委細を承知していた兄妹は手に手をとりあい、花嫁花婿のように睦《むつ》まじい足どりで、司会者の指し示す席へと進んだ。

26

パウル・フェアフーフェンが自分の假面に〈鵲《かささぎ》〉を選んだのは、彼なりのウィットだろう。かささぎはぴかぴか光るものを好み蒐《あつ》める習性があって「泥棒」の喩えにされるほどである。莫大な富をたくわえ、ありとあらゆる美や自然現象を渉猟し、見上げれば首が痛くなるほどに積み上げて、遂には「商会」という上都《ザナドウ》を築いた男。しかし、自分をがらくた好きの鳥になぞらえる茶目っ気もある。

給仕用ワゴンに載って会見場に進み入ってきた〈鵲〉は、今はそのあるじを失い、目の孔を透かして内部のうつろな闇が見える。その闇を見て、フース・フェアフーフェンは、ややたじろいだ。

「どうしたの、フース。手が固いよ」

となりでワンダが囁く。手をつないでいるので気分の変化を勘付かれたのだ。

「假面を見て、どきっとしたんだよ」

「ただのつくりものよ。パパはもういない」

仮面に向かってゆっくりと進みながら、ふたりはささやきあっている。

「だからこそどきっとしたんだよ。あるじを失った仮面ってはじめて見た。接続の切れた仮面が、あんなぞっとするものだとはね」

「フース？」ワンダは兄の手をリズミカルにきゅっきゅっと握ってきた。目くばせを送るように。「ほんとうにパパが死んだと思っている？」

「死んだ、とは言っていないけど」

ふたりの男がワゴンの両側に立っていた。黒い長衣の、しかし襟だけは白く大きい。その襟は梦卑の革袋に空気を詰めて膨らませてあるのだ。手には同じく白の革手袋をはめている。この出で立ちは〈美縟〉の正装のひとつであり、しばしば法律家がこれをまとう。このふたりは遺言状公開を担当する弁護士だった。ひとりは長い顎髭をたくわえた壮年の男。もうひとりは若く、痩せて色が白い。頬骨と鼻の頭が赤かった。

会見用のテーブルはいつのまにかどこかへ片づけられており、その場所でワゴンと兄妹は出会った。

「フース、これは親子の対面なのかしら」

「親父どのはなぜ『死んだ』のだろうね。きみはなんでも自分に都合よく考える。『きっとパパは、私のためを思って遺言を書いてくださっているわ。私がしたいことを思う存分できるように。だってパパは私が大好きだったもの』」

「なにが言いたいわけ」

ワンダはむすっとした。

「言い方を変えよう。なぜ親父どのが美縟を死に場所に定めたか。ぼくが思うに、それは、きみがこの国に住んでいることとは何の関係もない。親父どのはそんなことでは左右されない」

「それはそうね。パパだもの」

あからさまにあざける調子だった。それはワンダが珍しく不安がっていることの裏返しかもしれなかった。

「そのようすじゃ、やっぱり知らないようだ。よっぽど台本に苦戦したんだね。大丈夫。その理由はあの男たちが——法律家たちが教えてくれるだろう。美縟の親族法と相続法をくわしくね」

「美縟の？」

ワンダは眉を顰《ひそ》めるが、まだ前を向いたままだ。

「ぼくの考えている通りなら、ワンダ、この相続は、蟹をふたつに割ってくれたときのようにはいかないよ。美縟びとは少なくともこの五百年間、実質的な不死性の中で生きている。――そんな世界でさ、『相続』ってどんなふうになると思う？　そして父上は生前、わざわざここに国籍を移している。特別な法律を持つこの国に」

とうとうワンダはつないだ手を離した。〈鵲〉の前で兄妹は向かいあってたがいの顔を睨んでいる。赤鼻の弁護士がふたりに声をかけた。

「よろしいですかな。これより亡きパウル・フェアフーフェン氏のご遺志に基づき遺言状の開封を執り行います。まことに異例ではありますが、開封を公開の場で行うことは故人の指示であります。故人は少なからぬお子様のうち、あなた方おふたりのみをここへ招かれた。あなたがたにはこの旨をお知らせしておりましたが、あらためてこの場で確認をいたす次第です。

フース・フェアフーフェン様、ワンダ・フェアフーフェン様、この点に関しご異議は御座いませんか」

フースは平然とし、ワンダもまた同様だったが、よく見ればワンダが爪が白くなるほど手を固く握りしめていることに気づくだろう。

年かさの、髭の弁護士が口を開いた。髭は黒々とした縮れ毛で、胸まで伸びている。

「あなたがたの前におかれたこの假面が――遺言状の役割を果たす。開封はおふたりで、と故人は指示を残している。それを着けていただきましょう」

ワゴンの上には手袋がふた揃いある。

「この假面は頭部をすっぽりと蔽《おお》うハードシェル型です。うまく押さえると指輪ケースのように開きますよ」赤鼻が言葉を添える。

〈鵲〉の表面には鉱物の切片が羽毛のようにびっしりと植わっている。それを傷つけないよう注意しながら、ふたりは手袋を塡《は》めた手で假面を撫でさする。

「なぜ遺言状をこのような形にされたのかは、私たちにも分からないのですが」

赤鼻はそう言うが、フースはなんとなく見当がついた。

この假面はパウルが殺害されたときに着けていたものだから、死体の頭部をまさぐるようないやな気持ちになる。しかしそれをふたりに味わわせているのは当のパウルなのであり、いかにも彼らしい意地の悪さだ。

動いていた四つの手は、あるところでぴたりと止まった。何を探り当てたわけでもないのに、もうそこから動かさなくてもよいのだと分かって、兄妹は顔を見合わせた。二十本の指が偶然――あるいはなにかの要素で導かれてしかるべき場所に届いたのだ。

赤鼻の予告どおり、〈鵲〉は後頭部の正中線に沿って音ひとつたてず、ぱくっと観音開きにひらいた。

会場から小さくどよめきが立つ。兄妹の背中ごしに時艦新聞社のカメラがとらえた映像が配信されている。記者たちは轍世界を一周回ってきた映像を観ているのだ。

「わっ、きれい！」

シェリュバンが声を上げた。〈鵲〉の内側は梦卑の革が張ってあり、クリーム色のスエードはいかにも肌ざわりがよさそうだ。峨鵬丸の紋が型押しされているほかは装飾もないのが、高級な靴の中のようにほれぼれとする仕上げの良さがある。

しかし会場のどよめきは、開いた正面に、小さな金属片が貼りつけてあったからだった。ひとの額が接する場所である。重要な部品であることは明白だった。

「遺言状……かな？」

「わかるもんか」

シェリュバンのひとりごとに、トロムボノクは小声で応じる。

そのときトロムボノクの脳裡をよぎったのは、あの手紙だ。

パウル・フェアフーフェンは生きている。みな互いに目配せするが、公然と議論するのはためらう。この、どうにも居心地の悪い宙吊りの状態も、パウルの思うつぼなのだろう。さもなければ、あっという間に跡目争いだの大假劇の主導権争いだので、美縟は収拾のつかないことになっていたはずだ。十分に計算され、演出されたパウルの「死」、ショーアップされた遺産分与のプロセス、パウルが「生きている」という暗黙の了解と恐怖が、果てしない混乱に陥りかねないこの状況全体の重石になっているのだ。

なんという手腕。

しかし——とトロムボノクは思うのだ。

初対面の日、赤ビロードとマホガニーの暗い部屋で出逢った時、パウルが怪物であることは一目でわかった。かれは、自分の死がどんな混沌をもたらそうが気にするまい。この静けさは、たまたま副次的に生じた状態でしかない。

では、何か。パウル・フェアフーフェンが、自分の「死」を差し出してまで手に入れようとしているのは、いったい何か。

美玉鐘も大假劇も、そのための手段にすぎないはずなのだ。

金属片は形も大きさもファスナーのつまみそっくりだった。

「お兄様、どうぞ」

ワンダはすまし顔で先を譲る。フースが（まさしく「死体の金歯を盗む」気分で）その記録媒体を抜きとると、假面は元どおりぴたりと閉じた。

「これが遺言状？」

意外にも弁護士たちは首を振る。赤鼻が言った。

「それはおふたりでお摘《つま》みください。ふたり同時に持っていなければ、この假面を解錠できません。あなたがたの指先の微量な汗で本人確認をしています。手を離さないよう注意して、假面に翳《かざ》してごらんなさい」

言われたとおりにすると、無数の鉱物片が、鱗を逆なでしたようにざあっとけば立ち、一片一片が内側からするどく発光した。しかしワンダは片眉をあげただけだった。フースもうんざり顔で言った。

「こういう趣向はもう沢山。結論は？」

髭は微苦笑した。

「お取りください。あなたがたの財産を」

「うん？」

フースが空《あ》いた方の手をのばして鉱物片のひとつにふれると、抵抗もなくするりと抜けて手の中に移る。ワンダも同じように一片を得た。長さも細さも、懐中ペンほど。藍色にすきとおっている。

すると、假面の光がことごとく絶えた。

ふたりは認証鍵をワゴンの上に置き、まだ発光を続ける鉱物片を手にしている。

「これで終わりです。あなたがたのお引きになったものを、お持ち帰りいただきます」

赤鼻が告げた。

髭があとを引き取る。

「ご存じなくとも不思議はない。〈鵲〉の型はもともとは儀式用の假面。神託の器として用いられている。あなたがたが引いたその鉱物片は、お御籤《みくじ》だ。大切になされよ。その中にパウル氏のお考えが書かれている」

「籤引き……。くじびきですって？」

「左様」弁護士は髭をしごいた。フースを見て、「貴兄はご存じであった？」

「まあ、多少は調べましたから。でも意外な気がしますね。てっきりぼくの取り分はないとばかり。ワンダのも」

ワンダは愕然とした表情で兄を見た。

「パウル氏のとくべつな計らいですよ。本来であれば仰言《おつしや》るとおりです。美縟の相続法ではそうなる」

「かすかな希望ってことね。で、このお御籤はどうやって開くの？」

ワンダは赤鼻の首を絞めそうな勢いだ。髭は苦笑をうかべてワンダに告げる。

「ゆっくりとお話ししましょう。なにはさておき私たちの相続法を、つまりは美縟の家族観からご理解していただく必要があるでしょうから」

「ねえ、シェリュバン。あなたはワンダとわたしが出会ったいきさつを知っているわよね」

「ええ。咩鷺さんって外交官のお嬢様で、どっか外国の学校でワンダと会ったんだよね」

「そう。でもその両親とわたしの間に血縁はない。ふたりとも存命だけれど、いまはわたしの両親ではない。わたしはこれまで十数回結婚したことがある。その婚姻状態は、どれも十年から二十年続いたわ。どういう意味かわかる？」

　シェリュバンはしばらく首をかしげていた。菜綵の顔を見て、少しうつむき、やがて顔を上げた。

「たぶん。ええ、わかります」

「わたしたちは、こう言ってよければ、とてもとても長命なの。この数百年ほとんど死の心配をしなくてすんでいるくらい。

　だから社会の顔ぶれは固定されている。家族の観念は、人類が発祥した地球社会に由来するから、轍世界のほぼ全域でいまも有効だけれど、美縟にかぎってはそのままの形で維持することはできなかったの。

だって美縟には子どもがいないもの」

「それは気づいてました。假劇の雑踏を歩いていたときに」

そしてシェリュバンは率直な質問をした。

「ねえ、美縟の人ってどうして子どもがいないのに『家族』を作るの。家族って未熟な仲間を哺育《ほいく》するためのものでしょう」

「必要のなくなった形骸が続いているのは珍しくないわ。いいえ、それも正しくないわね。わたしたちには、むしろその形骸が必要なの。社会の枠として」

声には重い感慨が含まれている。目の前にいる人物の年齢を想像し、シェリュバンは粛然とした。

「どこからどう説明しようかなあ」

咩鷺はすこし考え、そしてことばを続けた。

「わたしたちの身体は、大けがや大病がなくてもときどき大規模に更新される。小さなメンテナンスだけでは百年以上の長命に肉体が耐えられないから。

そのときわたしたちは一種の昏睡状態に入る。体内では梦卑由来の微小組織が異常増殖して、身体のあらゆる部分がその機能を維持しつつ完全な新品に置き換わってしまう。まる十日はかかるかわり、全身が十代後半から二十代はじめの状態にまで戻ってしまうのね」

「それはまた、夢のような話だな。人類の夢だ」

　トロムボノクが会話に入り込んでくる。

「そうとも限らないですよ」菜綵も加わった。「自分の思い通りにはならないんで、ある日突然、はじまってしまうからとても不便で。わりと困るんです。そういうの」

　身体を再生するとなればエネルギーと物質の補給も尋常ではすむまい。実際の生活はどうなるのだろうと訊きかけたとき、シェリュバンが別の問いを投げた。

「あの、じゃあ美縟での親と子って、いったいどういうふうになってるんですか。血縁はないんでしょ、肉体的な年齢の上下もないんでしょ、で、メンバーは出たり入ったり入れ替わったりするんでしょ」指を順番に折って、「なんでもあり、ってことですか？」

「そう」

　あっさりと咩鷺はみとめた。

「長い年月をかけて美縟の『家族』は、ほかの国とはすっかりかけ離れた形になってしまったの。わたしたちは長命すぎるから、通常の家族の形を維持すれば気が変になってしまう。強制的に家族の組み合わせを変えなければならない。何度も、何度でも。

それを支えるために、わたしたちには『死』が二種類あるのよ。ひとつは、めったにないけれども心身が消滅する完全な——ことば本来の意味の『死』。そしてもうひとつは身体の『更新』が行われるときに、自動的に付与される『法的な死』。

この法的な死が適用されると、わたしたちはそれまで帰属していた『家族』から排出《イジェクト》される。そして別の家族へと転送《トランスファー》される。そういうふうにして家族の成員はとっかえひっかえされるのよ」

菜綵が補足する。

「それは『法的な死』だから、ただの手続き。記憶まで消えちゃうわけじゃないのよ。わたしがいま更新に入ってもシェリューのことは覚えている。わたしの同一性は保たれてるんだから」

「ようやく話が相続に関係してきそうだな」

「わたしたちはこういう生き物だし、それでも社会は回していかなければならない。社会の身体を作っているのは財産だから、それをどう保有するかという問題は避けて通れない。

通貨にせよ動産・不動産にせよ、財産はだれかに所有されることで財産になる。その関係の歴史をさかのぼっていくと、とうぜん、地球の時代を考えることになる。法人はものを所有できるけれど、それは自然人の権能を投映しているだけだから、けっきょく個人はなぜ財産を所有するのか、できるのかということになる。

　それは『家庭』と密接につながっている。子どもを育てるには屋根のある家や、ベッドや、盥《たらい》や、かゆを煮る鍋が必要。それを『家族』という単位で保有し、世代から世代へ相続する。それが世代交代と育成を容易にする人類社会の智慧だった。ひとは大小さまざまな共同体をつくるけれど、この構造は形を変えて反復される。『再生産を可能にする資産を形成し維持する』、『その資産を使って次代の成員を育成する』。人と資産が相互に再生産しあう関係が。

　人類のさまざまな行為の根底にはかならずこの強迫観念がある。けれどもそれは人類が必ず死ぬ《モータル》であることが前提でしょう。

　わたしたちにはあてはまらない。

　生や死、老化という変化が起こらない場合、そこには『家族』なんて成り立ちえないのよ。ほんらい相容れないものなの。

　でも……だからといって、別の枠組みなんてあるわけない。人は――人間ならば、財産を私有したいし、再生産したいし、相続したい。国家のような大きな枠組みに託すことには納得できないの。それなら、血縁で結ばれた家族でもなく、国家でもない中間的な集団を考えるしかない」

「それなら、美縟が健全な活力を保てるかもしれない？」

咩鷺はうなずいた。

「さすが技芸士ね。財産はある程度まとまらないと力を発揮しない。班団の旦那衆に力があるのも、そのためよ」

「そうだな……そうか」

班団を引きあいに出されて、トロムボノクは頭がすっきりと整理された。

不死者の社会で、財産を個人に帰属させることは不都合に過ぎる。といって私的な所有を最小限にしても全体の活力は失われる。

資産はある程度集積していることで社会的に有為となる。そうしたまとまり《クラスター》がいくつもあり、それぞれが固有の目的のために資産を活用して活動する。

その一例が班団の旦那衆が持っている「店」だ。そこには財産の集積があり、その財産を駆動する文化装置、すなわち店ごとの商法やしきたりがある。美縟には子どもがいないから血縁による継承は起こらない。ただ安定した社会構成単位である店――資産クラスターを、人間が入れ替わり立ち替わり移ろっていく。

そうした社会のありようは固定されすぎだろうか――いや、むしろ逆なのだろう、とトロムボノクは考えてみる。不死性を持った美縟びとが正気を保ち「人間の社会のようなもの」を維持するためには、社会フレームが異常なほど強固でなければならない。あるいは、スナップショットのように静止していなければならない。膨大な不死者がさまざまなクラスターを目まぐるしく出入りするが、遠目には社会（のようなもの）は静止している、あるいはゆっくりと成長しているように見える。

ふとトロムボノクは、美玉鐘の静かな轟音を想起した。無数の単音が縦横に動きまわり重なりあってお互いを打ち消した末に現出する、けたたましい無音、音の動的な静止状態を。しかし——

しかし、美縟社会は、パウルの巨大な個人資産をどこへ受け入れるのか？

「それじゃあ——、ええっと」

シェリュバンの声に、トロムボノクはようやく意識を壁のスクリーンに戻す。

「ワンダさんたちは、パウルさんの財産をもらえないってことなんです？　それ、大変なことなんじゃ？」

ワンダ・フェアフーフェンは藍色にひかる鉱物片を赤鼻の目の前に突きつけた。

「それではこれを声に出して読んで。お父様が私にくださるものは一体なんなのか、皆に聴こえるように読みあげて頂戴」

遺言で冷たく扱われて逆上した娘といったところだ。

むりもない。弁護士の告げるところによれば、パウル・フェアフーフェンの遺産の大半は――おおよそ九十八パーセントは、美縟の相続法が定めるところに従って大急ぎで編成された「相続シンジケート団」の管理下に移ってしまったという。

相続シンジケート団は、通常の方法で処理しきれない案件を解決するための、美縟独特の法的スキームだ。

パウルの巨額の遺産は、美縟にとっては大隕石のように唐突で破壊的なものだ。この資産はそれまで美縟の相続サイクルになかったものだし、規模は巨大すぎ、受け入れられるクラスターは存在しない。パウルの財産はシンジケート団による処理を経て、美縟に広く薄く配分される――つまり既存のクラスターに分け与えられることになるだろう。

この絵はこのクラスター、あの壺はあのクラスター――そういう分け方はしない。すべての財産をひとまとめにした上で極微の単位に裁断し、分割して配分する。ひとつひとつのクラスターが得るのは、証券化された財産にすぎない。

こうしてパウルの資産は美縟のクラスターが作りあげる網目の中にしみ込んで、染料のように定着する。いったんそうなるともうだれにも（クラスター自身にも）手出しはできない。染めあげられた布地から色だけを分離することはできない。おまけにこの布はとても丈夫だ。なにしろ不死者で織りなされた社会なのだから。

「開封したいのはやまやまなのですが、一般に公開されるのはここまでです。それが故人の指示ですから」赤鼻はワンダに圧倒されながら、ようやくそう答えた。「このあとは会場を移して、おふたりにだけ、ゆっくりご説明いたします」

会場に詰めかけた報道関係者には、今回の相続スキームとパウル・フェアフーフェンの資産についての克明なリストが配布された。それを一瞥すれば、ことの重大さに、だれもが気づくはずのものだった。

パウルは美縟の相続法を利用して、自分の資産を未来永劫、傷ひとつ付けられないように仕立て上げた。

血相を変えただれかが、急いで会見場を飛び出していった。〈美縟〉の法制度はさほど知られていない。パウルのこの方法を分析し、解説すれば膨大な読者が――富裕層が――とびつくだろうと気づいたのだ。その慌てぶりを見て、また別のことに気づく者がいた――美縟に莫大な資産が流れこんでくる！

ふたり、五人と抜けたところで鈍い者たちもようやく顔色を変えた。あっという間に、会見場は人がいなくなってしまった。

髭が肩をすくめた。

「別室を用意するまでもなかったか」

「どうしたんですか、すごくむつかしい顔をして」菜綵がトロムボノクの顔を覗き込んで言う。「考え込んじゃってますね」

　不死について考えている。

　堅固にかしめあげた社会でしか生きられないのであれば、不死と死とに、さて違いはあるのだろうかと考えている。

　答えは出ない。

「美縟で、どのクラスターとも縁を切って生きるというのは、できない相談かな」

　そんなことは不可能と知りつつ、トロムボノクはつぶやいた。驚いたことに咩鷺はこう応じた。

「できるわ。果てしない人の代謝、生きながらの輪廻から離脱することはできる。みっつの条件があるのだけれど」

「それは」

「ひとつ、死を受け入れること。ふたつ、それなりの才能があること」

「才能?」眉を顰める。「みっつめは?」

「假面を二度とつけないこと」

　こんどは、シェリュバンがぎょっとした顔で咩鷺を見た。

「シェリュバン、あなたはよっく知っているでしょう」肉質の嘴《くちばし》が柔らかにうごめく。

「峨鵬丸。かれはそういう人物だからこそ、〈美縟〉びとではない人、ワンダと結婚できたわけだしね」

27

　腸詰めのような、陽物のような長い鼻をぶら下げ、峨鵬丸は歩いている。くたくたに着古した作務衣、大きくせりだした腹、首から吊るした眼鏡。ゴム草履のぺたぺたという音が、窓のない長い廊下に響いている。

「今ごろは会見の真っ最中だろうなあ」

　峨鵬丸が鼻の先をもみほぐしながらつぶやくと、

「どうかなさいましたか」

　鳴田堂の職員が訊ねる。

「いやなに、ひとりごとさ。あの親父さんだからな、どうせ美緱の相続法を徹底的に利用すんだろうなあ。そばにいなくて良かったぜ。かんしゃく起こして八つ当たりされたらかなわんからなあ……これもひとりごとだぜ」

「奥様のことでしょうか」

「ひとりごとだ、つってるだろう」

峨鵬丸はまだ磐記外郭《がいかく》部のドック地下にいる。最前までとなりの建屋で作業をし、いままた鐵靭のドックにもどる途中なのだった。

草履の音を立てて歩くうしろ姿を見ながら、職員たちはこの假面作家の孤高ぶりを思う。意匠の斬新さ、技巧の卓越、素材の扱い、假劇への共感度、ひとつひとつとれば峨鵬丸を凌ぐ作家は少なくない。総合力で引けを取らない者もいなくはない。峨鵬丸がどんな作家とも異なるのは、代々受け継がれるあの鼻だ。

假面作家でありながら、假面との結合を拒む。

そもそも假面の製作は解決しがたい矛盾をはらんでいる。假面の核心部にあるふたつの要素——ひとつは相対能、もうひとつは假面の役柄——を作り込むとき、假面は否応なく製作者に影響を及ぼす。揺り動かし支配しようとさえする。假面作家はその心身のゆらぎを逆用して假面を打つ。このとき作者と假面とは、互いが互いを空中で支えているような状態におかれる。作家は、假面を客体としてじぶんから分離することができないのだ。すべて、假面はこの関係を前提として製作されてきた。しかしそこには限界がある。あらゆる假面は作者の分身となる。その役柄の本質が多少なりとも濁ってしまうのだ。

　初代峨鵬丸は、この関係を断とうと思い決め、みずからに「鼻」を実装してこの呪縛をのがれた。以来、代々の峨鵬丸が打つ假面は究極の純度を誇り、假劇をゆがみなく解像する力において比類ない。

　しかしそれは一方で大きな代償を求めるのだった。

　この鼻の本質は、一個の巨大な腫瘍《しゅよう》である。

　顔の付け根に脳へとつながる巨大な神経叢を形成し、これが假面から来る精神的影響を排除する。しかしこの腫瘍には体内微細組織による修復が効かない（効くようであれば、そもそもこのような「鼻」が成立しえない）。神経叢は徐々に脳を冒す。神経叢は基本的に脳と親和的であるから、破壊が相当進行するまで脳の機能に障害が起こらない。しかしあるとき突然重篤な発作が起こり、脳は同時多発的な機能不全に陥る。その時期がいつになるかはだれにも予測できない。

　はっきりしているのはただひとつ。早晩、この腫瘍は峨鵬丸を死に至らしめることだ。美縟の不死性では取りつくろえない、議論の余地のない完全な死をもたらす。峨鵬丸の後ろをあるく職員たちは、美缛びとならだれでも知るその事実――この人は、われわれの世界から半歩外へ出ているのだ――という事実の重さを感じている。

「それにしても長々と歩かすねえ」

間もなく前方に大きな扉が見えた。旅客機の格納庫とまちがえそうな大きさだ。金属製の重い扉が音もなく左右に退くと、サッカーフィールドがたっぷり二面は取れる空間がひらける。

そこが鐵勒の休む「病室」だった。

職員たちが顔をしかめる。空気には微熱と湿気と悪臭が籠もっている。魚醬《ぎょしょう》にひたした生乾きの雑巾のような、大量の干し肉を素手でほぐしたあと爪の間に詰まった滓《かす》のような匂いだ。

床の一部が人の背丈ほどの高さにせり上がり、それが鐵勒の巨大な体軀を寝かせるベッドになっている。ベッドの長辺は大人三十人分の身長ほどもある。周囲には大型のトレーラーが何台も横づけされており、タンク車から伸びた太いホースが、ひと抱えもある注射具を介して巨人兵器の身体に輸液をほどこしている。

寝床状に持ち上がった部分の周囲を、峨鵬丸はぐるりと歩いた。床はひどい匂いのする体液でびしょびしょだが、そこを草履ばきで、はねを立てながらずんずんあるいていく。

「輸液の配合を見せてくれ」

峨鵬丸は眼鏡を掛けると、職員が差し出すフォルダをひらいて書類を検《あらた》めた。巨人の体を構成するのはステム・フレッシュであり、強力な可塑性と、治癒能力をそなえている。

「小さな傷はけっこうふさがってきているな。よしよし。あと三日、輸液の量を調整しながらこのまま行こう。もう少し欲しいところだが、假劇の開幕まであと十日しかない。本当ならこいつにもドレス・リハーサルさせてやりたかったが、まあ、ぶっつけ本番だな」

峨鵬丸はまた眼鏡を外し、巨人の首を――首の断面を見上げた。頭部は傷みが激しく大假劇では使いものにならなかった。代わりの頭部を手に入れるために、峨鵬丸はここへ来たのだ。

「あしたは頭をくっつけるぞ。で、あさってには假面を着けさせる――あれをな」

分割して持ち込まれていた假面は、すでに組み立てがおわり、ベッドの傍らに設置された巨大な架台で支えられていた。假面はある限度より大きくなるとまったく別ものに見える。一種の啓示のごとき存在感をたたえて、そこにあった。

「どうだい、ぴしっと仕上がってるだろう。假面に酔ってちゃ、こんなでかいのは打てないんだ。ちょっとした狂いも増幅されちまうからなあ」

つめたい白銀と、あたたかな乳白色。その二色で作られた假面だった。

造形は、どこか〈孤空〉を思わせるところがある。卵形の顔のりんかく、これも茹で卵を埋め込んだような二つの目。しかし肉質の嘴はない。頭頂を飾る羽毛もないが、鼻梁から頭部に向けて、ひとすじの幅の狭い隆起が通っている。

単純をきわめ、古代的でも未来的でもあるような、類を見ない造形だった。

「せっかくだからこの面の号を教えといてやろう。〈守倭《しゅわ》〉だ。磐記の守り主だ。もっとも——」

そこで峨鵬丸はえへんと咳払いをした。

「この巨人は——おんなだがな」

——職員たちは想像する。

夜。

磐記開府五百年祭で賑わう雑踏の向こう、古式ゆかしい石造りの街を悠然たるストライドで跨《また》ぎ越していく巨人の姿を。その背丈は十階層の鐘楼よりも高いことだろう。

そして想像する。

薔薇色に輝く肌を取り戻し、豊かな髪をなびかせた女神のごとき兵器が、白銀の假面を装い、𢖫鑑におどりかかるさまを。

「さあさあぼんやりしてる暇はねえぞ」

両手をぱんぱんと打ち鳴らして峨鵬丸は叱咤する。

「こいつが寝床でがんばっている間に、いくらでもやることがあるからな。俺ん家の裏山から掘り出してきた戦争機械——仔犬みたいにそこらをうろちょろしているやつらを、全部かきあつめてこい。この女神の裸身を蔽うのが、あいつらのつとめだ！」

28

会見場の控え室は打って変わって静かな空間だった。

会議用の円卓とゆったりした椅子、一仕事終えた弁護士ふたりと、ワンダ、フースだけがその部屋にいる。熱い茶を一服すると、髭の弁護士は、

「お預かりして、よろしいですかな」

それまでのいかめしい口調をいくぶんやわらげて、ワンダとフースから鉱物片を受け取った。

「どうやって読みとるの、それ」

「お御籤だと申し上げたでしょう。ほら、こうです」

弁護士たちは鉱物片をひとつずつ持ち、紙のお御籤のようにちまちまと開いた。ペン形の鉱物であったはずのそれは、みるみるシート状にほぐれ、大判雑誌の見開きほどに広がった。シートは紙のように薄い。そこに大小無数の切り込みが入っている。たてよこ、斜め。微細なこすり傷のようなものから大きなものまで。平行に走るもの、交錯するもの、刺繍の運針のようにギザギザしたもの、迷路の見取り図や回路図にそっくりなパターン。

「ちょっとコツがいるのですが……ここを、こう！」

髭が、シートを両手で持ってくるりとひねり上げる。

まるで手品だ。

細かい切り込みが鋭角に立ちあがり、シートがジグザグに折れた。その動きにみちびかれるように、髭の両手が近づく。切り込みが互いに噛みつきあって立体的に立ちあがる。紙のようなシートしかなかった場所に、忽然と精緻な立体造形が生まれた。いくつもの五芒星や正多面体、円環を組み合わせた、クラシックな宇宙儀ともいうべきオブジェが組み上がる。

ワンダはそっと受けとり——おてんばの本領を発揮して——つかんだ手に満身の力を込めた。一気にひねりつぶそうとしたのだが、立体は堅固に結ばれており、びくともしない。

「もうそれは元に戻せませんよ。薄いシートですが、いったん組み上がると凄い強度が出るんです。結合も固い。ほどけやしません」

　髭の弁護士が微笑する。

「これは〈行ってしまった人たち〉が残したパズルの一種です。

制作法はかなりこみいったもので、理解している者は、轍世界全体でも二、三人しかいないでしょう。

　お父上が頭を悩まされたのは、どうすれば偽造できず、事前に読むこともできない遺言状を作れるかです。このパズルはその条件をよく満たしていますよ。偽造どころか、そもそも作れる職人がいない。いったん読んだら元に戻せない、修正もできません」

「そんなことどうでもいいからさ。お父様の言葉って、ねえ、どこに書いてあるの？」

　ワンダが焦《じ》れったそうに怒る。

「ああ、これは失礼しました。そう、そのあたりですな」

　フースは立体に目を戻し、弁護士が指さす部分に目を凝らした。

　五芒星のふちにそって細かい文字が一列に刻まれているのがわかる。鉛活字のようにくっきりと浮き彫りになったこの文字も、やはり切り込み同士が組み合わさってできたものだった。一枚のシートを無造作に畳んだだけでこれだけの精度が出ている。

「父上の財団のどれかが、この技法の権利を押さえているんだろうな」

そう言いながら、フースは文字の列に目を走らす。あるときから言葉が出なくなる。黙って読み進み、ややあって上げた顔は真っ青になっていた。

「……」

「どうなさいましたかな」

「ぼくは父の考えを読み誤っていたようだ」

「……とは？」

フースは言い迷った。

「父は、遺産を美緑のクラスターにしみ込ませ、ぼくにもワンダにも手出しさせない、そういう意地悪をするつもりだと思っていた。クラスターにしみ込んだ一切合切は、財団を通せば自由にアクセス可能にすることができるはずだから。ところが……これだよ」

「こっちのほうがもっと意地悪かもよ。面白いじゃない。売られた喧嘩なら買わなきゃ」

その声も絞り出すようだった。ワンダでさえ少なからず混乱しているのだ。

「でもフース、これ、どういう意味だと思う？」

「書いてある通りだろう。父はぼくたちに競え、と言っている」

勝った方には、ほぼすべての財団の理事ポストを用意する、と書かれていた。

「そこじゃないわよ」

「わかってるとも、最後の一行だろ。勝者の判定基準だ」
そこでふたりは黙り込んだ。
五芒星にはこう刻まれていたのだ。
「『零號琴』を破壊せよ」と。
そこにはまちがいなく、「零」「號」「琴」の三文字が並んでいた。
それを見いだし、破壊した方を、パウルは後継者として認めるというのだ。

本書は、二〇一八年十月に早川書房より単行本として
刊行された作品を二分冊で文庫化したものです。

著者略歴　1960年島根県生，島根大学卒，作家　著書『象られた力』『グラン・ヴァカンス　廃園の天使Ⅰ』『ラギッド・ガール　廃園の天使Ⅱ』（以上早川書房刊）『自生の夢』『ポリフォニック・イリュージョン』

HM=Hayakawa Mystery
SF=Science Fiction
JA=Japanese Author
NV=Novel
NF=Nonfiction
FT=Fantasy

零《れい》號《ごう》琴《きん》

〔上〕

〈JA1496〉

二〇二一年八月二十日　印刷
二〇二一年八月二十五日　発行

（定価はカバーに表示してあります）

著者　飛《とび》　浩《ひろ》隆《たか》
発行者　早川　浩
印刷者　西村文孝
発行所　株式会社　早川書房
郵便番号　一〇一 - 〇〇四六
東京都千代田区神田多町二ノ二
電話　〇三 - 三二五二 - 三一一一
振替　〇〇一六〇 - 三 - 四七七九九
https://www.hayakawa-online.co.jp

印刷・精文堂印刷株式会社　製本・株式会社川島製本所

ISBN978-4-15-031496-5 C0193

本書は活字が大きく読みやすい〈トールサイズ〉です。